世纪小说的叙事空间研究

"江苏科技大学人文社科优秀专著项目"资助

陆欣 著

吉林大学出版社
·长春·

图书在版编目（CIP）数据

新世纪小说的叙事空间研究 / 陆欣著. -- 长春: 吉林大学出版社, 2022.2
ISBN 978-7-5692-9930-4

Ⅰ.①新… Ⅱ.①陆… Ⅲ.①小说研究–中国–当代 Ⅳ.①I207.42

中国版本图书馆CIP数据核字(2022)第022037号

书　　名：	新世纪小说的叙事空间研究

XINSHIJI XIAOSHUO DE XUSHI KONGJIAN YANJIU

作　　者：	陆　欣　著
策划编辑：	宋睿文
责任编辑：	宋睿文
责任校对：	马宁徽
装帧设计：	刘　丹
出版发行：	吉林大学出版社
社　　址：	长春市人民大街4059号
邮政编码：	130021
发行电话：	0431-89580028/29/21
网　　址：	http://www.jlup.com.cn
电子邮箱：	jldxcbs@sina.com
印　　刷：	天津和萱印刷有限公司
开　　本：	787mm×1092mm　1/16
印　　张：	12.25
字　　数：	200千字
版　　次：	2023年3月　第1版
印　　次：	2023年3月　第1次
书　　号：	ISBN 978-7-5692-9930-4
定　　价：	69.00元

版权所有　翻印必究

"笃学明德、经世致用"
献给江苏科技大学九十周年华诞

目 录

概 论 / 1
    一、研究对象 / 1
    二、意义与思路 / 8

第一章 叙事空间研究的背景与得失 / 15
第一节 空间理论研究的历史沿革 / 15
    一、国外空间理论研究 / 15
    二、空间理论的国内研究 / 24
第二节 小说叙事空间的研究及其反思 / 28
    一、"空间形式"与"叙事空间" / 30
    二、"空间叙事"与"叙事空间" / 38
第三节 新世纪文学的命名与空间转换 / 43
    一、"新世纪文学"命名的合理性 / 43
    二、"新世纪文学"命名的时间焦虑 / 46
    三、新世纪文学的空间转换 / 49

第二章 新世纪小说叙事的媒介空间 / 53
第一节 媒介与叙事研究 / 53

一、媒介与媒介空间 / 53

　　二、网络媒介空间与小说叙事 / 55

第二节　屏幕空间与超文本小说叙事 / 59

　　一、网络纯文本型超文本小说叙事 / 59

　　二、多媒体超文本空间 / 64

第三节　实用文体互文的"词典体" / 66

第三章　新世纪小说叙事的隐喻性空间 / 70

第一节　时间空间化 / 72

　　一、时间流程的中止 / 72

　　二、"晶体模式"与"百科全书"模式 / 76

第二节　空间并置叙事 / 79

　　一、微观并置："意象"反复 / 79

　　二、主题—并置：一种空间叙事 / 84

第四章　虚幻空间与"乌托邦"叙事 / 90

第一节　乌托邦空间与民族国家想象 / 90

　　一、从"普济"到"花家舍"：民族乌托邦的寓言 / 90

　　二、孤独与退守：中国知识分子的精神史 / 97

第二节　乡土诗意的"桃源"乌托邦 / 103

　　一、新世纪小说中开放的乡土乌托邦 / 103

　　二、"受活庄"：乡村孤岛的绝境 / 115

第三节　网络虚拟空间与乌托邦叙事 / 124

　　一、网络媒介与乌托邦情结 / 124

　　二、"架空世界"：玄幻与穿越 / 131

第五章　实体空间与"异托邦"叙事 / 138
第一节　城市"异托邦"与"底层" / 138
  一、新世纪"底层"界定 / 138
  二、底层文学与城市"异托邦" / 144
第二节　农民工小说中的"异托邦"生存空间 / 148
  一、建筑工地 / 150
  二、火车站 / 152
  三、垃圾场及其他 / 154
第三节　城市异乡人的认同焦虑 / 158
  一、城市异乡人 / 158
  二、"漂泊":群体的生存困境 / 165
  三、异化的空间 / 166

结　语 / 171

参考文献 / 174

致　谢 / 187

概　论

一、研究对象

　　时间与空间是人类世界中运动着的物质的存在形式和基本属性，构成人类对世界感知。"时间体现着物质运动的顺序性、持续性；空间体现着物质存在的伸展性、广延性。"[1]因此，时间与空间维度在人类社会生活各个层面都产生着意义深远的影响，并且两者之间形成无法割裂的统一整体，不存在没有时间的空间也不存在没有空间的时间。在人类社会历史发展过程中，时间和空间正是因为紧密相连，所以，东西方的哲学、科学、艺术等领域对时空的探索与思考从未间断，对时间的探索意味着人类对自身历史的把握与理解，对空间的探索意味着对自身与世界联系的感悟与建构。从整体来看，时间和空间在人类的感知与思考过程中都得到了相应的重视与表述。之所以会出现某个阶段时间问题被突出或者某个阶段空间问题被突出，是因为人类在特定时空中生存的某个阶段思考问题的侧重点有所不同，对时空问题的思考方式会产生差异，从而形成不同的时空观。在重视时间探索时期，人们理解问题的思路是以历时性为主，在分析解决问题时自然就会在历史线性时间框架中去阐释事物萌芽、发展、演进的发展

---

[1] 杨义.中国叙事学[M].北京：人民出版社，2009：125.

规律，在此基础上形成的人类思维模式是线性时间化或历史化；在侧重对空间探索时期，人们理解问题的思路是以共时性为主，在分析解决问题时会以"空间"共性的角度去阐释，在"空间并置"中寻求事物发展的共时性与在场性，由此形成人类共时性空间化的思维模式。所以，人类思想史中因为不同时期对时间与空间的关注侧重点不同，影响了人类对时间和空间感知方式，自然也会影响到人类的思维感悟方式以及文化认知态度。

中国古代的时空观是时空一体整体性的哲学思维方式，时间是循环的，空间是"天圆地方"。从本源的存在感角度讲，人类第一性的知觉形态与对空间的存在感知联系相对更紧密些，所以尽管中国古代所持时空一体的整体思维，但对于空间的关注要多于对时间的关注。一直到明末，西方传教士不远万里来到中国，后来遭遇西方殖民，封建王朝解体，西方国家的现代化和领土扩张让中国深陷"天崩地裂"的空间碎片中。中国传统的时间循环观被打破，随之建立起的现代性的线性历史时间观，这种面向未来，不可重复的时间观建构的基础是西方"进化论"的思想。历史和时间永远是不可分的，与永恒和无时间性相关的都不能称其为历史，正如德国著名的历史学家德罗伊森所说，"我们称之为历史的东西，是那些踏入时间之流的东西。"[①]历史正是在时间的长河中人类活动的确证，也是时间中经历活动的人类全体。"历史主义"在英语世界有两层不同的含义，一个是"历史相对主义"，意思是历史是具有意义的，具有多元性，它与时代是相对而言的，"历史的进程遵循着客观的必然规律"[②]，可以运用一些规律或法则来对过去、未来进行诠释。另一个是将"历史主义"确定定义为"历史决定论"。柏拉图、黑格尔、马克思、福山的"历史的终结"[③]论所依赖的理论背景就"历史决定论"思维模式。

---

① （德）德罗伊森.历史知识理论［M］.北京：北京大学出版社，2006：120.
② （英）卡尔·波普尔.历史主义贫困论［M］.北京：中国社会科学出版社，1998：2.
③ 指人类社会是由低到高不断发展，最终发展到一种能够满足人类最深切、最根本的愿望的社会形态后将不再继续。

中国知识分子具有了"新的时间观念是在晚清尤其是'五四'时，'五四'知识分子的'现代'观是从西方的后文艺复兴观派生出来的"。"进化论"思想所产生的时间思维模式强调历史历时性、本质规律的掌握，而对共时性场域关系的探索有所忽视，所以，以现代性的"时间—历史"观形成的历史主义为核心的现代知识体系始终在人文社会科学领域的研究中有着重大的影响，所以，中国在现代社会发展历程中，历史对于时间维度的叙述要重于空间场域的描述，而每个学科领域都不可能脱离历史独立存在，尤其哲学史、文化史、文学史、经济史等人文社会科学研究与历史的联系就更加密切，所以历史的线性时间思维逐渐形成人们的思维定式，以历史主义为核心理念，在历史学叙事的理论思维模式下建构起具有强烈历史学意识的现代知识体系。

这种晚清以来"时间—历史"观被"五四"现代知识分子所接受，比如胡适提出"一时代必有一时代之文学"，还有被普遍认同的"文学必须反映时代"的观念。而所谓"现代性"也被理解为"一种直线发展的时间和历史意识模式，它以绵延不息的'潮流'的形态，从过去向现在运动不止"[①]，多数作家受着现代性历史时间观的影响，把激情投入到创造一种"将历史时间的线性顺序或者人物的发展顺序置于其中"的现实主义的叙事，而在不断向前发展的历史长河中的那些"不断起伏的个人精神'波浪'提供了一些象征形式，而这些尝试也是在历史的现代'潮流'意识框架中进行的。"[②]所以，在文学研究领域重视时间维度而相对忽视空间维度，文学研究的理论主导模式是线性的时间发展观。在文学理论建设中，注重研究探讨文学的起源、文学的发展规律以及文艺思潮的流变等问题；在文学批评领域，作家人生经历、文学创作的心路历程、随着时间而不断发生改变的作品风格等问题是关注的重心；在作品研究方面，注重对故事情节、人物性格、叙事时间等进行分析。因此，文学理论与批评研究过程

[①] 李欧梵.李欧梵论中国现代文学［M］.上海：三联书店，2009：19.
[②] 李欧梵.李欧梵论中国现代文学［M］.上海：三联书店，2009：24.

中在不断强化历史时间维度的同时，也就导致空间维度的研究被不断弱化，文学与空间问题探讨渐渐被忽略了，这样使得"人文主义和现实主义仍继续占据统治地位"。[①]文学研究的这种状态一直延续到20世纪80年代中期。

新时期文学与中国现代文学的发展历程是既有断裂又有联系的发展过程。断裂与联系都有特定的含义，所谓"断裂"，指的是作家进行文学创作与1942年《在延安文艺座坛会上的讲话》以来所建构的"社会主义现代性"话语体系渐渐脱离，转向借鉴中国传统文化和西方现代形式，退去文学叙事中的政治化，意识形态化；而"联系"指的是，从某种程度来讲，新时期作家们沿用的仍然是时间维度上"时间—历史"进化论的西方时间观模式，并且在时间观的创作模式中对未来抱着希望的"乌托邦"想象。可见，新时期作家们从事文学创作，时间与空间表征是纠缠在一起，在对时间的焦虑中让自身所处的空间也无限尴尬。因此，长期陷入现代性时间框架中的文学研究的转型关键就在于怎样在时间维度的基础上进行空间性思考，建构一个关于文学的空间理论或"空间批评"，实现文学研究的空间化与时间化的辩证统一，这也是当下中国文学研究转型的一个新的研究方向抑或是生长点。

时间进入20世纪90年代，市场经济、"全球化"成为现实社会发展的意识形态主导话语。"文变染乎世情"，只有先考察社会的发展，才能充分地探讨文学的变化。"全球化"现象的出现是战后资本主义空间重组的结果，这一空间导致民族矛盾的激化和冲突，西方跨国资本的扩张衍生出的是以利润和消费为前提的消费主义，并且对普通人的日常生活产生巨大的影响。随着"全球化"现象明显加速，改革开放后的中国也迅速加入世界经济、科技、文化一体化进程。英国著名的社会学家鲍曼关于"消费主义"的本质问题做过的解释是，如果消费作为一个社会的核心范畴被接

---

① 李欧梵. 李欧梵论中国现代文学［M］.上海：三联书店，2009：21.

受，那么消费就会使人与人之间的社会关系和生存逻辑发生改变。美国思想家丹尼尔·贝尔对"消费主义"本质又进一步做了阐释，指出"消费主义"实质不是对"需要"的满足，而是针对人的欲求，"欲求"在心理学中是超过了生理本能的概念，它是一种心理需要，所以它是无限的、永远无法满足的。可见，"消费主义"就其本质而言，它不只是生理层次的物质生存需要，而是一种"出于某种目的对象征物进行操纵的行为"。对于空间的征服和整合是晚期资本主义资本扩张所运用的主要手段，空间实质上成为社会生产关系的共存和具象，参与了社会关系的生产和再生产。个人主义、商品化等这些消费主义下的社会关系会通过消费空间投射到人们的日常生活中，空间具有了身体性和日常生活性，"消费主义"的文化逻辑就是消费时代社会对空间所形成的作用逻辑，被"消费主义"侵占、掠夺、撕成碎片的社会空间成为与消费主义具有同质性的权力活动中心。从整体来看，"全球化"是世界政治经济力量在"空间"中发生的分化与重组，而由"全球化"带来的"消费主义"的实质也就是对空间的生产和消费。

西方消费文化空间理论对于当代中国而言也许不完全适用，但在一些富裕阶层中，一些人的行为方式已经明有了明显的消费文化的印迹，因此，对西方消费文化理论进行批判性地借鉴是解读现代化背景下消费文化空间所蕴含的社会关系的有利依据，而且这也将会在推动中国和谐社会的建设进程中起到积极的作用。中国现代性文化语境具有"后发速生"的特征，带有欲求关系性质的消费空间渐渐成为占据支配地位的主导话语，确立了在中国转型期的话语霸权，对人们的日常生活也造成了深远的影响。20世纪90年代的时候中国形成了独具特色的新的消费主义文化体系，与此同时文化认同问题也相应出现。关于"全球化"的时空观、"文化认同"以及"消费主义"文化之间的问题有着紧密的联系。从社会现实发展的具体情况来看，受电子通信、互联网等科学文明的影响，在人们身上发生改变的不仅是日常生活方式，而且思想意识中时间和空间观也随之产生变化，时间和空间、空间和场所等产生脱离、社会关系和地域性关系在跨越时间和空间的过程中得以重建，在场的作用也会被缺席的东西所取代，这种现象被称为"时空分延"（吉登斯），也被认为是"时空压缩"（哈维）。人类对于时间和空间的认知被现代性和全球化一起所改变，随之也改变了整个人类的日常社会空间。文化的生产消费与社会关系有着剪不断理还乱的关系，在消费主义和时空分延的社会语境下，文化和空间也就具有了不可侵害的联系，而作为文化领域内具有独特意义系统的文学来说，也必然会对线性的理性时间历史决定论进行反思，而努力加强"空间"叙事，使文学摆脱宏大叙事对人们日常生存状态造成的扭曲，在20世纪90年代的中国多元文化语境中实现开放平等的对话模式，经历文化转型和时空分延的90年代文学开始了全球化的文学空间的书写。

新世纪文学与90年代文学有着割舍不断的关系，相对于90年代文学而言更多的是发展，而不是断裂。从新世纪中国现实社会的发展来看，"中国"这两个字在世界民族之林更加响亮，翻两番的经济目标在20世纪末完成，开始进入全面小康社会，在"科学发展观"指导下坚持"以人为本"发展战略，经济发展速度加快，步入现代化国家发展的行列，人民生活越来越富裕，城市化进程加快让所谓的"中产阶级"人群的扩展越来越多，与此同时，随着物质生活和文化水平的提高，在生活方式和生存状态得到极大改善的同时，文化生活也渐趋丰富。新世纪社会的发展变化也促使新世纪文学生态发生改变。而从当下新世纪文学发展的角度看，由于网络、新媒体因素的参与，新世纪文学在内容表达与文体特征两个方面都会发生新变，而20世纪90年代文学与新世纪文学之间也并不是断裂，而是可以看作新世纪文学的一个缘起，文学模式的"前结构"。

对"空间"在现实社会和人们日常生活建构过程中的作用这一问题的思考要得益于西方后现代主义思想的兴起，这一思想在推动思想家们在人文社会科学领域的研究也越来越在突出"空间"的重要性，"突出空间的重要意义已是普遍的共识。"①这对于面向世界的新世纪文学是趋势也是必然。一部分作家甚至极端地宣称自己要从20世纪文学创作的谱系中抽离出来,要和自己以前的创作断裂,不再具有时间或历史的接续性,不再成为文学史中构成文学史上逻辑环节前后相继,典型的比如"断裂行动";还有一些作家试图通过有意识地消解中西之间的二元对立来处理经验,使得建立在二元对立观念基础上的进步与回退的价值尺度变得暧昧不明,如王家新等人;还有的新兴的"网络文学写作",在网络、新媒体环境影响下进行的创作,作品呈现出非语境化倾向。再加上新世纪社会分层、文坛"老龄化"、城市化扩张形成的底层群体等各种新因素的影响,在新世纪文学的创作中已经引起作家的重视。新世纪一些奋斗在打工生存前沿的"在生存中写作"、80后文学的"新表现写作"的发展都各自有自己的位置和创作轨迹,与主流意识形态文学不存在时间性的接续,而是在社会空间中建构与扩容相应的文学空间。可以说,相对于90年代文学而言,新世纪文学是一个总结,也在探索开启着新的各种可能性,它也可能对整个20世纪中国文学进行一次整体的超越,而在时间理性的基础上寻求空间的拓展是新世纪文学适应文学发展规律的丰富性和盛大性的前提。

本书将研究对象定为新世纪小说叙事空间。对于小说叙事的研究学界一般注重的是叙事时间,并且已经形成一套系统的时间叙事理论架构。虽然"空间"的概念也经历了历史漫长的发展,但小说叙事对"空间"的研究比较薄弱,通常将空间与地点、场所、地域以及建筑物等概念等同,处于附属的、次要的地位,在小说叙事研究中也就被时间叙事所遮蔽。这一状况的改变是在20世纪末,从哲学开始对"空间"的研究,心理学、社会学等人文社科领域的研究都进行了"空间转向",文学研究者们对"空间性"纷纷给予高度重视,"把以前给予时间、历史和社会的青睐,都转移到空间上来"②,学者龙迪勇在《叙事学研究的空间转向》一文中表示,当

---

① Michael, Dear, 2000, p. 4.
② 陆扬. 空间理论和文学空间 [J]. 外国文学研究, 2004 (4): 31–37.

下的叙事学研究"是到了该重视空间维度上的研究的时候了"①，也是龙迪勇先生最终促成"空间叙事学"。小说遭遇空间化、图像化变迁，小说叙事中的"空间"作用目前已经被学者们注意到，空间不只是地点、场景，"而是利用空间来表现时间，安排小说结构，让叙事进程都用空间来进行推动"②，这就开始涉及小说叙事空间的研究。为了对新世纪小说叙事空间进行实质性研究，笔者规避了工具性以及哲学性的空间研究，对于叙事空间的研究主要集中在以下四个方面，一是小说呈现所借助的客观物理空间，即媒介空间；二是从读者接受方面来讲，隐喻性空间形式；三是小说文本中所呈现的虚拟非现实存在但又与叙事主体密切相关的虚构空间；四是小说文本中呈现的现实可感知的实体空间。

二、意义与思路

（一）意义与价值

文学研究可以划分为外部研究和内部研究③，这种文学批评观点一度对文学的研究和发展起到了启发和推进作用。但近几年来，文化研究在中国迅速得到发展，以往内部与外部二元对立的文学模式在文化社会学视角下不断遭遇到质疑。文学研究是具有实践性和介入性的研究，以阐释中国当下社会现实的问题为动力，"问题意识"是其研究的特征。以文化研究的视角来解读文学，文学批评就不再局限于对文学作品内容本身的阐释，而是试图对现时代的社会问题的思索并在作品中努力做出回应，并且不再仅局限于一部文本，而是多部文本共时状态进行的研究。文学作品与现实社会文化语境之间不再是单纯的阐释与被阐释的线性、单向性的关系，而

---

① 龙迪勇.叙事学研究的空间转向［J］江西社会科学，2006（10）：61-72.
② 龙迪勇.论现代小说的空间叙事［J］江西社会科学，2003（10）：15-22.
③ 韦勒克和沃伦在他们的经典著作《文学原理》中，将文学研究分为外部研究和内部研究，并且着重强调了文学内部研究的重要性。

是两者之间相互交织，形成复杂的多重"互文"立体结构关系，为文学意义的生产和文学研究提供一个新视角。总之，对文学作品从社会历史场域进行语境化和历史化的社会学阐释，这种批评方式不仅是对传统文学批评的丰富，而且也是对文化生产领域运行系统与社会结构之间的对应关系的揭示。

空间批评是在文化地理学、女权主义等后现代文化理论的基础上发展起来的，对于空间问题的关注，早期的很多思想家都进行过探讨，比如海德格尔世界、栖居，葛兰西对意大利南北关系的研究，加斯东·巴什拉对于空间的诗学研究，巴赫金的"时空体"，本雅明的巴黎空间等[①]。21世纪以来，空间批评与文化研究等理论结合，关注现代性所造成的空间与文化的融合，强调对文学空间的文化解读，文本内部空间，现代性中各种文化因素与空间的互动生产关系等等，可见，空间批评是在西方社会思潮的"空间转向"情况下以与传统相区别的新的空间理论为基础所形成的一种新的文学批评形式。在这种新批评理论的视域下，在对文学作品进行分析阐释时更加注重文本中出现的空间的文化内蕴，建筑风格、市井布局、变迁改造等在以往的文学研究中不被重视或者被看作是毫无意义的空间背景或者仅是活动场所在空间批评理论中这些现在得到重视。总而言之，空间批评注重文本空间及空间背后所潜隐的文化、历史、权力以及意识形态等多方面的多层次间的逻辑关系，是对传统景观研究方法的突破。空间批评视阈下的文学作品中的空间是一个指涉系统、一个隐喻，恰恰是这个原因使空间批评成为跨学科（主要是历史、地理、社会、文化、建筑等学科）

---

① 菲利普·E.韦格纳.空间批评：批评的地理、空间、场所与文本性[A]阎嘉.文学理论精粹读本[C].北京：中国人民大学出版社，2006：137.海德格尔在《存在与时间》和晚期的其他文章里对世界、栖居的讨论；葛兰西在《狱中札记》对引人注目的社会和文化的现代化意大利南部和北部关系的探讨；加斯东·巴什拉的《空间的诗学》中抒情诗的空间现象学；巴赫金对一系列时空交错，文学中艺术地表现出来的时间和空间关系的内在联系所进行的详细分析，以及本雅明在其片段的和未完成的《拱廊计划》中对19世纪巴黎的空间与文化流动所进行的令人惊异的描绘。

领域问题研究的重点。

对新世纪小说叙事空间的研究是对以往在文学研究中，认为文学作品中的空间描写与空间再现只是作品背景的叙述，可有可无，只具有社会学、地理学意义，而与"文学性"无关的理论观点的一种纠偏。文学作品中的空间并非只作为统计学意义上的例证，笔者在之前的论述中已经提到，受西方哲学与叙事学"空间转向"的影响，中国文学领域的"空间热"也逐渐升温，对文学叙事中的空间维度的研究得到越来越多的研究者的关注。"文学是一种社会产品"[①]，是社会的组成部分，传统观念中的把文学和地理、社会作为不同知识领域等观点已经不适合当下文学批评的理论发展，在后现代语境中，文学与社会的关系是紧密相连的，文学和其他写作已经开始跨界发展，一起构成了同一个知识领域。"生活和小说在今天因为媒体的覆盖和传播变得非常混淆"[②]的问题不只使作家和批评家们感到困惑，这种困惑也会散播到我们每个身处其境中的个人，我们每个人的生活已经和当下的各种文字的或者图像的叙事融合在一起，文学与地理的关系也更加微妙，小说、电影、手机、电视等媒介使空间距离变得模糊，随时都会使一个丰富复杂的世界呈现在人们面。文学与地理学的关系前人已经有较多的涉及，从空间叙事角度切入对新世纪小说的研究，可以在空间叙事向度的观照下对新世纪小说作更深入的研究，这是对新世纪小说内容与形式研究的突破，也可以说是小说研究领域做一次空间的转向，同时对现阶段的小说研究给予反思并重新阐释，以丰富文学的空间叙事。

针对新世纪小说的研究对象，值得关注的问题有以下两点：第一，研究的系统化尚欠缺。关于空间叙事理论的建构，国内外现阶段的研究成果还是比较多的，但是真正对空间进行系统理论深入探讨值得借鉴的成果可谓寥寥无几，弗兰克提出的"空间形式"，多方面多层次地对小说空间叙事展开系统化研究，在国内特别是对21世纪以来的小说空间叙事理论的

---

① （英）迈克·克朗.文化地理学[M].杨淑华等，译.南京：南京大学出版社，2003：25.
② 王安忆.空间在时间里流淌[M].北京：新星出版社，2012：86.

建构尚有很大的空间可以挖掘。第二，"空间叙事"与"叙事空间"等基本概念使用的混乱。"空间"在叙事学中是与背景、场所、场景等概念是有区别的，空间研究的特征与意义等问题还需进一步明确。关于"空间叙事"的理解上，"空间叙事"与"叙事空间"的概念随意使用。对文学作品的阐释还是局限在传统的环境、场景分析，而对空间叙事研究与传统叙事研究的区别与联系也没有清晰的研究思路。所以，综合以上笔者在空间视阈下对新世纪小说进行研究是具有重要意义的。

（二）研究方法与思路

随着西方社会哲学社会科学领域的"空间转向"影响，叙事学领域正兴起一股"空间"研究热，本书借鉴西方叙事学和空间理论的研究成果，最终确定本书写作对象为新世纪小说叙事空间问题的研究。本书研究的主要方法是文本分析与理论概括相结合的方式，运用空间叙事学理论对"新世纪小说"进行整体分析阐释，试图探索新世纪小说叙事空间建构的特征及意义。一方面从大量新世纪小说文本中归纳出具有典型空间特征的文本，进行共性特点与规律的寻找，是一个非常艰难的过程；另一方面还要对借鉴的西方关于"空间"不同理论进行分析，总结其特色与不足，找到适合中国文学发展的空间理论，总结归纳新世纪小说的叙事空间。把研究范围限制在新世纪小说领域，主要是由于文学体裁不同，关于叙事空间的差异性是非常大的，且限于本书篇幅以及本人能力有限不可能把所有文学体裁都研究殆尽。小说叙事空间研究是受到了"空间转向"思潮的影响，空间本身具有多元、复杂、流动等性质，在空间视阈下对新世纪小说进行整体研究是一次理论的冒险也是一次实践的冒险。

在人文社会学科"空间转向"思潮背景下，对文学叙事空间的研究已经越来越受重视。面对纷繁复杂的空间话语和研究角度，笔者结合新世纪小说的叙事特征与载体新变，在规避了地理学、哲学的叙事空间研究后，从空间存在的意义上即叙事的物理存在与心理存在两个认知层面进行阐释，取得对叙事空间较为全面的认知。具体内容主要集中在四个方面：一是针对叙事的媒介空间问题进行探讨。小说呈现所借助的客观物理空间，即媒介空间；二是从叙事被认知的虚构空间角度进行探析。从读者接受方面来讲，是隐喻性空间形式；三是小说文本中所呈现的虚拟非现实存在但又与叙事主体密切相关的虚幻空间；四是小说文本中呈现的现实可感知的实体空间。

  学界对叙事空间问题的关注源于1945年美国学者弗兰克提出小说"空间形式"的概念。20世纪末"空间形式"理论由学者秦林芳介绍到中国，此后在更新不断的理论热潮中一直保持着热度。但是在文学批评中"空间形式""叙事空间"以及"空间叙事"等概念一直含糊不清，笔者在对概念进行区分的同时也对其在新世纪小说研究中的得失进行分析。首先以文学研究中媒介意识的觉醒为研究的切入点，探讨在叙事中媒介空间变革带来的小说叙事的变革。以"辞典体"小说为例阐释纸质媒介突破线性时间叙事的常规，小说与实用文体互文呈现叙事空间；新世纪网络的普及，屏幕空间与超文本小说叙事——无论是网络纯文本型超文本小说还是多媒体超文本小说都似乎为文字叙事开辟了另类途径；其次分析新世纪小说叙事"隐喻性空间"呈现的方式，它是针对读者阅读接受的一种心里感知，情节结构上的一种"结构隐喻"；再次，探讨虚拟空间的"乌托邦"叙事，主要内容是知识分子乌托邦空间理想的实践和乡土乌托邦与反乌托邦的叙事；最后现实空间中的"异托邦"叙事，新世纪小说中的"异托邦"空间主要表现在底层叙事中，城市"底层"与"异托邦"紧密联系的空间典型的是矿区、建筑工地、垃圾堆等。

  本书由概论、主体和结语三个部分构成。概论部分主要对本书选题的对象——空间视阈下的新世纪小说现阶段研究成果的爬梳以及选题来源的阐释。对本书中涉及的概念，比如"空间形式""叙事空间""媒介空间""新世纪文学"等进行界说，以区别于以往研究中的既定概念，避免概念间使用的混淆。在明确基本概念的基础上对本书选题现阶段的国内外发展状况进行梳理，发现问题。最后明确选题的意义与价值，以及行文逻辑思路的阐释。结语部分是对本书核心理论观点的归纳与总结,以及还有一些思想尚未成熟但很有价值问题的发现,最后对本书的不足之处进行说明,以及今后继续研究的方向。论文主体部分共有六章:

1)叙事空间研究的背景与得失　对新世纪小说叙事空间研究背景及其得失的探讨。梳理空间理论研究的历史沿革以及对其存在问题进行反思。总结小说叙事空间研究的成果并对批评界经常混用的"空间形式""叙事空间"与"空间叙事"等概念区分,新世纪文学与"空间转换"说明新世纪小说"空间"的新变,以凸显新世纪小说空间研究的必要性。将文学空间界定为"关系的建构",在此基础上探讨小说与空间叙事的意义特点以及不同类别的空间及空间内部的区分等问题。

2)新世纪小说叙事的媒介空间　针对叙事的媒介空间问题进行探讨,指小说呈现所借助的客观物理空间,即媒介空间。以文学研究中媒介意识的觉醒为研究的切入点,探讨在叙事中媒介空间变革带来的小说叙事的变革。以"辞典体"小说为例阐释纸质媒介突破线性时间叙事的常规,小说与实用文体互文呈现叙事空间;新世纪网络的普及,屏幕空间与超文本小说叙事——无论是网络纯文本型超文本小说还是多媒体超文本小说都似乎为文字叙事开辟了另类途径。

3)新世纪小说叙事的隐喻性空间　"隐喻性空间"是针对读者阅读接受的一种心理感知,不是在作品呈现的或虚拟或可感知的现实空间中的"空间",而情节结构上的一种"结构隐喻"。本章主要分析小说叙事"隐喻性空间"呈现的方式,主要集中在两个方面,一是时间空间化的处理方式,包括"时间流程的中止""晶体与百科全书模式";二是"空间并置叙事",主要探讨小说中并置的空间形式,分两个层次,宏观上的主题并置和微观并置。

4)虚幻空间与"乌托邦"叙事　主要探讨的是虚拟空间的一种"乌托邦"叙事。第一节"乌托邦"空间与乌托邦理想的实践。以格非的"江南三部曲"为例,探讨知识分子的乌托邦空间理想的实践;第二节乡土诗意的"桃源"乌托邦。叙述民族乌托邦寓言,阐释中国知识分子所走过的"孤独与退守"的精神发展史。第三节"城乡变动中接续乌托邦精神"。乡土叙事中的"乌托邦"主要以张炜的《九月寓言》和阎连科的《受活》为例,叙述乡土乌托邦与反乌托邦的文学呈现。第四节网络小说与虚拟乌托邦。主要探讨网络媒介与乌托邦情结以及玄幻与穿越的"架空世界"。

5)现实空间与"异托邦"叙事 新世纪底层叙事探讨的是现实生存空间。理论基础是福柯的"异托邦"空间理论。根据福柯对"异托邦"特征的描述,新世纪小说中的"异托邦"空间主要表现在底层叙事中。新世纪小说最具特色的"异托邦"是底层文学中的"异托邦",相对于城市,"底层"与"异托邦"联系紧密,典型的是矿区、建筑工地、垃圾堆等。

6)新世纪网络小说的叙事空间 对于网络小说的研究,以往我们较多关注其游戏性与狂欢性,而对支撑网络小说游戏、狂欢本性的重要支柱——网络小说依托网络建构起的空间的研究没有给予足够的重视,而恰恰对其叙事空间的研究可以为网络小说的研究开辟一个另类研究视角。网络小说的叙事空间是形成于网络小说中,笔者分别从物质空间、精神空间和社会空间三个方面探讨空间在网络文本中存在的意义。

第一章 叙事空间研究的背景与得失

第一节 空间理论研究的历史沿革

一、国外空间理论研究

时间和空间是事物存在的最基本方式,两者相互依存,无论时间脱离空间还是空间脱离时间都不能使事物存在。但一直以来时间和空间在社会历史发展进程中被重视的程度都有很大的差别,具体来说就是空间处于被压抑、被遮蔽的状态,而时间却是丰富的、有生命力的。进入20世纪以来,经济"全球化"的市场经济使人们的空间意识越来越强,个体的空间体验也越来越凸显,"空间"经验和表征已经形成系统知识,并且其中也凝聚了当下社会重大问题的符码。所以,当下文学批评话语主流在当下现实语境下发生"空间转向"嬗变已成必然事实。当代人文社会科学对于空间的研究正在经历一场整体学术范式的变革,批评界对于"空间"问题的阐释越来越重视,研究可以分为两个阶段:第一个阶段是对文本空间形式问题的研究;第二个阶段是对于空间叙事问题的外围研究,此时超越空间本体论的探讨,对文学空间叙事更加关注空间的社会实践性,空间生产与空间权力。

文学领域中的"空间"探索，首先是关于文学空间形式的问题的探讨。早在18世纪的时候，莱辛的对诗画美学风格的一些评论中可以发现对文学的空间形式问题的分析，一直到20世纪50年代，具体到对现代小说的空间形式的探讨得到以专题形式进行系统的阐释与分析。最后再到集中表现文学再现空间社会意义的文学空间理论。20世纪人们在日常生活中和艺术、科学领域都经历了空间体验的巨大变动，空间性在哲学和其他人文社会科学领域越来越受到重视，人们对于过去空间认知习惯，从对空间形式到社会空间的"空间转向"的发展历程，都开始重新审视思考。综合以上对文学领域的"空间"研究，根据人们对"空间"认识的程度和对空间形式以及叙事空间问题的关注，文学的"空间"研究历程大概可以分成两个阶段：侧重于"空间形式"形式美学维度的20世纪40年代到80年代；从20世纪90年代开始至今，侧重于文学再现空间所凸现的社会文化意义的阶段。

（一）形式美学维度：文学空间形式研究

在文学艺术创作过程中，艺术家的创作直觉与实践常常要走在艺术理论形成的前面，对于文学空间理论的研究也同样适用。其实在没有"空间理论"之前，文学创作已经凸显出空间意识。现代主义小说在20世纪初异军突起，以乔伊斯的《尤利西斯》和普鲁斯特《追忆似水年华》等为代表的现代小说对传统现实主义文学按照主题、人物、故事情节等的时间线性叙事进行了大胆抛弃，大量运用夸大的反讽、时空倒置、多重故事、主题重复、章节交替等创作方法，使小说文本形式呈现碎片化、拼贴化的空间美学效果，传统的时间线性故事逻辑叙事不再是小说追求的核心，而是运用"空间并置"构成现代主义小说的文本结构的显著特征。对于新形式的小说创作实践，运用传统小说理论已经无法再进行对其阐释，所以，急需一种阐释新的小说的实践理论。恰好在传统小说理论发生严重危机的关键时刻，美国文学评论家约瑟夫·弗兰克于1945年发表了《现代小说的空间形式》一文，第一次提出小说"空间形式"的理论。对于20世纪文学创作的空间化追求，弗兰克把"空间形式"作为"与造型艺术所出现的发展相对应的文学补充物"①，认为造型艺术与空间形式的共同点就在于对结构中时间因素的克服，而更加发现空间在文学、艺术中的作用，并且以此理念为基础建构起了以"空间形式"为主要研究对象的空间理论范型。弗兰克在对一些现代主义空间小说的具体文本进行阐释的同时，也创造了一系列具有原创性的概念和批评方法。②这篇探讨文学的"空间形式"的文章在评论界产生了很大的影响，成为研究小说文本"空间形式"的滥觞，开启了文学领域"空间形式"美学维度的探索。

杰罗姆·科林柯维支、埃里克·S.雷比肯、戴维·米切尔森、W.T.J.米切尔等学者都是在弗兰克"空间形式"理论研究的启发下参与了对文学"空间形式"的研究，并且从各个角度深入探讨了小说"空间形式"问题。《作为人造物的小说：当代小说中的空间形式》（杰罗姆·科林柯维支）一文以美国当代小说为例，认为美国当代小说的创作在摆脱叙事中的时间因素的制约比较彻底，在人物塑造、故事情节、叙事顺序等方面都不被时间所掌控与限制，是纯粹的"空间形式"小说的典型。《空间形式与情节》（埃里克·S.雷比肯）和《叙述中的空间结构类型》（戴维·米切尔森）两篇文章对故事情节与内容结构的"空间形式"进行探讨，认为"空间形式"小说打破时间的线性叙事的因果联系，其形成的原因是"空间并置"的形式效果，当小说情节不是以连续的而是以片段的形式出现，并且各个片段相互之间是"同类"，没有因果关系相连，并置性的空间效果由此就产生了。还需要提及的一篇文章是《文学的空间形式：走向一种

---

① （美）约瑟夫·弗兰克.现代小说中的空间形式·译者序［M］.秦林芳，译.北京：北京大学出版社，1991.

② （美）约瑟夫·弗兰克.现代小说中的空间形式·译者序［M］.秦林芳，译.北京：北京大学出版社，1991.《现代小说中的空间形式》这篇文章从语言的空间形式、故事的物理空间和读者的心理空间三个方面分析现代小说的空间形式，指出现代小说通过采用并置、主题重复、多重故事和夸大的反讽等手段取得和造型艺术相似的空间效果。文学空间效果的最终实现，又必须需要读者的心理参与共同实现，读者运用"反应参照"的办法把事实和推想拼合在一起，将独立于时间顺序之外又彼此关联的各个片段在空间中融接，重构小说。

总体理论》（W.T.J.米切尔），文章中将"空间形式"的概念阐释进行深化，对文学空间内涵的阐述是从"空间"的概念切入，并且区分了文学的空间类型，指出以往研究中对于"空间形式"理解误区——认为"空间形式"是静止的，而且与时间处于二元对立状态，米切尔从哲学渊源的分析入手从源头上解除此误区。他也阐释了自己的空间观，认为"空间是一种共存状态的序列"，特别是文学中空间与时间是并不排斥的范畴，反而是文学中的空间与时间总是水乳交融地结合。时间与空间是推动读者阅读体验的一个隐形的整体，以时空双重的方式共同起作用。米切尔对文学"空间形式"类型的区分是借鉴弗莱在《批评的解剖》中对中世纪"讽喻"文学的四层次理论，在此基础上把文学空间划分为字面层、描绘层、结构和形式层、故事形而上层四种类型[①]。米切尔对于"空间形式"问题研究的贡献在于对其范围的拓展，由"空间形式"扩充到"空间类型"研究。

使文学"空间形式"的研究达到一个高峰的是以色列的佐侬，如果说弗兰克的"空间形式"理论是开启性的研究，那么佐侬则是结合前人的研究成果，构建小说叙事文本关于空间形式研究中"最为复杂，也最为完整"[②]理论。在《建构叙事空间理论》一文中，加百利·佐侬与以往研究者关注点有所不同，他对"空间形式"不再很重视，而是对文学空间整体范畴更加关注，从宏观角度分析小说空间形式最普遍的一般模式，而且把文学空间进行限制，严格规定在"模仿真实空间存在于作品中重塑的空间纬度"[③]，认为通过文本断续而获得的对文本的共时感知的"空间形式"虽然参与了叙事文学作品中的空间建构，但只是一种视阈层面上的起作用，而只有空间形式是很匮乏的，他用"空间模式"替代"空间形式"的概念，

---

① 字面层，即文本的物理形式；描绘层，作品中表征，模仿或所指世界，它是读者阅读的心理建构，为时间所掩盖；结构和形式层，是文本的时间结构层，也即通常意义上的"空间形式"；故事形而上层，意义生成空间。
② 程锡麟.叙事理论的空间转向——叙事空间理论概述[J].江西社会科学，2007（11）.
③ （以色列）佐侬.朝向空间的叙事理论[J].李森，译.江西社会科学，2009（5）.

对文学空间结构在垂直纬度[①]和水平纬度[②]进行了划分，并且分别在两个纬度上对空间进行分层，通过综合考察分析出文本"空间形式"整体模式。这是到现在为止，"可能是迄今最具有实用价值和理论高度的空间理论模型"。[③]

（二）社会文化维度：文学再现空间研究

从社会文化角度阐释空间问题在20世纪初期已经被学者重视，其中有很多有见地的思想可以启发文学空间研究，实现文化意识形态批判功能。海德格尔在他的《存在与时间》中就对世界、栖息地等一些问题进行存在主义的探讨，海德格尔认为，人存在的实质是某个空间的存在，一切行为都意味着"在某个场所"，"每逢一个世界都发现属于它的空间性。"[④]这些观点已经可以看作是"空间"与"存在"的本体论意义上的探讨。在20世纪末德国哲学、社会学家齐美尔发表《大都市和心灵生活》等关于"空间"的著作，齐美尔从社会学视角对"现代都市"，即从乡村到都市这一特定空间转换有着独特的领悟。齐美尔关注点是都市社会生活中的日常现象，而且是日常现象中的细节性元素，他捕捉到了由现代都市带来的新颖性、奇异性以及新的自由和约束。瓦尔特·本雅明关注点集中在对城市这一现代化社会空间的体验，他的城市空间书写中包括欧洲众多的城市：柏林、巴黎、莫斯科、那不勒斯等，他对空间具有特殊的敏感性，从空间的角度透视人生存在的千奇百态，他"很深刻地描写了空间与人的生存状态的直接联系"。[⑤]在《拱廊计划》等文章中，他以一个外国人的眼光观察着19世纪的巴黎空间，这个城市空间的每一个细节和文化流动他都做了精彩分析，在"巴黎拱廊街计划"中，利用现代化技术提供的铁架子和玻璃墙所创造的新的构筑物，整条街形成有玻璃顶棚而两旁是商店的拱廊，本

---

① 在垂直纬度上叙事空间再现的地形、时空体和文本三个层次。
② 在水平纬度上也区分出了总体空间、空间复合体与空间单位三个层次的空间结构。
③ 程锡麟.叙事理论的空间转向——叙事空间理论概述［J］.江西社会科学，2007（11）.
④ （德）海德格尔.存在与时间［M］.陈嘉应，译.北京：读书·生活·新知三联书店，2006：50.
⑤ 吴治平.空间理论与文学再现［M］.兰州：甘肃人民出版社，2008：60.

雅明将资本主义的私人空间与公共空间进行调和与妥协，拱廊空间是现代化的商业大都市存在的物质基础，无论生存于其中的人们是否能够接受，"街道"成为城市空间的重要场所的事实毫无疑问，它是人们"生活发生与意义发生的地方。"①比较早地从历史哲学的角度反思现代主义文学与城市景观之间关系的学者是齐美尔和本雅明，他们对文学空间中的城市空间更加关注，这是对城市空间理论研究的一个开启。

直接意义上的对文学叙事空间研究是从20世纪五六十年代以后，巴什拉、巴赫金等学者开始注重对文学再现空间的社会文化意义的探讨。1945年法国哲学家加斯东·巴什拉出版《空间的诗学》②，被誉为是运用"存在主义"理论对文学空间探索的一部力作。巴赫金对于文学空间问题的思考主要集中在《小说中的时间形式与时空体》一文中，在这篇文章中将社会历史语境引入文学空间，提出"时空体"的概念。巴赫金与巴什拉对于文学空间问题的阐释对后现代主义、后结构主义探讨关于意义、身体、主体等问题给予了很大的灵感。

对于空间的社会、文化属性，本雅明、齐美尔、巴赫金、巴什拉等学者已经发觉，他们研究的动力源是对自己所在的"都市空间"的体验，但在他们理论视阈中空间并不是处于本体论的位置，而仍然是作为时间的附属，空间的丰富、异质、矛盾的社会属性没有被提及，只是作为一个静态的容器或者心理反应看待，这在巴赫金的空间观中有着最突出的表现，比如巴赫金的时空体概念，空间只是时间的一个容器或背景，时间的优越感无处不在。这种现状的改变者是法国思想家列斐弗尔和福柯。

列斐弗尔和福柯从20世纪70年代开始积极进行空间理论的建构，率先

---

① 吴冶平.空间理论与文学再现[M].兰州：甘肃人民出版社，2008：69.
② （法）加斯东·巴什拉.空间的诗学[M].上海：上海译文出版社，2013.结合现象学与精神分析，讨论文学再现空间中特有的"诗意空间"哲学意蕴，在对波德莱尔、里尔克、爱伦·坡、雨果等人的作品分析中，对文本诗意空间如家居、天地、窝巢、介壳、角落作了存在主义现象学论述，阐发"世界是人类的窝巢"之感悟。重点关注文学空间意象的心理动力和隐秘感的心理原型，将文学空间原型立足于人类心灵与自然宇宙的契合。

对历史决定论发起了挑战。当代空间理论形成的标志是列斐弗尔《空间的生产》一书（1974年）的出版，至此空间成为社会学、文学领域的一个核心问题，列斐弗尔对西方思想界在空间研究方面的贡献是"社会空间"的发现，将日常生活概念解释成空间与城市领域内的范畴，将自己的空间理论称之为空间政治学反思。并且提出了以实践为基础的空间实践①、空间表征②和表征空间③三位一体的空间模式。这里对于"表征"的理解非常重要，英国的文化研究学者斯图尔特·霍尔认为"表征"可有三种途径来做以解释，分别是反映论、意向论和建构论，最后霍尔选取建构论作为"表征"概念的理论研究途径，因此，"任何物质生产过程都是意义表征建构的过程"④。由此，列斐弗尔构建了空间生产的本体论理论框架。福柯的空间理论对于我们理解空间问题起着关键的作用，虽然没有系统地讨论空间问题，但是空间的隐喻在福柯的理论论述中是不断呈现的，福柯强调用地理学概念重新解读空间、权力与知识之间的关系，站在反整体性立场，认为空间是鲜活的、变动不居的。宣称20世纪是空间的纪元，恢复空间本体论地位。

当代空间理论是以列斐弗尔和福柯的空间思想为基础建构起来的，并且在20世纪80年代以后掀起一股社会空间研究的热潮。社会学理论的"空间转向"形成的标志是《社会关系与空间结构》丛书的出版，学界从历史学、地理学、人类学、哲学、文化等视角对空间问题进行研究，"跨学科格局把中心放到'空间''场所'和'文化地理学'的问题之上"⑤，真正形成了当代学界空间转向的格局。把空间从时间的压抑与遮蔽中解放出

---

① "空间实践"侧重感性经验的物质性空间生产。
② "空间表征"是指特定的社会实践空间所凝聚积淀的构想性、观念性和象征性的意识形态空间，是一种侧重象征想象的精神性空间。
③ "表征空间"侧重于物质性与精神性、感知与想象的合一，这种合一构成人类生存其中的体验性空间。
④ 谢纳.空间生产与文化表征[M].北京：中国人民大学出版社，2010：78.
⑤ 菲利普·韦格纳.空间批评的地理、空间、场所与文本性[A]//阎嘉.文艺理论精粹读本[C].北京：中国人民大学出版社，2006：35.

来，让两者同处于本体论的地位。空间成为具体的生活场所，而不只是抽象的物体运动广延性；空间是异质且无限的，而不只是同质且有限的。对当代空间理论参与建构的学者很多，比如大卫·哈维对"城市空间"的研究、卡斯特尔对"网络空间"的研究和爱德华·索亚的"第三空间"的研究等等，所涉及的内容纷繁复杂，论述的角度也各具特色。

爱德华·索亚综合了上述的多种空间理论，并且进行了总结性的阐释，提出的"第三空间"理论是对出现在西方后现代语境下的空间和地理学转向的探索，并且写作了被誉为空间"三部曲"的《后现代地理学》（1991）[①]、《第三空间：去往洛杉矶和其他真实和想象地方的旅程》（1996）[②]和《后大都市：城市和区域研究》（2000）[③]。其中《后现代地理学》是索亚空间理论的基础，在对西方多位学者的空间理论进行总结后认为学界空间转向有三条途径：分别是"后福特主义"[④]"后历史决定论"[⑤]和"树立空间本体论"[⑥]。

当下哲学社会科学领域的"空间转向"为文学的空间叙事提供了理论与实践资源，两者的关系表现为互动式，与美国学者菲利普·韦格纳对于"空间转向"的观点相契合，"空间转向"与西方人文社会科学知识领域内的其他转向相互交织联系而成。对于文学空间的批评研究已经涉及文学批评的多个领域，比如通俗文学、网络文学、女性主义、文化批评等。

---

① 《后现代地理学：社会批判理论中空间的再确认》论述了福柯、吉登斯、詹姆逊和列斐伏尔的空间理论，倡导整个地重新思考空间、时间和社会存在的辩证关系。
② 在《第三空间：去往洛杉矶和其他真实和想象地方的旅程》一书中，索亚认为第三空间既是生活空间又是想象空间，它是作为经验或感知的空间的第一空间和表征意识形态或乌托邦空间的第二空间的本体论前提，可视为政治斗争你来我往川流不息的战场。
③ 《后大都市：城市和区域研究》是《第三空间》的继写，探讨以洛杉矶为范例的当代后大都市，是否已经成为一个大变革、大动荡的转化场景，由昔年因危机生成的重建，转向因重建生成的危机。
④ "后福特主义"是指从政治经济学角度对当代资本主义现实中凸现的空间问题进行的审思。
⑤ "后历史决定论"根植于对社会存在的本质和概念化进行一种根本性的重新阐述。这是只是一场本体论方面的斗争，它试图从本体论角度挑战"历史决定论"。
⑥ "空间本体论"是后现代主义重在对西方当代文化—意识形态领域的空间化进行思考。

其中后现代地理学与文学空间结合的批评经验很值得借鉴，它促进了文学（文化）与地理学相互间沟通交流，其中《文化地理学》（迈克·克朗）是代表性著作。迈克·克朗在《文化地理学》一书中对文学的地理学意义的分析阐释为空间批评开创了一个典型的例子。而且对文学中的"空间"[①]概念做了专门的叙述，认为地理学的空间方法为文学空间的解读提供了一个很好的借鉴，每一种景观的理解都会形成特定的修辞风格，克朗以哈代、雨果、侦探小说等作品中地理景观的书写为例，阐释小说文本中所呈现的社会如何为空间所结构以及空间又是如何被社会所界定。

《乡村与城市》（雷蒙德·威廉斯）是雷蒙德·威廉斯结合自己的人生经历进行的创作。他从文化视角出发，围绕人类最基本居住地"乡村"和"城市"，对近代以来英国的工业化和城市化进程进行深刻的剖析，对英国文学史中有关"城市—乡村"关系进行了重新阐释，关注城乡空间中"情感结构"的发展变化。《小说、地图、现代性——空间的想象（1850—2000）》（布鲁森·艾瑞克）一书中，作者对麦尔维尔、乔伊斯、品钦等作家的"地图写作"进行了深入的研究，认为这些作家作品中所勾勒的"文学地图"带给读者的是"一种想象、结构、构想方式和叙述风格"[②]，而这些特点恰恰是小说所不能给予读者的，因为"文学地图中铭刻着意识形态、家园、域外的地理知识。"[③]其理论基础是借鉴列斐弗尔，詹姆逊等人的空间理论，通过文学地图的分析，最后对现实主义和现代主

[①] 迈克·克朗对于"空间"概念具体论述是：文学作品不仅仅是简单地反映外面的世界，只注重它如何准确地描写世界是一种误导。这种浅显的做法遗漏了文学地理景观中最有效用和最有趣味的因素。文学地理学应该被认为是文学与地理的融合，而不是一面单独的透镜或镜子折射或反映的外部世界。同样，文学作品不只是简单地对地理景观进行深情的描写，也提供了认识世界是的不同方法，揭示了一个包含地理意义、地理经历和地理知识的广泛领域。将文学评价成"主观的"恰恰遗漏了这个关键问题。文学是社会的产物，事实上，反过来看，它又是一个具有重要意义的社会发展过程。

[②] Novels, maps, modernity: the spatial imagination, 1850–2000, Eric Bulson, p3 , p7. New York : Routledge, c2007.

[③] Novels, maps, modernity: the spatial imagination, 1850–2000, Eric Bulson, p3 , p7. New York : Routledge, c2007.

义小说的风格的变化进行了综合分析。

空间批评并不是一种单一的批评方法，而是融合了文化地理学、女权主义、文化研究和身份认同焦虑等后现代理论，是一个非常复杂的批评形态。现代社会随着人们时空观的转变，文学空间的研究经历了从对空间形式到叙事空间的变化，从对文学作品形式美学的关注到文学作品社会文化蕴含的凸显的过程，并且日渐成为当前文学批评话语的主流。

二、空间理论的国内研究

20世纪90年代以来，西方一些著名的有关空间理论的研究成果被翻译到国内，由包亚明主编的三辑译著，包括《现代性与空间的生产》《后现代性与地理学的政治》《后大都市与文化研究》，在这三辑译著中，列斐伏尔、福柯、索亚等的思想是其介绍的重点对象。随后西方空间理论著作就被大量的译介引入，对于国内相关领域的空间化思考起到了积极的推动作用。国内的空间研究尤其是近年来在哲学、政治学、社会学、文艺学等领域都有了新的发展，甚至成为学科研究的热点。相应的研究成果也较为丰富，并且是从多种理论为出发点对空间进行阐释，比如运用马克思主义理论进行空间研究的《马克思主义出场学研究丛书》（任平主编）与《"空间生产"——从马克思到当代》（孙江）。《马克思主义出场学研究丛书》提出空间研究的"出场学"视角，对马克思主义出场的历史语境进行研究，并且对出场的空间性差异也进行了深入探索。《"空间生产"——从马克思到当代》一书重点对"马克思的空间生产"理论进行阐释，进而对当代空间生产的六大趋势——生态化、消费化、信息化、符号化、美学化、艺术化进行概括说明，站在马克思主义立场上，以中国空间生产的现实为理论基础对空间拜物教进行批判。还有一些比较优秀的文本，比如《现代性的平庸与神奇：列斐伏尔日常生活批判哲学的文本学解读》①（刘怀玉）、《空间问题与文化批评——当代西方马克思主义空间理论与文化批评》②（侯斌英）、《爱德华·索亚的空间文化理论研究》③（黄继刚）、刘进的《20世纪中后期以来的西方空间理论与文学观念》④、唐旭昌的《大卫·哈维城市空间思想研究》、张宝明的《现代性空间的生成》⑤等，对西方空间理论的研究与批判方面都进行了细致介绍，对于中国空间理论的发展起到积极的推进作用。

　　文学领域的"空间"问题研究：把空间社会理论和文学研究相结合，并且以西方现代小说为例子进行了说明，比如陆扬在《空间理论与文学空间》⑥；对西方学者列斐伏尔、齐美尔、本雅明、福柯、爱德华·索亚、大卫·哈维、卡斯特尔的空间理论代表观点进行明确分析，再结合相应的中西方文学作品中的空间再现，探讨文学与空间的密切联系，比如吴治平的《空间理论与文学的再现》⑦；以中国现当代文学文本为基础，"空间"理论与文学相互阐释，比如谢纳的《空间生产与文化表征》⑧，运用列斐伏尔的空间生产理论分析文学与空间的关系，系统地对文学空间理论进行了建构；对文学空间进行分类研究，比如江正云的《论文学空间及其消费形

---

① 刘怀玉.现代性的平庸与神奇：列斐伏尔日常生活批判哲学的文本学解读［M］.北京：中央编译出版社，2006.
② 侯斌英.空间问题与文化批评［D］.四川大学博士论文.
③ 黄继刚.爱德华·索亚的空间文化理论研究［D］.山东大学博士论文，2009.
④ 刘进.20世纪中后期以来的西方空间理论与文学观念［J］.文学理论研究，2006（7）：19–25.
⑤ 张宝明.现代性空间的生成［J］河南师范大学学报，2006（2）：151–155.
⑥ 陆扬.空间理论和文学空间［J］.外国文学研究，2004（4）.陆扬在该文中提出的观点是：文学与空间理论的关系不复是先者再现后者，文学自身不可能置身局外，指点江山，反之文本必然投身于空间之中，本身成为多元开放的空间经验的一个有机部分。要之，文学与空间就不是互不相干的两种知识秩序，所谓先者高扬想象，后者注重事实，相反毋宁说它们都是文本铸造的社会空间的生产和再生产。
⑦ 吴治平.空间理论与文学的再现［M］.兰州：甘肃人民出版社，2008.
⑧ 谢纳.空间生产与文化表征［M］.北京：中国人民大学出版社，2010.

态》①。

近年来文学领域对于空间问题的探讨主要集中在文学空间是什么、文学空间理论的建构、空间在小说文本中的生产等，文章无论从数量还是质量都有所进步。比较有代表性的期刊论文有郭辉的《文学空间论域下的文学理论之生成》②、吴庆军的《当代空间批评评析》③两篇文章对文学空间进行多维度阐释，深化文学空间研究有非常重要的意义。徐小霞的《动态叠合的"文学空间"》④、潘泽泉的《空间化：一种新的叙事和理论转向》⑤、赵坤的《城市文学中的景观意象和空间构形》⑥、禹建湘的《空间转向：建构网络文学批评新范式》⑦、李静的《"空间转向"中的当代中国小说研究》⑧、穆旭光的《空间视角下的文学审美》⑨、李长中的《空间转向与文学研究范式转型》⑩等，这些文章对于"文学的空间化"问题、文学"空间形式"的结构问题、文学空间理论与网络文学的关系问题以及空间视阈下的批评范式的问题都进行了深入的探讨，而且也是这一问题研究中很具有代表性的批评文章。

---

① 江正云.论文学空间及其消费形态[J].文学评论，2007（4）：31-34.文章中把文学空间的存在状态分为三个类型，即"文本文学空间、影像文学空间、物象文学空间"三种；相应地，文学消费的形态也有阅读、视听和直观三种。……三种文学空间及其消费形态的并存彰显着文学存在的合理性及其意义。

② 郭辉.文学空间论域下的文学理论之生成[J].学术论坛，2012（7）：185-204.文章主要阐释了在当代空间转向语境下，细数了文学空间从静态物理空间到精神心理空间再到当下动态多元空间的发展历程，并从社会文化空间角度理解文学理论，再现文学空间，并见出文学与文化之复杂关联。

③ 郭辉.文学空间论域下的文学理论之生成[J].学术论坛，2012（7）.文中的主要观点是认为空间批评应该注重研究文本中空间的社会、文化及多种后现代属性，进而揭示文本中空间的多维意义。

④ 徐小霞.动态叠合的"文学空间"[J].西南大学学报，2012（5）.

⑤ 潘泽泉.空间化：一种新的叙事和理论转向[J].国外社会科学，2007（4）.

⑥ 赵坤.城市文学中的景观意象和空间构形[J].江汉论坛，2014（11）.

⑦ 禹建湘.空间转向：建构网络文学批评新范式[J].探索与争鸣，2010（11）：67-70.

⑧ 李静."空间转向"中的当代中国小说研究[D].苏州大学博士论文.

⑨ 穆旭光.空间视角下的文学审美[D].西北师范大学硕士论文.

⑩ 李长中.空间转向与文学研究范式转型[J].北方论丛，2012（6）.

除了对宏观对空间理论与文学作品进行研究外，还产生了一批结合空间理论对文学作品进行微观景观具体分析，比较有代表性的如马春花的《房间、酒吧与街道》[①]、叶立新的《卑微的幻想，放纵的欲望——试析当下都市文学中的酒吧意象群》[②]、敬文东的《从铁屋子到天安门》[③]、陈惠芬的《空间、性别与认同——女性写作的"地理学"转向》[④]、罗岗的《再生与毁灭之地》[⑤]等。对文学空间问题的探讨还有运用"空间政治""空间权力""身体"等理论来对文学现象或者作家作品进行阐释，如路程的《列斐伏尔空间生产理论中的身体问题》[⑥]、刘彦顺的《论"生态美学"的"身体"、"空间感"与"时间性"》[⑦]、孙淑芳的《权力视角下鲁迅小说中的身体空间意象研究》、吴果中的《民国〈良友〉画报封面与女性身体空间的现代性建构》[⑧]、罗峰的《身体、空间与关系：大都市底层群体日常生活政治研究——以上海为例》[⑨]、张进的《"高密东北乡"的创世纪：莫言小说中的第三空间、物质性与怪诞身体》[⑩]、周佳的《革命感知

[①] 马春花.房间、酒吧与街道——由空间符码看90年代末期以来女性文学的变化[J].山东师范大学学报，2006（2）：64-68.

[②] 叶立新.卑微的幻想，放纵的欲望——试析当下都市文学中的酒吧意象群[J].当代文坛，2003（5）：40-42.

[③] 敬文东.从铁屋子到天安门——关于20世纪前半叶中国文学"空间主题"的札记[J].上海文学，2004（8）.

[④] 陈惠芬.空间、性别与认同——女性写作的"地理学"转向[J].社会科学，2007（10）170-181.

[⑤] 罗岗.再生与毁灭之地——上海的殖民经验与空间生产[J].杭州师范学院学报，2006（6）：25-32.

[⑥] 路程.列斐伏尔空间生产理论中的身体问题[J].江西社会科学，2015（4）.

[⑦] 刘彦顺.论"生态美学"的"身体"、"空间感"与"时间性"[J]河南师范大学学报，2011（3）：176-179.

[⑧] 吴果中.民国《良友》画报封面与女性身体空间的现代性建构[J].湖南师范大学社会科学学报，2009（5）：139-142.

[⑨] 罗峰.身体、空间与关系：大都市底层群体日常生活政治研究——以上海为例[D].华东师范大学博士论文.

[⑩] 张进."高密东北乡"的创世纪：莫言小说中的第三空间、物质性与怪诞身体[J].兰州大学学报，2013（7）：81-87.

与创伤书写——丁玲左翼短篇小说里的身体和空间》[1]、冯爱琳的《规训与反叛：空间建构中的女性身体》[2]等。

可见，20世纪以降随着"空间转向"的提出，国外空间理论陆续被翻译到中国，人们的时空观念发生了很大的改变，在文学领域对"空间"的关注也越来越成为当下文学理论讨论的热点，形成一股"空间"热的潮流。但是就现在的研究状况看，符合中国特色的系统的空间理论的建构尚未成熟，对国外空间理论的借鉴与深化问题还需继续探讨，形成具有中国特色空间理论的建构的任务还任重而道远。关于20世纪中国文学的空间，目前学界对空间形式，叙事空间的社会、文化层面的空间研究都有了很大的进展，但依然尚存很多亟待突破的问题，例如，空间转向到底给"文学空间"带来了什么，在叙事学领域，空间叙事与叙事空间的区别，如何界定文学空间的概念、类型等问题都需要进一步说明，还有我们现在运用社会空间理论去研究文学空间，并且这一理论已经成为文学空间研究中的核心资源，但也不应该忽视的是文学的诗学的本体性的独立，而这些是不能用空间生产理论笼统盲目的代替。所以，对于新世纪小说的空间研究尚有很大的研究空间。

第二节 小说叙事空间的研究及其反思

20世纪末在人文社会学科研究领域"空间转向"研究盛行的背景下，文学叙事的"空间"研究逐渐成为文学批评界热门讨论的话题之一。关于"空间"概念，学界给出的定义可谓是纷繁复杂，海德格尔认为，"空

---

[1] 周佳. 革命感知与创伤书写——丁玲左翼短篇小说里的身体和空间[J]. 现代中文学刊，2013（4）.

[2] 冯爱琳. 规训与反叛：空间建构中的女性身体[J]. 国外社会科学，2007（4）：42-47.

间"是为定居与宿营所空出场地,"空间在其实质上是被设置起来,并且被释放到其边界中的东西。"①海德格尔所定义的"空间"概念很抽象,主要是根据个人的体验,用模糊的话语对空间进行抽象的阐释。列斐伏尔在《空间的生产》中认为"空间是社会的产物",被社会关系所支持与被社会关系所生产,是"社会、历史、空间三重辩证"②的同时叠加。"社会空间"概念的提出是列斐伏尔对西方空间观产生最大影响的发现,并且把社会关系中的主体人作为探讨社会空间这个概念的核心要素。把"人"作为空间的中心的观点还有 G. 尼奇凯（G. Nitschke）,他认为被经验的具体空间不是中性的,它有界限,而且是有中心的,这个中心就是知觉它的人,意思就是说空间"是有限、非均质、被主观知觉所决定的。所以,距离和方向乃基于同人的关系而定……"③由于"空间"界定的复杂随之空间的分类也变得驳杂。在众多的空间理论以及研究角度中,本书确定将研究对象选定在新世纪小说叙事空间的研究。笔者首先考虑的是对于研究对象如何进行表述的问题。无论哪一种研究都需要确定研究对象语言表达方式,作为与时间共存的空间在小说叙事中如何进行表述?也就是说对小说叙事空间问题的探讨必须首先确定一组普遍使用但也经常被混用的概念——"空间叙事"抑或"叙事空间"。虽然批评界认为"空间叙事"和"叙事空间"概念复杂也较难准确定义,因为"概念是无法定义的,除非它一成不变、没有历史。"④可是如果不给研究对象一个明确的定义,似乎这个研究对象的合法性就会失去,也没有办法进一步探讨该问题的研究范围和研究方法,所以给予研究对象一个确定的概念是对研究对象进行整体研究必要且关键的。

---

① （德）海德格尔.海德格尔选集［M］.王文融,译.上海：三联书店,1996：1197.
② 吴冶平.空间理论与文学的再现［M］.甘肃：甘肃人民出版社,2008：4.
③ （挪威）诺伯格·舒尔兹.存在·空间·建筑［M］.尹培桐,译.北京：中国建筑工业出版社,1990：11.
④ 倪梁康.胡塞尔选集（编者引论）［M］.上海：三联书店,1997：7.

一、"空间形式"与"叙事空间"

学界对叙事空间问题的关注源于美国弗兰克提出的小说的"空间形式"的概念，这一理论从1945年被弗兰克最初提出到现在已经过去70多年，20世纪末"空间形式"理论被介绍到中国，在更新不断的理论热潮中一直持续不断。目前国内对"空间形式"介绍的著作最早是1991年出版的由秦林芳编译的包括由约瑟夫·弗兰克、杰罗姆·科林柯维支、詹姆斯·M.柯蒂斯、埃里克·S.雷比肯安·达吉斯托尼和J.J.约翰逊、兰·瓦特等的文章所组成的《现代小说中的空间形式》一书。在很长一段时间内并没有引起重视，直到新世纪，"空间形式"一词才在批评文章中不断被提及。其中在批评界产生影响最大、最重要的文章是约瑟夫·弗兰克的《现代小说中的空间形式》。弗兰克于1945年将此文发表在《西旺尼评论》（Sewanee Review）上，分析了福楼拜《包法利夫人》中的著名的农产品展览会场景和乔伊斯的《尤利西斯》、普鲁斯特的《追忆似水年华》和巴恩斯的《夜间的丛林》等这类现代主义小说的美学特征，为了打破时间顺序所运用的空间并置创作方法，第一次明确提出现代小说的"空间形式"问题，并且明确"空间形式"中的"空间"的含义："空间形式"概念中的"空间"是一种抽象空间、知觉空间、"虚幻空间"（苏珊·朗格语），与日常生活经验中具体的物件或场所那样的空间是不同的，而且读者要理解作品的"空间形式"，只能是在掌握了作品的整体结构、清楚明白小说的时间线索之后。在弗兰克"空间形式"理论之后，书中还选取了六位批评家分别从不同角度对"空间形式"理论加以探讨、丰富。杰罗姆·科林柯维支的《作为人造物的小说：当代小说中的空间形式》一文是对弗兰克"空间形式"理论的进一步说明，指出空间形式小说的显著特征是为了有利于一种完全自觉的创作形式，叙述主题、顺序、情节、人物等都可以抛弃，传统创作观念成为一种幻想。杰罗姆·科林柯维支把"空间形式"进一步发展为"空间形式小说",认为一部成功的空间形式小说的意义是需要在小说创作的技巧中获得的,意义表达也是由小说中的结构因素来承担。詹姆斯·M.柯蒂斯《现代主义美学关联域中的空间形式》以宽阔的视野、恢宏的理论气魄从"现代思想、特别是在科学和哲学上的空间和时间的讨论的关联域中研究空间形式理论的发展流变,测定了弗兰克在现代美学背景中的地位,并对弗兰克的理论与结构主义语言学之间的相似之处做了深入而贴切的比较"。戴维·米切尔森《叙述中的空间结构类型》一文认为空间形式在作品中的表现方式可以是"性格刻画对情节的替代,缓慢的速率,事件结局的欠缺,甚至是重复"[①]。埃里克·S.雷比肯《空间形式与情节》一文,认为"空间形式"是一种叙事技巧的隐喻,主要借助俄国形式主义的概念考察语言影响叙事进程的方式的同时也重点关注了情节所兼具的共时性与历时性维度。安·达吉斯托尼和 J. J. 约翰逊在《夸大的反讽、空间形式与乔伊斯的〈尤里西斯〉》(1981)一文探讨了开放空间(open)与封闭(closed)空间的概念,认为弗兰克的"空间形式"是封闭的、支离破碎的,所以要通过反应参照、重复阅读来揭示其主题。而开放的空间形式则是可以夸大的反讽来实现,比如罗兰·巴特的复义文本,开始、结束、中心意义、叙事顺序都不存在,自然对于文本的阐释也就不确定。乔伊斯《尤利西斯》就是运用夸大的反讽与空间形式的成功之作。

国内学者对"空间形式"理论的研究,首先需要提到的是秦林芳,在《现代小说的空间形式》的"译序"中,总结了弗兰克"空间形式"理论最核心的两方面思想:从创作主体方面提出"并置"的创作批评概念;从接受主体方面提出"反应参照"和"重复阅读"的接受批评概念。弗兰克从空间形式的创造与接受两个方面为现代小说理论提供了一个新的范型。对"空间形式"本身进行阐释的文章比较少,仅有如《文学的空间形式》

[①] 戴维·米切尔森.叙述中的空间结构类型 [A] // (美) 约瑟夫·弗兰克.现代小说中的空间形式 [M].秦林芳,译.北京:北京大学出版社,1991:141.

（李丹丹，《大理师专学报（综合版）》1998.2）、《空间形式：现代小说的叙事结构》（龙迪勇，《思想战线》2005.11）、《文学现代性的时间形式与空间形式》（周新民，《学术研究》2007.4）、《隐喻与悖论：空间、空间形式与空间叙事学》（陈德志，《江西社会科学》2009.10）、《文学作品的空间形式》（薛艳丽，《长安大学学报（社会科学版）》2010.6）、《小说文本空间形式的生成研究》（史文海，2014）、《约瑟夫·弗兰克的空间形式概念探源》（唐丽，2016）等几篇文章。

总结起来，国内学界对于"空间形式"理论的研究主要有三种倾向：一是将"空间形式"理解为一种理论，较早的是秦林芳，在其编译的《现代小说中的空间形式》的序言中，对"空间形式"进行了创作主体的创作技巧与接受主体的阅读两个层面的理论分析。学者秦林芳对于"空间形式"的阐释是对"技巧与读者"的注视，可这也是抓住了弗兰克"空间形式"理论的核心要素。二是将"空间形式"常常与空间叙事学理论结合在一起研究，认为空间叙事理论的源头是"空间形式"，学者程锡麟、龙迪勇、王安、周和军等都有相类似的观点。学者龙迪勇在《空间形式：现代小说的叙事结构》一文中对"空间形式"问题进行阐释时，把"空间形式"作为现代小说空间叙事的叙事结构，并且总结出几种经典的"空间形式"类型，比如：中国套盒式、圆圈式、链条式、橘瓣式、拼图式、词典体等。也有的人主张空间形式与空间叙事不能混淆，并且进行严格区分，比如《隐喻与悖论：空间、空间形式与空间叙事学》（陈德志）、《现代主义小说中的空间形式》（董靖华）、《约瑟夫·弗兰克的空间形式概念探源》（唐丽）都对"空间形式"概念进行了根源上的阐释，生成与发展、影响与变迁进行了梳理，而且认为空间形式与空间叙事是不同的，不能混为一谈。空间形式与空间叙事学具有不同的理论对象。空间叙事学的对象是通过叙事文本所建构的想象性空间，它具有现实空间的所有属性。而空间形式论的对象是叙事文本中包括空间在内的各种因素之间的时间性关系。三是将"空间形式"作为小说创作中运用的方法，在文本中主要有时间流的中止、并置的结构、空间化场景、主题重复等，除了这些整体宏观的技巧外，还有很多种微观的技巧，比如：描写、省略、重复、引用、对称、对比、多重视角、断裂、拼贴、多情节、蒙太奇等。还有《小说文本空间形式的生成研究》（史文海）一文还将叙述声音、叙述聚焦和意象等小说技巧也应用于"空间形式"研究中。

在《现代文学中的空间形式》一文中，弗兰克对于小说"空间形式"的问题总结为三个方面，即：语言的空间形式、故事的物理空间和读者的心理空间，又限定小说研究的范围是在现代主义小说。空间叙事学，空间形式理论在理论谱系中脉络清晰，但空间形式理论如何引起中国小说叙事学界的关注，"空间形式"与中国文学的实践相联系，这是一个值得探讨的问题。小说空间形式理论在我国批评实践中产生一定影响，国内对"空间形式"理论的实践不仅局限于现代主义小说，一般研究思路是更多的将空间形式的探讨与空间叙事结合在一起研究。就目前笔者所掌握的资料看，研究成果主要集中在：一是对某部国内外文学作品的"空间形式"的研究。二是对某类文学作品的"空间形式"进行分析。还有一些将"空间形式"与其他空间叙事理论结合共同对文本进行分析，如列斐伏尔的社会空间、爱德华·索亚的第三空间，巴赫金的时空体理论等，《空间理论视域下的美国华人文学》（蔡晓惠，《文学与文化》2014.1）一文对美国华人文学的研究时运用的是空间形式与索亚的第三空间理论相结合的分析方法。目前这类对某类型文学的"空间形式"，在题目上确定是对作品的"空间形式"进行研究，对于"空间形式"理论批评实践多直接承袭弗兰克"空间形式"理论，从分析语言形式空间、文本结构空间和读者心理空间等展开研究。

关于"空间形式"的问题，弗兰克写过三篇文章。1945年在《现代小说中的空间形式》（"Spatial Form in Modem Literature"）一文中，在对现代小说、诗歌文本批评实践基础上提出"空间形式"，是对具有空间化倾向的文学现象的一个概括，作为一个概念是模糊的，提出的最初目的并不是要建立理论体系，只是对新的文学现象的描述性概括，主要涉及三个关键词："并置""反映参照""整体阅读"。事隔三十多年，1977年弗兰克发表《对空间形式批评的回应》（"Spatial Form: An Answer to Critics"）一文，强调指出"空间形式是针对现代先锋派文学作品中所共有的一种特有的现象而言的"[1]，并尝试把空间形式作为一个理论来表述。1978年发表《对空间形式更深入的思考》（"Spatial Form: Some Further Reflections"）[2]一文，弗兰克开始对"空间形式"进行理论的溯源，进一步将研究的范围扩大，不仅局限于现代主义作品，并且将空间形式与其他的理论相比较，比如俄国形式主义、叙事理论以及语言学理论等等，开始注意到空间形式与叙事的联系。1991年《空间形式的概念》（"The idea of Spatial Form"）一书，弗兰克在书中是对四位艺术理论批评家（法国的安德烈·马尔罗、瑞士美学家海因里希·沃尔夫林、英国赫伯特·里德特、英国E·H.贡布里希）的艺术理论进行分析，重点关注的是艺术理论中的形式问题，比如"抽象形式""有意味的形式""纯粹形式""艺术形式"等等，对这些形式问题的分析都纳入"空间形式"理论中。"空间形式"的概念有一个动态发展的过程，从最初的对现代小说和诗歌中出现的空间化现象的描述、现代先锋文学的空间形式、叙事中的空间形式、艺术理论中的空间形式。总结起来，"空间形式"概念可以分为三个方面：一是对现代主义文学空间化倾向所总结的空间形式；二是与叙事和结构有关的空间形式；三是现代艺术中的空间形式。

综合国内对"空间形式"理论及实践应用研究的现状可以看出，对于"空间形式"出现了不同的理解争议，而源头则在于"空间形式"概念的动态发展其本身就存在的争议。弗兰克提出"空间形式"理论最终是试图建立一种新的文艺理论范型，但在国内的研究实践表明，多数研究者将

---

[1] Joseph Frank, The idea of spatial form（Rutgers University Press, 1991），231.
[2] Joseph Frank, "Spatial Form: Some Further Reflections"（Critical Inquiry, Vol. 5, No. 2（Winter, 1978））: 275–290.

"空间形式"是作为一种小说文体结构特色，被认为是"小说文体结构的革命"[①]。从对"空间形式"理论本身和应用研究的成果数量上来看，对于"空间形式"理论本身研究较少，而且国内"空间形式"理论的研究对外文文献资料的占有量是非常有限的，仅仅是依靠目前已经被翻译成中文的文献资料，即使有学者引用了外文文献资料，但主要的研究对象也不是"空间形式"，这样的研究对于"空间形式"概念的形成背景自然是被忽略了。因为对"空间形式"问题本身的思考比较少，空间形式概念形成的国内外背景的考察分析成果也就比较欠缺，"空间形式"的概念依然模糊不清，但对"空间形式"应用到小说的批评实践却是比较丰富的。"空间形式"理论的实践实际已经突破现代主义小说的范围局限，"空间形式"理论应该适用于普遍的文学作品。

目前国内关于"空间形式"的研究仍停留于约瑟夫·弗兰克最初始的文本结构研究阶段，研究成果主要体现在两个方面：一是总结了空间形式形成的方式——并置的结构、时间流的中止、空间化的情境、省略、重复、引用、多重视角、断裂、拼贴、描写、多情节、蒙太奇、对比等，这些都是使小说文本形成空间形式的技巧。除此之外，如果叙述声音、叙述聚焦和意象等小说叙事技巧能辅以作者、读者的共同创作，也可以生成"空间形式"。这些生成"空间形式"的方法在某种程度上与时间有密切的联系，这也说明"构成现代小说空间形式的要件正是时间，或者说时间系列……小说的空间形式必须建立在时间逻辑的基础上。"[②]二是概括出了小说文本中空间形式的表现形态，如"橘瓣式""套盒式""链条式"等。这些成果的主要研究对象是小说文本的整体结构，而且其中"空间形式"的形成方式还是表现形态对小说来说不具有普遍性。所以，就目前国内关于"空间形式"研究状况而言，问题的探究尚属于初级阶段，在梳理

---

① 王素霞.另类播撒的空间形式—90年代长篇小说文体革命之一种[J].当代作家评论，2003（3）：125，133.

② 龙迪勇.空间形式：现代小说的叙事结构[J].思想战线，2005（6）：102–109.

清晰"空间概念"的基础上，依照国内文学创作研究实况建立一套空间形式研究的范型还是十分迫切的问题。"空间形式"中的"空间"是一种"结构上的隐喻"[①]，与艺术领域的关联更大，弗兰克是通过造型艺术的立体的视觉呈现发现现代主义文学的空间化、立体化特征，"空间"表现为对文本中语言以及叙事顺序的抛弃，"空间"是作者通过创作技巧制造出来的，而在读者方面要求要进行整体参照阅读，感知"空间"。

鲁思·罗侬在《小说中的空间》一书中提出小说的空间组织结构有三种："连续的空间""彼此中断的不同质的空间""彼此不能沟通的不同质空间"[②]但是不管做何种分类，小说文本空间都是作家与读者在大脑中按照已经存在的人生体验虚拟完成的。"文本"的含义较为复杂，原意是指作品的存在形态，但它的含义会跟随文学理论思潮的演变而不断发生变化[③]。小说、诗歌、散文……都可以被叫作文本，这里笔者所用的文本概念只限制在小说这个特定的领域。空间视阈下的新世纪小说既包括对叙事文本的空间也包括小说内容本身的空间的研究。至于文本的不确定性的复杂内涵，笔者借鉴王一川先生对"文本"内涵的界定来限定本书所提到的"文本"含义，"指'本来'或'原本'意义上的、仿佛未经过任何人阐释的对象，它的意义总是有待于阐释的、向读者开放的。"[④]面对虚拟的小

---

① Herman, David. eta1. Routledge Encyclopedia of Narrative Theory. London and New York: Routledge, 2005. 555.
② 章锡麟.叙事理论的空间转向——叙事空间理论概述［J］.江西社会科学，2007（11）."连续的空间"指文本包含多个毗邻的连续空间，人物可以自由地在多个空间内穿行；"彼此中断的不同质的空间"指在特殊情况下允许跨空间交流；"彼此不能沟通的不同质空间"指只有通过转喻才能沟通，如嵌入叙事，包括叙事中的梦境、童话故事、书中书等。
③ 董希文.文学文本研究三题［J］.名作欣赏，2007（2）：137-140.新批评理论将其视为语言表层结构，文本就是语词符号及其按照一定逻辑秩序不同层次的分级组合。符号理论认为文本是超越语言本身的符号体系，具有表意功能后结构主义则认为文本具有互文性，文本意义只能产生于与其他文本相互比较中，文本具有生产性。而当代批评家更是将其内涵无限扩大，认为生活中具有表意功能的语言符号以及类语言符号都是文本，即文本就是一种话语表达方式，是一种话语实践活动。
④ 王一川.杂语沟通［M］.武汉：湖北教育出版社，2002：223.

说文本空间，通常情况下将其分为现实空间和虚幻空间两种。现实空间是真实可感的实质性空间，现实空间是对历史、现实生活进行模仿，而且也与现实生活逻辑相符合；虚幻空间是由想象和情感意绪建构的抽象空间，而且与现实日常生活逻辑不相符合。还要说明一点的是，由"空间形式"建构出的小说文本空间在空间种类的归属上应该是归结于抽象、知觉、虚幻的空间类型，是由作家和读者经过创造与再创造共同产生作用从而形成的一个知觉、情绪空间，是在文本故事之上具体可感的虚幻空间，它是一个带有显著主体经验、个性鲜明的情感空间。

"叙事空间"是一个名词，其重点强调的是"空间"，"叙事空间"所要表达的是小说在叙事过程中所建构起来的空间，它可以是处所、场景、回忆、梦境……总之是一个五彩缤纷的作家所虚拟出的世界。造成"叙事空间"形成一种抽象、虚幻的感知空间的原因可能是作品中的"空白"与"多义"。小说的叙事空间在作品中是独立存在，至于空间如何被还原就需要作者的接受领悟，也就是说，"空间形式"更倾向于作者的创造，而"叙事空间"更倾向于读者的还原与理解，就像许岱在《小说叙事学》中对叙事空间的阐释，叙事空间"是一个想象空间，……一个情绪空间，因为它不仅是小说家情感活动的投影，也是读者的情绪评价的产物"[1]。作家在作品中所呈现的空间情境契合了读者已有生命体验或者恰好与某种生活经验相类似，这样读者在对文本空间进行对照、阅读时便产生了共鸣。

小说叙事的空间性主要表现在两个方面，首先是"表现在故事层面的空间投影上"[2]。小说中人物的活动空间可以分为两类，一类是表现时代、社会背景的大空间和场所；另一类是表现地域的小空间。小说叙事中地域空间是小说叙事的着力表现空间，地域空间的主要特征在于它还是"一种精神文化空间"，不仅具有地理空间的意义，它"还是一个集政治、经

---

[1] 徐岱.小说叙事学[M].北京：商务印书馆，2010：298.
[2] 徐岱.小说叙事学[M].北京：商务印书馆，2010：289.

济、宗教传统与风俗习惯等为一体的文化空间,意味着人与人之间关系的某种格局化"①,是社会关系的具体体现。以《边城》《没有航标的河流》《大淖记事》为例,虽然三作品出自不同的作家,故事情节也不尽相同,但从深层面分析三部小说有一些共同处,这个就是小说叙事的地域空间都是以河流自然空间为基础的水乡,这个特定的空间就对小说叙事的审美空间有着影响,小到人物的性格塑造,大到作品的整体语言风格②。其次是"表现在言语—文体层面的空间构成上"③,即"空间形式"。笔者具体分析了"空间形式"与"叙事空间"这两个概念的区别与联系,并说明了两者之间的关系,这为以后的论述做了概念上的界定与区分,本书的对象选定在新世纪小说的叙事空间上。在当下现代化全球化语境下,对于叙事文本的空间性的探讨应该是整体性的,即要研究文本的存在形态也要考虑读者的接受以及作者与读者的交流,所以,本书"叙事空间"既包含对小说叙事的内容、空间存在形式的探讨,也包含对叙事结构、叙事技巧的空间性设置探索。根据概念理论使用的普适性和合法性原则,确定本书整体的统一的命名用"叙事空间"概念,以此总括上述事实。

二、"空间叙事"与"叙事空间"

1976年斯蒂芬·海斯在牛津《银幕》学刊发表《叙事空间》的文章,并且区分了"叙事空间"与"空间叙事",认为"空间叙事"中强调的是叙事,是电影的拍摄技巧;"叙事空间"强调的是空间,电影叙事由一幅幅快速变化的画面空间构成,电影画面空间是"被建构的叙事空间"④电影批评中的"叙事空间"概念在斯蒂芬·海斯后引起的热度逐年上升。美国

---

① 徐岱.小说叙事学[M].北京:商务印书馆,2010:292.
② 孙胜杰.20世纪中国小说中的"河流"原型研究[M].哈尔滨:黑龙江人民出版社,2016.
③ 徐岱.小说叙事学[M].北京:商务印书馆,2010:295.
④ Heath, Stephen. "Narrative Space." Screen17(1976):75.

叙事学、电影与文学批评家西摩·查特曼在《故事与话语》一书中将"空间"分为"故事空间"与"话语空间",这一概念的提出被看作是美国学者弗兰克在1945年第一次提出"空间形式"理论的延伸,而且也给后来学者的研究提供了很多启发。"故事空间"关注的主要问题是发生故事地点、场景以及人物等;"话语空间"关注的主要问题是故事叙述的方法技巧,特别是文学作品中"空间化"叙事技巧的使用。"故事空间"是作家在叙事空间设置上最基础的简单设置,而空间层次的设置上"话语空间"更为有效,运用叙事技巧形成的"话语空间"可以对小说的存在方式造成改变,所以,空间化的叙事技巧不能忽略,否则将会造成"话语空间"的被遮蔽。查特曼关于"空间"的理论总结起来有两方面启示:一是叙事空间存在的两种方式——"故事空间"和"语语空间"是叙事空间的两极,其中人物、环境是最重要的表现;二是更要看到查特曼理论对于叙事空间理解的简单化倾向。在对文学叙事的研究中话语空间的探讨是匮乏的,从而导致叙事空间问题研究单一怪异。查特曼对叙事空间的理解显然和空间叙事是不同的,空间叙事也只是作为表现叙事空间的方法与技巧,可以看作是"话语空间"。

2002年马克·加洛特·库珀同名文章《叙事空间》发表在《银幕》,以此来纪念斯蒂芬·海斯,"叙事空间"成为"电影对现代再现形式的特殊贡献"[1]的描述。电影批评中"叙事空间"渐渐成为文学理论家的批评话语,只是电影批评中的"叙事空间"概念清晰,但在文学批评领域始终没有得到明确的定义。小说叙事空间问题引起学者关注是在20世纪80年代,如鲁斯·罗尼恩的《小说中的空间》和加百利·卓拉的《朝向空间的叙事理论》,但也只是停留在理论的探索上。2000年以后,叙事空间问题的探讨得到实质性的进展。美国学者戴维·赫尔曼对小说叙事的空间的概念做

---

[1] Cooper, Mark Garrett. "Narrative spaces." Screen43.2(2002): 139.

了界定,"故事中人物活动与生活的环境"①。玛丽·劳拉·瑞恩(Marie-Laure Ryan)从认知心理学视角进行"叙事空间"的研究,从《认知地图与叙事空间结构》(2003)到《叙事手册》(2009)中对"空间"的解释都比较复杂,其主要目的是要说明现实空间与小说空间的联系与区别。玛丽·劳拉·瑞恩所定义的"空间"不仅局限于文学,还涉及电影、网络、游戏等虚拟的叙事空间,提出"'空间想象'、'空间的文本化'和'空间的主题化'"②三种"空间"研究方式。在《小说百科全书中》中,莎伦·马库斯针对小说空间三种分类则更加明确,"空间形式""小说的空间再现"和"书本空间"。基于以上,小说叙事空间中包含具有隐喻性的空间形式,小说中再现的现实空间以及纸质媒体的文学呈现形式,以往在阅读接受过程中常被忽略的是书本中安排的章节、段落的意义空间。卡尔·达雷尔·马格林将小说空间(fiction's space)的构成看成是文本空间(Text Space)和纸面空间(Paper Space)的相加。马格林与马库斯的观点相同,小说叙事空间是由再现空间和文字物理空间组成,书面空间越来越受到重视,这与现代与后现代主义小说以及超文本小说重视小说文字物理呈现方式有关,这些认识得到理论家的重视但是阐释还较为零碎而不成系统。

"空间叙事"的概念最初是在绘画领域的研究③中提出,将其引入到文学理论研究是学者张世君对《红楼梦》的研究,在其专著《〈红楼梦〉空间叙事》中将小说空间叙事进行阐释,此后国内"空间叙事"问题的研究比较盛行。目前对于"空间叙事"的国外研究则比较少,即使提及也都是在"空间转向"背景下对小说"空间形式"的讨论,这些讨论对小说叙

---

① Herman, David. "Storyworld." Routledge Encyclopedia of Narrative Theory. London etc: Toutledge, 2005. 552.
② 空间想象即作者或读者的空间思维认知,而空间的文本化涉及写作技巧中涉及空间的视角、情节结构等等,主题化则是一种对空间的思想或价值判断。
③ 关于"空间叙事"研究首现于1996年殷双喜发表于《美术研究》(第3期)的名为《李帆:城市考古与空间叙事》的文章。文中主要是对版画艺术的评价。

事的"空间"概念的界定有一定的借鉴意义①。目前对小说空间叙事问题进行研究的成果大致可分为两类：一类是空间叙事的内部研究，结合作品对文本中故事空间以及想象空间的建构的研究，比如《论徐则臣小说的空间叙事》（李玉环）、《论余华小说的空间叙事》（李静）、《纳西族作家和晓梅小说的空间叙事》（傅钱余）、《空间维度下的中国当代底层叙事研究》（杨淋麟）、《刘震云小说的空间叙事研究》（黄清秀）、《论方方小说中的空间叙事》（冯晓娟）、《论〈白鹿原〉中的空间书写》（王百伶）等；另一类是空间叙事的外部研究，借助西方"空间"理论，比如列斐伏尔的社会空间理论、弗兰克的"空间形式"理论、福柯的权力空间理论以及索亚的"第三空间"等相关"空间"理论对小说进行空间叙事的解读，包括空间构成、叙事结构、空间形态等问题，这类研究成果多见于硕士论文的写作，主要成果有《回旋于游戏之上的颠覆文本——论余华小说的空间叙事》（张福萍）、《虹影小说的空间叙事研究》（刘国欣）、《从国家空间想象到个人话语的狂欢——时代转型中当代小说的空间叙事研究》（陈晶敏）等。对"空间叙事"进行系统研究的是学者龙迪勇，大胆提出建立"空间叙事学"，不但拓展了叙事学的研究范畴，而且也将对"空间"问题的研究引向了更广泛的学科领域，其著作《空间叙事学》按照媒介分类探讨，一是以小说、历史、传记为代表的时间性叙事媒介如何表现空间；二是以雕塑、绘画等图像形式的"非文字媒介"②的空间叙事，其中包括电影、电视、动画等既重时间又重空间维度的体裁，其叙事文本如何在空间中得到新的阐释维度的问题的探讨。就小说空间叙事问题来

---

① 凯斯特纳《第二位的幻觉：小说与空间艺术》（1981）中据小说艺术特性的"空间三分法"（图像空间、雕塑空间以及建筑空间），以及鲁思·罗侬的《小说中的空间》（1986）将叙事作品中的空间总结为三种结构形式：连续的空间、彼此中断的异质空间、不能直接沟通的异质空间。

② 此处的"非文字媒介"是笔者对学者龙迪勇《空间叙事学》一文章的论述归纳出的把除文字之外的空间叙事称之为非文字媒介的空间叙事，文中并未提及。包括文中的图像空间叙事以及本论文即将要进行深入研究的戏剧、电影的空间叙事，此外，还有雕塑、摄影等等。之后文中的"非文字媒介"不再解释。

讲，龙迪勇的观点是不应该总是"谈论空间、描绘空间，而是应该让其特殊的'空间'通过文学语言这种特殊的时间性媒介自动地呈现出来"①，虽然小说叙事不可能实现"纯粹的空间性"，但在"小说叙事中对空间加以创造性的使用，也会使小说呈现出某种新颖、别致的空间叙事特征"②，这种发现可以为小说发展提供无限的可能性。

本书采用"叙事空间"而舍弃"空间叙事"的名称有以下几点原因。首先是语言习惯的问题。根据汉语的语法习惯，一般关键词、重心词汇都在词语的后面，显然"叙事空间"重点探讨的是"空间"，是叙事文本在阅读接受过程空间结构和空间想象的重构，而"空间叙事"重心是在"叙事"，更多关注空间要素中的场所、地点等设置的技术性，相比之下，叙事空间更符合笔者所要对新世纪小说所要探讨的内容；其次是时代发展的理论诉求。随着全球化的到来，在后现代思潮中，空间化文本越来越成为主流。另外，"空间叙事"也容易造成探讨叙事空间只是叙事的方法技巧问题，从而失之全貌；最后，要区分中西方对叙事空间阐释的不同处。这可以从叙事空间问题起源与作品的表现形式两方面来考虑。西方对于叙事空间问题的探讨是弗兰克提出的"空间形式"理论，对于像乔伊斯、普鲁斯特等西方现代主义小说的作品抛弃线性的、无因果逻辑的叙事时间模式，在叙事结构上表现是空间的并置的叙事空间模式，需要读者接受阅读时的态度是阅读主体的积极、主动参与，将分散在文本内部的细节多次整合阅读才可以完成对一幅空间画面合成，这种阅读接受与传统线性时间叙事的被动保守阅读是完全不同的。如果说弗兰克"空间形式"理论是西方叙事学从叙事时间到叙事空间的发展变化，而这种发展变化的前提是线性时间叙事的成熟，而叙事空间的发现是对时间叙事的质疑与打破，突出的是叙事技巧的创新，叙事线性逻辑与结构模式的突破，那么中国叙事学的空间叙事无论是在叙事结构模式还是叙事功能方面都与时间叙事始终密切

---

① 龙迪勇.空间叙事学［M］.北京：生活·读书·新知三联书店，2015：133.
② 龙迪勇.空间叙事学［M］.北京：生活·读书·新知三联书店，2015：131.

地结合在一起。为了对新世纪小说叙事空间进行实质性研究，笔者规避了工具性以及哲学性的空间研究，对于叙事空间的研究主要集中在以下四个方面，一是小说呈现所借助的客观物理空间，即媒介空间；二是从读者接受方面来讲，隐喻性空间形式；三是小说文本中所呈现的虚拟非现实存在但又与叙事主体密切相关的虚构空间；四是小说文本中呈现的现实可感知的实体空间。

第三节 新世纪文学的命名与空间转换

一、"新世纪文学"命名的合理性

20世纪中国文学整体呈现出阶段性发展特征，"反帝反封建"是"五四"时期文学的主题，"民族革命战争"是20世纪三四十年代的文学的主题；"阶级斗争"是"十七"年时期文学的主题；以计划经济为基础正在不断的开放与更新是"80年代文学"文学发展的现状，[①]而且即使作为新世纪文学准备期的90年代文学，新世纪文学在构成上区别都是很显著的，比如说打工文学、亚乡土叙事、80后写作、网络文学等文学新元素的加入。文学界自觉地把"新世纪文学"作为一个概念或者一种新的文学现象最早大概可以追溯到《文艺争鸣》在2005年开辟的"关于新世纪文学"专栏，其杂志主编张未民以《新世纪，新表现》为题做了编者按，接着刊出一批学者们关于讨论新世纪文学的讨论文章，一时间声势不断高涨，引起了学界对此问题的关注。随后，以"新世纪文学五年与文学新世纪"为研讨主题的学术研讨会于2005年6月2日至4日在沈阳召开，此次会议由中

[①] 雷达. 论"新世纪文学"——我为什么主张"新世纪文学"的提法 [J]. 文艺争鸣，2007（2）：16—21.

国当代文学研究会、《文艺争鸣》杂志社、沈阳师范大学联合主办，出席会议者三十多人，其中多数是当代文学界的著名学者，还有来自全国部分高校、研究所、社会科学刊物的文学研究者和编辑。在这次会议上集中探讨的热点问题就是有关"新世纪文学"命名以及发展。关于新世纪文学研究，《文艺争鸣》杂志起着不可或缺的作用，始终每期都会对"关于新世纪文学"栏目开展讨论，于翌年一期就将栏目名称确定为"新世纪文学研究"。期间著名学者如杨杨、雷达、张炯、张未民、张颐武等发表了一批优秀的文章，由此"新世纪文学"的说法得到认可与扩展。对"新世纪文学"的研究形成全方位、多角度的热烈讨论与解读的时间应该是中国当代文学研究会第十四届学术年会，此次年会的主题直接确定"从新时期文学到新世纪文学"。此后发展与繁荣"新世纪文学"成为研究当下文学的一个十分突出重要的课题。

　　对于"新世纪文学"概念的现实所指，学者们论证的方式是利用现象归纳的方式，因为对于一个文学概念的界定不可能凭空想象，或者只是概念游戏，学者们根据文学的发展变化归结出文学现象，这种文学现象和以前的文学现象是迥然有别，所以必须用别一名称来命名，才可以显现在文化、经济领域发生变动带给文学的新生机。但"新世纪文学"也不是一蹴而就，而是经历了一段很长的过渡期，大概从1993年以来的七八年的时间。如果从时间来考量"新世纪文学"，一般来说是从2000年算起一直延续至今，而且目前这个文学发展阶段还没有结束。特别是新世纪文学最近发展的十几年，是"以日渐成熟化的市场经济机制为运行基础的新媒体时代的文学。"[①]如果把"新世纪文学"作为一种文学现象来描述，它呈现出的特征是突出的。首先是网络文学的兴起，基于互联网技术的"网络写作"使新世纪文坛快速扩容；其次，"80后文学""青春写作"打工者文学都显示了新世纪文学的多种发展的可能性；再次在纯文学领域，王蒙、

---

① 雷达.新世纪小说概观·导言[M].太原：北岳文艺出版社，2014：1-2.

贾平凹、阎连科、莫言等的创作都表现出了新世纪文学的某种新的特质。"新世纪文学"作为一种价值指称，它又呈现出较之以往新时期文学之外的一些新元素，在语言变革、叙事技巧、心理挖掘与艺术形式方面都建立在一个新的基础之上[①]，从"自我"个人化的狭隘视角走出，与社会现实的接触更加明显，特别是对社会底层群体现实生存境遇的关注。

对于新世纪的探讨，"新世纪文学"的支持倡导者试图运用命名的方式来把握变动中的文学发展趋势。但对于"新世纪"的命名也有很多质疑者，大概从三个方面提出质疑：首先，"新世纪"对于文学的阶段命名过于宏大，毕竟对于一个世纪来说目前才是五分之一的时间，用过于短暂的文学实践去对整个世纪文学进行命名，这种命名行为本身就显出焦虑与急躁，而且也不是很清晰。例如，新世纪与90年代并不能截然分开。另外，阶段性命名本身也表现出了对于时间的过度依赖；其次，对于文学现象归纳，新世纪文学现象的归纳叙述与前一时代相比，并没有发现一条能够区别于前一时代明显的线索，也就是在文学变革的本质层面并没有发生与前一时代断裂式的变革，新的变化也无法构成与前一时代的根本性区别；再次，从价值指称的角度来看，"新世纪文学"的命名是建立在对现象的归纳的基础上，但是这种归纳并未表现出与前时代的根本性变革，所以，对于"新世纪文学"也只能看作是"当代文学界与批评界在精神资源清空的前提下，为保证自己话语权的不被散失而精心合约过的一次集体逃亡行动"[②]。

综合以上批评界的观点，笔者认为，对于"新世纪文学"的命名，无论是支持者还是批评者两者都有各自的道理。对于"新世纪文学"提倡支持者而言，赞同的理由是20世纪90年代以来的文学图景确实发生了巨大的改变，而且变化的程度对"新时期文学"范畴已经构成超越。"新世纪

[①] 张未民.开展"新世纪文学"研究[J].文艺争鸣，2006（1）：1-6.
[②] 惠雁冰.强悍的宿命与无力的反抗——对"新世纪文学"命名的反思[J].文学评论，2006（5）.

文学"命名的提倡者所欠缺的是对于"新世纪文学"表现出的新变与中国文学内部的延续之间的关系未能做出明确的梳理；对于"新世纪文学"概念的批评者而言，认为"新世纪"仅仅限于对21世纪以后的文学现象的描述概括，不包括对20世纪90年代文学现象的概括的观点是有些偏颇的，对于"新世纪"一词的理解也过于狭隘与较真。但是其中一些对"新世纪文学"命名的批评观点是可取的，比如认为"新世纪"过于依赖时间概念以及以"历史决定论"为理论导向的文学史阐释等等。但是批评者所持的立场要坚定，尽管新世纪文学的命名蕴含着历史主义，但不能对"新世纪文学"这样的命名不满意，就去对90年代以来中国文学现象所发生变化的事实做简单粗暴的否定，否则就会对当下文学发展态势的理解形成巨大的遮蔽。

二、"新世纪文学"命名的时间焦虑

认识中国文学，"时间"既是"一种历史的方式，也是最为现实的方式"[1]，用"新"和"世纪"两个词来命名当下文学发展的阶段，意在说明和社会政治文化现实紧密相关的"新时期文学"的命名相比，"新世纪"是一个比较纯粹的时间概念。在中国语境中的"世纪"是一个具有现代性含义的词汇，而"现代性是一种关于时间的文化。"[2]中国传统的时间观是一种以"人的个体生命为本位的'循环论'，它以个人的存在为价值起点，生命呈现为一个断裂又重复的'圆'"[3]。"现代性"是西方"进化论"的时间观，线性的时间观是对传统封闭循环的自然时间观的打破，使历史化进程一直处于不断向前发展的状态，并且这种直线式的现代化进

---

[1] 张未民.中国文学的"时间"——关于"新世纪文学"论述的一个逻辑起点[J].南方文坛，2006（5）：35-39.

[2] （英）彼得·奥斯本.时间的政治——现代性与先锋[M].王志宏，译.北京：商务印书馆，2004.

[3] 张清华.中国当代文学中的历史叙事[M].北京：北京大学出版社，2012：18.

程直接促成了中国文学叙事的先进与落后、城市与乡村、现代与传统以及文明与野蛮等二元对立叙事模式的建构。这些二元对立的思维模式表征着在时间隐喻架构中探寻自身的价值定位，这种宏观的叙事框架实质上是时间焦虑的现代性意识的表现形式，而且这种时间焦虑的根源一直与中国形象的现代性想象紧密相连，例如旧中国与少年中国、旧民主主义与新民主主义以及传统社会与新社会等二元对立话语概念在文学的呈现就是文学对"新"（"新文学""新时期文学"）的期盼与憧憬。所有对历史的不满意在文学中的表现总是貌似可以用"时间"来处理，认为历史发展以及民族国家困境都可以通过时间，随着时间的直线向前发展而最终可以获得想象性的消解。

20世纪中国文学在时间的进化论中发展，从"五四"到世纪末仿佛整个20世纪的文学发展都在时间的焦虑仓促进行。匆匆忙忙地把自身古典传统之"根"割断，然后再把西方文学的各种主义（现实主义、浪漫主义、象征主义、自然主义、现代主义以及后现代主义）和文学思潮都进行一番实战，每一次新思潮的借鉴都还未来得及消化就又在世界性的普世时间坐标中艰辛地对下一个位置进行探索。20世纪八九十年代以来的寻根、先锋文学创作也是时间意识渗透的发展模式。以寻根小说的发展为例，寻根小说在对文化、民族之"根"的重塑都是建立在关于民族、历史、命运、人性等抽象时间观模式的关怀下，比如《白鹿原》（陈忠实）采用的是宏大的历史叙事，家族史与民族史同构；《活着》（余华）和《许三观卖血记》（余华）是新世纪小说历史叙事的"另类"范本，表达了最丰富的历史内容和最富哲学意味的历史理念，福贵和许三观的命运是对当代历史的隐喻式书写。文明与野蛮、进步与后退、未来与过去还是先锋还是寻根，这种发展模式一直延续到90年代的后现代主义思潮。这种架构在时间观基础上的隐喻式的创作模式深究起来可以隐约地发现时间焦虑背后所书写的只有一个空间事实，那就是中国与西方形象的对立，是现实空间框架在文学空间中的置换变形。

在"进化论"的时间观念的影响下,对于新时期的"伤痕文学""反思文学""寻根文学""先锋文学"等文学思潮会把它们确认为是一个有着时间接续逻辑的时间化演变的发展顺序。这种线性的阐释文学发展脉络的思路到了新世纪会发现已经不再适合。在新世纪文学中,文学的批判、反思、存在、家园追寻精神以及语言形式的探索都共时共存于新世纪的文学空间。当命名者以"新世纪文学"之"新"不仅是一种新的文学现象,是出于历史、时间、文学自身的需要,也是在进化论视野中的"乌托邦"想象,为了表征新世纪文学的"新"变化、"新"发展,新世纪不仅是物理时间上的"新",同时也是心理时间上"新"的暗示,是"中国文学进入新世纪以后人们的文化想象"[①]。正如张未民对"新世纪文学"命名的阐释,与其说"新世纪文学"是一种命名不如说是一种建构,对于20世纪中国文学迫于时间的焦虑,"新世纪文学"正在努力走出,对于"先锋""主义"的概念不再紧跟,而是变得更加从容不迫,与主流意识形态的关系也渐趋缓和,古今中外文学的对话关系也正在理性的形成。人们对于中国文学的空间认知一般来说是通过时间来认识的,新世纪文学"似乎已淡化了时间的焦虑,而更看重空间的构建"[②],对空间化的追求和表现更加显著。所以,对于"新世纪文学"命名的学者们尽管已经看到文学自身发展已经超出了20世纪中国文学的线性"时间"发展顺序,但现在虽然对于新世纪文学的命名仍然是以时间为框架模式,这说明不再处于时间焦虑中的"新世纪文学"恰好是通过线性时间模式表达对未来文学发展的与往昔不同精神信念,并且认为"新世纪文学"之"新"一定是对以往文学的超越。所以"新世纪文学"的命名与当下的文学现象或同步或发生在具体的文学想象之前,"未完成性"[③]是新世纪文学的命名较之以前文学命名的最

---

① 雷达.论"新世纪文学"——我为什么主张"新世纪文学"的提法[J].文艺争鸣,2007(2):16–21.
② 张未民.开展"新世纪文学"研究[J].文艺争鸣,2006(1):44–48.
③ 雷达.论"新世纪文学"——我为什么主张"新世纪文学"的提法[J].文艺争鸣,2007(2):16–21.

大不同处，正是这种走在具体文学现象之前的命名表现了现代性的时间焦虑，抑或"是对未来想象的热诚占了上风"[①]。

三、新世纪文学的空间转换

新世纪文学发展的快速性与丰富性让人不得不承认中国当代文坛已经发生了巨大变化，互联网技术的发展使文坛达到了前所未有的盛大，随之出现的"网络文学""80后文学""青春文学"以及底层写作……这些文坛新格局其实质是新世纪以来中国文学发生的最大的变化，也是新世纪文学发展的趋势所在。在以往对文学发展过程的描述，如果冠以"新"字，那么必定表明历史在这个阶段一定是发生了"转折"，有一个标志性的事件或时间节点，但是新世纪文学的"新"却只是以一个纯时间性的文化惯例过渡而形成，在20世纪和21世纪之间加上"新"也只是对21世纪的一个相对热情的说法。虽然在时间发展的长河中十几个春秋已经匆匆流逝，毫无变革之感，但在文学领域，较之20世纪的文学生态已经发生了显著的变化，已非昨日这应该是文学发展的整体感受，就像始于20世纪70年代末的"新时期"一样，跃过热情而多思的80年代，躁动不安的90年代，新世纪来临后人们明显感受到它的"崛起"。而这个"崛起"是一个既顺理成章又是人们对新世纪的想象。对于新世纪"中国想象"的媒体话语市场经济、以人为本、科学发展、自主创新等已经是基本普遍的表述方式，这可被视为新的"中国想象"的表征，这既是一个长期孕育结果但也是让人出乎意料，新世纪文学仿若新世界的中国社会，正是在新一轮"中国想象"中让人刮目相看，在悄然中已经渗透进文学话语的表达中。这正是新世纪文学的最大特征，所有"转折"式的"断裂"式的变迁都没有发生，但是现在如果要谈起"80年代文学""90年代文学"也好像已经离我们很远

---

① 罗义华. "新世纪文学"：历史节点、异质特征及其他[J]. 当代文坛, 2007（5）：61-64.

了，新世纪文学是"生成式"或"生长式"的，而非"断裂"式。

在当下回望新世纪文学，虽然与20世纪80年代、90年代文学有着割舍不断的联系，但80年代和90年代文学可以看作是新世纪文学的一个"前结构"，在话语表述上可以用中国社会发展的"可持续发展""科学发展"等词汇来表述，站在发展的角度看新世纪文学，既有时间维度上的成长，也有空间维度上的拓展。所以，新世纪文学是在"发展"的意义上前行，发展不是悖反式的突破或者革命转折，它只是发生变化，是具有价值、逻辑上向上生长、连续不断的发展，所以，"发展"可以看作是新世纪文学基本特征。虽然不断裂，但不意味没有新质的加入，相对于20世纪80年代、90年代文学，新世纪文学已经表现出了对新世纪中国社会现实关注，社会分层、现代城市化进程与"底层"群体的生存困境，互联网媒介等的社会发展的新质因素在新世纪文学中开始得到表达，所以，从紧跟时代发展的角度看，新世纪文学已经进入一个新的发展阶段，新世纪文学是面向未来的文学。新世纪文学无论从未来的发展趋势，还是对以往文学的总结都不是再对旧文学的重复，但也不是否定式、反抗式、断裂式的发展，而是向着现实、未来生长，与20世纪中国文学相比，新世纪文学在尝试着文学创作与发展的各种新的可能性，从当下来看有着广阔的表现空间和诱人的探索空间，对20世纪中国文学可能是一个整体性的超越。

纵观当下的文学创作多元共生，异常繁复，如果要对新世纪文学的整体存在状态做一个整体意义上的趋势归纳，这个难度是十分大的。但可以肯定的是文学作品的线性时间叙事正在受到共性空间叙事的冲击，这个现象从20世纪90年代已经开始，时间叙事的基础在发生改变，进化论的时间模式已经不再适合当下现实社会语境表达。特别是新世纪以来网络新媒体的迅速发展，跨文化流动给人们带来虚拟和非语境化体验，对于新世纪文学图景已经不再像以往文学的家国、民族寓言等宏大话语，作品表达的也不再是民族体验与家国想象，而是朝向碎片化与空间化的方向发展。

中国文学的发展既按照"循环与进化"时间模式，也有以地域、风格和文化的空间模式发展。新世纪文学中"新"的表现与20世纪中国文学激进的、不断革命的"新"是不同的，它更贴近日常化，具有对话性，弹性发展空间广阔，内涵上已经不只是单纯的时间意义，而更加注重"空间化"的发展取向。对于"新世纪文学"特征的概括尽管很难，但还是可以寻找到一条发展线索。20世纪八九十年代除了社会发生政治、经济转型外，文学领域发生的新变化大概就是"空间转向"，文学图景发生改变，文学在社会整个格局中的空间位置发生了位移，即被边缘化，作家也对自己的写作自觉地进行调整。新世纪文学正是建立在各种"新的文学体及其复杂机制和写作实绩的客观描述而成立"[①]。

20世纪中国文学从80年代进入到90年代，对于世界的想象由激进变成了世纪末的复杂情绪，还是具有着时间性焦虑。新世纪的来到并没有迎来值得期待的文学新景象，反而却被"边缘化"，成为时代"终结"的标志。文学的个人化特征越来越显著，不再是集体社会话语的承担者。激进的先锋派作家转向保守态度，"中年写作"的主题是怀旧与感伤。建立在进化论时间模式下的关于世纪末的焦虑究其实质是文学现代性想象的焦虑，现存的关于民族、人性、文化等建立在时间观发展中的文学创作对于始终处于变动着的中国经验很难进行叙述。所以，在时间焦虑中的新世纪文学所感到的压迫感就很强烈，与此同时便对新的发展路径进行积极探索。

纵观中国文学的发展，支撑文学叙事时间性架构的一个是乡土中国意象，另一个便是西方"他者"的存在。20世纪中国的文学叙事的时间模式依赖的是乡土中国的经验，乡土中国形象一直贯穿在过去、现在和将来的文学中。20世纪80年代文学对于乡土中国的想象是以政治反思为突破口，现实主义为主要的表现方法，具有代表性的作品如《芙蓉镇》《平凡的世界》等；90年代文学中从文化的角度阐释家族和宗法传统对乡土中国进行

---

① 陈雪，刘泰然."新世纪文学"：文学图景的空间转向与文学命名的时间焦虑[J].商丘师范学院学报，2013（2）：69-74.

想象，代表性的作品如《白鹿原》等；进入新世纪以来，乡土中国的想象在文学叙事中发生了很大的变化，传统乡土中国遭遇解体而现代性乡愁的释放使得文学作品的写意性、文化想象成为其突出特征，文学表现的重心不再是社会政治，而是农民在大变革的时代中的精神状态、文化人格与价值皈依。比如《秦腔》等。贾平凹在后记中说自己对乡土中国已经没有办法准确地去描述，"老街很快就要消失吗？土地也从此要消失吗？真的是在城市化，而农村能真正地消失吗？如果消失不了，那又该怎么办呢？"在"无名叙述"的时代，贾平凹说他只是要"为故乡树起一块碑子"[①]。与《秦腔》主题相类似还有《笨花》（铁凝）、《受活》（阎连科）、《蛙》（莫言）等小说。

新世纪小说对乡土的叙事还有一类可称之为"亚乡土叙事"。所谓的"亚乡土叙事"和中国的城市化进程联系紧密。新世纪随着城市化进程的加快，大量的农村人向城求生，新世纪小说对这些根在农村但已经生活在城市的农民工给予了关注，写了他们灵魂的漂泊和精神的变迁。"亚乡土叙事"中的乡村不再是沈从文的湘西，当然也不是愚昧荒蛮，而是在城市化进程中乡村空间开始"空壳化"。城市空间是商业、欲望、价值的聚集所，农民工进入城市，要经历的便是城市和乡村两种截然不同的文化冲突，错位感、异化感、漂泊感必然十分强烈。

支撑起文学叙事中时间性的框架除了"乡土中国意象"还有西方"他者"的存在。20世纪中国文学关于民族国家形象的塑造是通过"他者"镜像所反映，宏大的民族国家话语一直是文学书写的主题，而到了新世纪市场化、全球化进程飞速发展，跨文化交流日益密切，新世纪文学中民族国家想象的宏观话语难以为继。中国进入全球化语境后历史时间焦虑和跨文化流动使得当下文学写作表现出对时间模式的冷漠，空间化成为必然趋势。

---

① 贾平凹.秦腔·后记［M］.北京：作家出版社，2005：563.

第二章　新世纪小说叙事的媒介空间

语言是表达文学艺术的符号系统，通常被认为是呈现文学的媒介，所以，在以往的研究中突出语言的符号本质，而语言的物理属性就被忽略了。从语言的物理媒介（口语—印刷—屏幕）发展过程中，运用不同的物理媒介所呈现的语言特征是显现不同，文学叙事用语言来进行，也会必然受到所运用的物理媒介的影响。所以，对于小说叙事媒介空间的研究，有必要对媒介以及媒介空间等概念进行界定。

第一节　媒介与叙事研究

一、媒介与媒介空间

"媒介"在中西方语言中的意思大体相当[①]，指事物与事物、人与人、人与事物之间关系建构的中介物，世间万物产生互动形成普遍联系都

[①] 在《旧唐书·张行成传》里最早见到"媒介"一词，即"观古今用人，必因媒介。"简言之，媒介原是指一种使双方发生关系的中介物或介质。《关键词：文化与社会的语汇》一书中雷蒙·威廉斯认为，从17世纪初开始，"media"这个词就具有"中间物"或"中介结构"的含义。

需要媒介，借此可以理解为"传播者"，"传递信息的工具"，大量的信息每天经由媒介传播，这些媒介信息构成了人们获取知识与认知的图谱，而"媒介不仅传播信息，它的传播方式还会影响人们认识信息的习惯和观念"[1]，即"媒介即信息"（麦克卢汉语）。现在人们常说的"传播媒介"将传播与媒介概念放在一起考察，媒介依旧是核心，通过摄影、印刷媒体以及具有影响力的广播、电视和网络传播信息的物质实体，在社会发展中，传播媒介中媒介存在的特点是叠加、并行，而不是替代。在传播学研究领域如果对传播历史进行分期，媒介可以作为其根据，正如美国理论家马克·波斯特所说，"媒介不仅仅具有一种物质性的进化意义，而且成为了一种划分文化时代的标志"，媒介在人类社会传播史发展的各个阶段有着特殊的意义。马克·波斯特根据信息传播方式的不同将"媒介"进行了三类划分，分别是"面对面的口头媒介""印刷的书写媒介"和"电子媒介"，"电子媒介"又可细分成"播放型媒介"和"互动型媒介"。这种类型的划分依据其实就是媒介载体的不同。文学是语言的艺术，需要读者阅读，而承载文学这种语言艺术的物理媒介既是读者文学阅读行为得以实现的物质基础，反过来也会影响读者的阅读，而以往的文学研究对于媒介的关注恰恰是比较少的。直到理论界"接受美学"的概念提出，文学阅读中网络媒介的出现，媒介与文学的关系开始受到重视，才开始进行系统化的研究。

每个不同时代的读者通过不同的文学传播媒介来接触语言，语言的传播媒介可以是口头讲述、竹简木牍、绢帛丝布、纸质印刷、电子屏幕等不同形式呈现，笔者并不是要对每种媒介都进行研究。为表述清楚本书要研究的媒介对象，笔者借鉴李森在其博士论文提出的"媒介空间"的概念来进行阐释，"媒介空间"指"具有相同介质特征的媒介"。"媒介"和"媒介空间"是既相互区别又相互联系的概念。比如竹简木牍与纸质印刷

---

[1] 李岩. 媒介批评—立场·范畴·命题·方式 [M]. 杭州: 浙江大学出版社, 2005: 125-126.

分属不同的媒介，物质属性区别明显，但是媒介空间却是相同的，都是给文字安置在固定的界面。对于"媒介空间"的详细介绍可详见论文《小说叙事空间》①，这里仅就笔者在对论文中的问题论述过程中所涉及的概念给予说明。文学的"媒介空间"按照相同语言呈现的介质特征可分为"口语空间""书面空间"和"屏幕空间"。简单总结三类媒介空间的特征：口语空间对语境依赖性很强，其代表媒介是口语，具有即现即失的语言文学特征，代表文学类型是诗歌与史诗；书面空间对语境的依赖较弱，代表媒介是纸张，具有固定的语言文字特征，代表文学类型是小说；屏幕空间便携式自带语境，具有动态的语言文学特征，代表文学类型是超文本文学。本书所要研究的媒介空间是"书面空间"和"屏幕空间"，不是媒介自身或者是文本结构，关注点在媒介空间对文学叙事的限定以及发展的可能。"口语空间"舍弃是因为口头文学本身是一种隐喻说法，而无相应空间实体。为了更清楚地说明相对于传统小说形式的变化，对于书面空间笔者选择一些实验性较强的文本，比如辞典体小说等；对于屏幕空间，更多倾向于超文本的分析。采取作品分析的具体阐述方式，对媒介空间如何参与叙事进行探讨，而不是空泛的就理论谈理论。

二、网络媒介空间与小说叙事

纵观文学艺术发展的历史，我们可以发现其每一次大的变革与进步都与科技的发展紧密相连，当前社会最显著的特点是就是网络的兴起与发展，并且在社会生活中发挥的影响作用越来越大，可以说在当下社会生活中网络无所不在，也因为网络的出现，一个新的社会空间正在形成。"经济行为的全球化、组织形式的网络化、工作方式的灵活化、职业结构的两极化、劳动生产的个性化……"②成为当前网络社会的重要特点。网络自身

---

① 李森.小说叙事空间论［D］.南京大学，2011.
② 吴冶平.空间理论与文学的再现［M］.兰州：甘肃人民出版社，2008：194.

所具有的"时空抽离性、互动性、平等性、开放性等特点"[①]为人类以往的经验带来了巨大的变化，网络在为社会生产方式和经济发展形态提供新的发展契机的同时也正在改变人们的生活，并且逐渐占据支配性位置。根据美国社会学家曼纽尔·卡斯特尔的观点，网络组织已经成为一种历史趋势，在信息时代发挥着支配性功能。新的社会形态的形成主要依靠网络来建构，卡斯特尔描绘了向信息化社会转化的趋势，以及新的空间形式的形成过程，即"流动空间"的兴起。所谓"流动空间"是相对于人们经验感知的"地方空间"而言，在互联网社会空间结构中，传统的"地域"概念在逐渐消失，狭小拥挤的城市空间已经不能再对人们造成限制，所有的社会活动在地理上都可以获得延伸。网络作为一种新的传播信息技术会渗透进我们社会生活的各个角落，同时由于网络的出现也必然会带来社会生活空间的一些新变化，与此同时，人们对于这一新的空间的生存体验必然通过文学作品直观地表现出来，当然这一新的流动空间的存在也为文学创作提供了新的可能性。

新世纪文学随着互联网时代的到来在文学观念和文学体制等方面都发生了转变，新兴的网络文学相对于传统文学进行的是一场书写载体革命，依赖网络技术的媒介更新试图让文学的审美观和价值观建构在"信息时代的文化命名"基础上，恰逢新世纪"新旧交替的'文学洗牌'获得一种重建的自信。"[②]从阅读载体到媒介传播载体都在改变，在"读屏""电脑""电子传播"成为载体时代，数字世界已然形成。从"文房四宝"到机械印刷再到键盘鼠标，从二维存储的"比特叙事"到数字虚拟的"赛博空间"，新世纪人们将在网络空间里创造属于自己的文学殿堂。网络文学相较传统文学，因为载体的不同，表现在叙事中应该是叙事形式的改变。对于网络小说的研究，以往我们较多关注其游戏性与狂欢性，而对支撑网络小说游戏、狂欢本性的重要支柱——网络小说依托网络建构起的空间性

---

① 吴冶平.空间理论与文学的再现[M].兰州：甘肃人民出版社，2008：195.
② 欧阳友权.网络媒介与新世纪文学转型[J].文艺争鸣，2006（4）：39-42.

的研究没有给予足够的重视，而恰恰对其空间形式的研究可以为网络小说的研究开辟一个另类研究视角。

"数字化""虚拟""空间""比特""载体""无限开放"等都是和网络小说存在形态有关的名词，而这些名词恰好是互联网作为一种开放式的网络体系结构的特征的说明，它"通过蛛网重叠和触角延伸的方式，实现了世界收缩和信息扩散，并且以4G技术与树形系统的构成模式，达成人、机、网的共生共存，开辟从信息源到信宿的自由通道和广阔空间"[①]，可以说从此人们不必再慨叹世界的遥不可及，实现了资源共享，所有的信息搜集只在指间完成，科学技术凸显了本身强大的力量，互联网不仅创造出无限延展空间，而且还在军事、政治、经济、文化等各个领域发挥着无限的影响力量，从而改变了人类现实的生存和精神状态，从"比特之城"到"赛博空间"，网络小说的作者可以在这个没有地域限制的虚拟网络空间中安心写作，努力创造真正可以属于自己的文学神话。

传统概念意义上的小说叙事空间是指"经过作者处理由作者创造出来的用以承载故事或事件中事物的活动场所或存在空间"，但现在这个小说叙事空间的定义已经不能代表当下网络小说的叙事空间，而且从审美角度来讲，现代人的审美需要也使网络小说中的叙事空间要比传统小说叙事空间有新的突破，让小说的物质空间发挥它独特的作用，以适应文学发展的新需求。传统小说物质空间形式是印刷本和页码固定装订，叙事内容清晰和情节线索发展规范，遵循语言逻辑，因此相对于网络小说空间，均匀、稳定、不可逆是传统小说的叙事空间特征。在网络这个独特、自由空间中，网络小说，由于其创作的随意性和平等性，自由宣泄的小说本性得以尽情彰显，网络作家们天马行空式的"无厘头"创作才能得以展现。

网络小说是借着"因特网"的东风从20世纪末吹向新世纪的一种崭新的文学样式，所以，网络是网络小说生存和发展的基础。网络空间的自由

---

① 陈定家.比特之境：网络时代的文学生产研究［M］.北京：中国社会科学出版社，2011：65.

性、交互性以及可复制的无限延展性，这些特征使网络小说与传统小说有了区别。网络物质空间的自由性使网络文学从诞生就处于动态之中，网络作家的写作模式是"更新"，即一边创作一边发表作品，随时与读者互动交流，而且可以根据读者的审美需求对文本进行改动。自由性使得网络小说具有可更改性和未完成性，从而打破了传统小说出版即意味完成的封闭性与同质性，而是具有了更为开放、异质的后现代特点。

"楼"这个词本身具有空间特性，层层叠加具有形象性和直观性。用作网络术语，是由现实世界的"楼"而引申，用在网络如"BBS""博客"等空间中，原创者被叫作"楼主"，各层留言叠加仿佛高"楼"一般。网络这一特殊的物质空间赋予网络文学这种特殊的存在形态，网络文学的大厦是由作者与读者共同建构。网络小说是这种楼态结构的受益者，作者与读者随时随地的交流为其小说的创作提供了创意与灵感，对于作者和读者来说都是全新的创作与阅读体验。比如网络小说《双面胶》，随着更新，仅新浪网读书论坛显示的留言就已经达到3万条，可见这部网络小说的关注度之高。小说《失恋三十三天》的创作最初是在豆瓣网上的一个直播贴，作者鲍鲸鲸当时也恰好处于失恋的状态，她写这篇作品时主要是想和读者共同探讨如何走出失恋的问题，在写作的过程中有众多的粉丝读者以讨论的方式参与了创作。读者参与创作，特别是有着资深网络小说阅读经验的读者的参与使小说在创作的过程中在故事情节的叙述、人物形象的塑造、主题的深刻性等方面有助于作者完善写作，减少小说创作中的漏洞，更加吸引读者的目光，提高小说的阅读点击率，这也是通常网络小说所运用的商业营销策略。再比如网络小说《猫部落》所采用的就是"版主—跟帖"的创作形式，然后由十几个小故事最后连接完成。网络小说创作的"楼"态结构，可以使读者平等地参与评论的同时还可以参与创作。作品在网络上发表的同时作者会收到读者的评论反馈，读者与作者可以对作品进行交流，随着交流的深入，作者的思想、情感、审美随之改变，于是再对文学作品进行修改；对于读者来说也可以根据每个人的好恶和理解领悟能力对小说进行填补和改编，继而尝试创作出符合自己审美眼光和经验的新作品。网络小说这种与时俱进、与势俱化的特质也在某种程度上反映了事物"万物皆流，事无永驻"的本质。

受到"空间转向""后现代主义"等理论的助推，再加上网络空间自身无限开放和虚幻缥缈的特征，网络物质空间为网络小说写作者筑建一座文字游戏狂欢之城。传统小说物质空间形式是印刷本和页码固定装订，叙事内容清晰和情节线索发展规范，遵循语言逻辑，因此相对于网络小说空间，均匀、稳定、不可逆是传统小说的叙事空间特征。在网络这个独特、自由空间中，网络小说，由于其创作的随意性和平等性，自由宣泄的小说本性得以尽情彰显，网络作家们天马行空式的"无厘头"创作才能得以展现。传统概念意义上的小说叙事空间是指"经过作者处理由作者创造出来的用以承载故事或事件中事物的活动场所或存在空间"，但现在这个小说叙事空间的定义已经不能代表当下网络小说的叙事空间了，而且从审美角度来讲，现代人的审美需要也使网络小说中的叙事空间比传统小说叙事空间有了新的突破，让小说的物质空间发挥它独特的作用，以适应文学发展的新需求。

第二节 屏幕空间与超文本小说叙事

一、网络纯文本型超文本小说叙事

网络以电脑通信手段为基础，以数字化链接形式改变着小说叙事空间，超文本链接小说就是典型的代表。"超文本"的基本结构是由用于信息存储的"节点"和连接各种节点信息的"链"组成，核心本质特征是链接，以不同的方式链接文字、图像、声像和影视等，这种由链接所提供的文本互动性为叙事打开了丰富的新视界。1965年美国学者特德·尼尔森将技术层面的超文本应用于文学领域，他认为"超文本"是一种接近人类跳跃式、发散式思维习惯的新的创作方式。"超文本"叙事的产生前提有互联网"技术层面的超文本、哲学及文学理论层面的超文本和小说家在创作中体现出的超文本理念"[①]，三种理念奠定了超文本文学叙事的理念基础。网络技术层面的超文本是在交互屏幕上进行阅读的文本，由各个链接关联起来，给予读者不同的阅读路径，这种技术层面的超文本链接是对人们摄取信息的主观性的满足，也显现出很强目的性，充分获得某一范围内的知识内容。哲学及文学理论层面的超文本是在后现代语境中，对个体存在、片段独立价值的强调，解构观念影响下对"非线性"叙事的追求，对"中心"与"线性"的抵抗。作家创作的超文本理念则是涵盖所有书籍及可能性的"百科全书"。如果将以上三种超文本目的观与小说叙事联系起来，可做以下解释：技术层面的超文本"链接阅读，可以理解为对情节的关注；哲学家们的后现代观可看作叙事形式所反映出的思想层面上的追求；而小说家们'百科全书式'的野心则是对具体内容的要求。"真正的超文本小说范式应该是这三种超文本目的观整合产生的，但目前的状况使整合这三种超文本目的观的小说叙事变得非常困难，对于一般作家来说很难完成。因为传统作家在文学叙事中无论怎样打破常规，最后这种打破常规的叙事文本都通过"线性"的纸质印刷媒介呈现在读者面前，纸媒的非线性作品在纸媒线性中将叙事尽可能的碎片化，链接是由读者自己完成的。超文本则是链接路径的设置由作家完成，读者有对链接进行选择的可能，超文本带给传统最大的阅读挑战是如何选择多重链接路径，如果接受一个永远不能完成阅读的叙事文本。显然网络超文本阅读对读者接受的主动性要高于纸质媒介的非线性作品，甚至对传统读者和作者的身份界定也发生了变化。网络超文本带给读者阅读的多重链接路径的选择，对文本阐释以及

---

① 李森.小说叙事空间论[D].南京大学，2011.

阅读行为都产生了很大的影响。这种拟超文本和超文本最根本的区别就是媒介空间的差异以及由此造成的文学创作方式改变。"超文本叙事与读者隔因的文化背景,核心问题仍然在于超文本自身的非物质化数字符号造成的符号物质载体与符号的脱离"①。

欧阳友权在其著作《网络文学概论》中对"网络超文本文学"以及"多媒体文学"分别进行了界定,"网络超文本文学"是"运用计算机链接程序和万维网技术将作品设计为跨页面辐射、多路径选择、超线性阅读、无限延伸的'迷宫式'文本";"多媒体文学"指"在超文本链接的基础上,将文字媒介与视频、音频结合起来形成的一个多媒介融合的艺术文本"。②笔者认为上述两种类型的网络小说皆符合本文所探讨的网络媒介空间的叙事文本的超链接小说范畴。网络超文本小说作者利用超文本超链接技术在网络媒介空间进行小说写作,读者通过点击链接进行选择性阅读。像拼贴、接龙续写都是作者与读者共同创作,读者选择、参与写作的权利,实现作者与读者充分互动。这一类超文本小说可称作"纯文本型的超文本小说"。还有一种包含在多媒体文学中的多媒体技术支持的超文本小说,这类超文本小说的形式是由文字、图像、声音、动画等相互配合来完成的创作。

目前网络超文本技术自从运用到文学创作中仍处于探索阶段,远没有成熟。目前网络超文本链接小说、拼贴小说、接龙小说等都是在进行超文本小说新的文学形式类型的尝试。这种尝试是作者借助网络媒介空间的特质,打破文学创作的传统思维模式,"将思维从传统封闭走向开放,从恒常走向创新,从静态走向动态,从单向走向多维的"③实践展示。网络超

---

① 李森.小说叙事空间论［D］.南京大学,2011.
② 欧阳友权.网络文学概论［M］.北京:北京大学出版社,2008:6-7.欧阳友权将网络文学分为三类:一是栖身于网络的文学,即所有进入计算机网络的文学作品,包括网络原创文学电脑写作、网上首发、曾以传统形式发表和流传又经过电子化处理后放入网络的古今中外的文学作品;二是网络超文本文学;三是多媒体文学。
③ 詹珊.思维方式嬗变与小说表现形式转型探析［M］.中南大学学报2008（1）:110–115.

文本小说的链接点的设置由作者安排,但链接点的点击顺序以及在阅读时是否点击都是由读者来完成,读者在对链接点点击的同时也是根据自己的想法来组织故事,不同的点击顺序和点击次数都会产生不同版本的小说故事,也就是说读者在创作完成后,故事的情节与故事的结局走向就由读者来决定了。如果用排列组合来计算的话,网络超文本小说的故事版本数量会因为不同读者、不同顺序的点击而成几何级数递增。新世纪超文本小说《疼痛》由新浪网推出,小说文本在"胡戴维"与"曲原"两个人的名字上插入了超链接点,读者阅读时点击后会形成两个不同的故事文本。这是网络超文本小说较为简单的,还有更为复杂的超文本链接小说,比如被学者南帆称赞为"网络文学的革命"的《白毛女在1971》(林焱)在链接点连接的各个网站,如果其中任何一个网站有变化,文本内容也就会跟着改变,而网站存在状态的可能性是多种的,所以"白毛女"的故事版本会变得不计其数,阅读也就变得没有尽头。所以超文本只能在网络媒介空间才能显现其特质,如果用纸质媒介空间代替,其作品的流动性也就消失了,读者参与创作、阅读的主动性、积极性也就成为奢谈了。网超文本小说也是创作者对因果、中心、标准的单一化的反叛,用来呈现其"对社会多元的认同,对命运偶然因素的认同,对人自身、人生价值、世界、文化是多元的认同"[1]。

  网络小说与传统小说在读者参与写作方面的特殊之处在于文本形式亦可以形成参与拼贴的状态,这源于网络小说物质空间的交互性特征,"电脑书写颠覆了作家的个性,最后,它带来了集体作者的诸多新的可能性。"[2]网络接龙小说比较典型地体现了网络小说物理空间的交互性特征。网络接龙小说指的是小说作者只创作出作品的前一部分,由别人来续写后一部分,续写的人可以是多个人共同参与,续写部分的题材内容和形式不给予限制。网络接龙小说因为多人写作的共同参与,其语言风格的形成也

---

[1] 詹珊.思维方式嬗变与小说表现形式转型探析[M].中南大学学报2008(1):110-115.
[2] (美)马克·波斯特.信息方式[M].范静晔,译.北京:商务印书馆,2000:154.

是各异的。每个参与创作的网络作者都对小说的故事情节和结局走向有着不同的想象，创作方式也是一种集体性的文学创造活动，所以，网络接龙小说整体的叙事空间便会出现显著的由不同风格的内容表述所形成的"拼贴空间"。这样看来，其实网络接龙小说可以看作是复调小说，虽然有的时候参与接龙的作者会就原始的主题和核心事件去发挥想象，构思情节，塑造人物也会保持原有风格不会大相径庭，但毕竟每个参与接龙的作者都有着不同的人生体验与风格个性，在小说创作中必定会留下相应的痕迹，有着自己鲜明的特性。但是，由于"不同作者的介入，就使作品中形成不同的声音"[①]，尽管以这种方式创作的所谓"复调小说"质量不是很高。另外，由于小说的原创作者没有办法控制自己作品中的情节、人物等的发展趋势，通常都会使小说得到出乎意料之外的结局，这种状况在网络小说的创作中并不罕见。一部小说文本作者不止一个，并且读者可以随时、任意地参与修改、删节、续写的创作，这是一种读者变为作者再变为读者的文学创作过程，会给文学创作带来一定的审美体验，这也是网络小说的交互性特征的体现。"黑涩柿子的世界"是一个网络文学站点，其中"我叫张爱玲"的主打栏目就是一个网络文字的接龙游戏。很多网络作者共同参与，将古典、传统文学作品进行拆解或戏说，对文字的任意把玩也使得文本形成无限多的审美召唤结构，这种由于网络小说的交互性特征而形成的文本召唤结构在网络这个开放的非线性创作平台中传播，有多少想象和联想就有多少话题在不断蔓延。

网络接龙小说因为是很多作者共同参与完成，所以对于一部小说中故事的结局会有不同的处理方式，结局不明确，会形成多种想象也就衍生出多种可能。而这恰好是网络小说所形成的"拼贴"空间的叙事特色。从文学接受角度来看，网络小说的"拼贴"空间叙事，给予读者和作者的"特权"都在增加，可以使读者跳出惯常的思维模式，提高理性思考和批判能

[①] 张英.网上寻欢（A卷）[M].长春：时代文艺出版社，2002：221.

力，这样才能培养对文学作品更深、更丰富的理解感悟能力，从而透过文学作品能解读多样化的社会人生。

二、多媒体超文本空间

网络的多媒体影音技术为网络小说的物质空间提供了立体美感与丰富联想。一部网络小说可以同时融入动画、音乐、影像等媒介。网络小说的作者可以自由地在文本中进行动画、音乐等非文字信息的链接，一段景物的文字描写后可以链接一幅漂亮精致的风景画，一段声音文字描写后可以链接入一段优美动听的音乐。由此，读者可以在阅读小说文本的同时享受融绘画、音乐、影像功能于一体的多媒体立体叙事空间带来的美感阅读，读者对小说的接受也会随着立体叙事空间的存在而产生丰富的联想。网络小说的立体空间可以使人们不再是对着枯燥的白纸黑字阅读，比如《西厢记》，网络上的《西厢记》是融文字、背景和音乐于一体，在阅读时自然是耳闻"雁阵惊寒声声"，目视"离人泪染般的霜林醉"。

很多网络小说都是在经过网络技术的装饰后而迅速走红，《在海拔壹万叁仟米的地方》是集梦幻的图像、优美的文字、动人的音乐于一身的奇幻多媒体小说，这种令人耳目一新的小说引起很多读者大众的兴趣。后来纸质图书出版了，但对于读者来说阅读期待却降低了，文字、图画在纸质媒介上阅读会一览无余，小说所要呈现的奇幻之旅神秘性色彩也无法表达，而且多媒体小说的元素——音频播放没有起到关键性的效果，因为用CD配合纸质书籍阅读，不但达不到边读边听的效果，而且这种不能融合在一起的配乐会被多数读者舍弃。《晃动的生活》（黑可可）是多媒体超文本小说，点击超链接后会不断出现动画，而这些是纸质媒介所不具备的。《火星之恋》，在小说情节文字表述中插入音乐、图片、音像等资料，和单纯的纸质文本阅读相比，带给读者的感受会更加直观、感性，在一个立体化物质空间（火星空间世界）中演绎一个完美的爱情故事。小说《很爱很爱你》原文本只有几千字，配上图画和音乐和卡通人物在网络上发表后，吸引了众多的网络读者。所以对于多媒体超文本小说来说，网络是最好的栖居地，只有在网络媒介空间读者才能真正领略文、图、乐完美整合在一起的媒体超文本小说的魅力。可见，在网络媒介空间，超文本与多媒体的整合可以加快文学图形化与音像化的发展。

与传统纸质文本的小说物质空间相比，传统小说物质空间是仅与读者的视觉相关的直观的叙事空间，而网络小说的物质空间是与读者的视觉、听觉、触觉等相关，融动画、音乐、影像等为一体的立体式叙事空间，这是网络小说物质空间所独具的，它可以全方位调动读者对文学作品接受的积极性。读者可以对网络小说进行读、听、欣赏，它超越了文学、音乐、影视的界限，从而极大地增强了文学的表现能力，使小说的表现形态更加的多元化，让读者全方位、多角度的感受科技信息在革新文学艺术表现形式方面发挥的巨大魅力，这些都是传统文学物质空间无法与之匹敌的。网络小说创作者则侧重于文本形式的探索。数字时代小说创作者的思维则侧重如何利用互联网的超文本功能，利用计算机的音响功能、绘画功能与文字功能将故事天衣无缝地、巧妙地糅合在同一个文本之中，让小说具有无限的张力，让不同的读者品味出不同的故事来。

网络小说的物质空间是小说叙事文本的重要组成部分，可以这样讲，新世纪网络小说备受关注很大的原因在于富有特色的网络物质空间，它在网络小说叙事空间中的地位不容忽视，作者与读者之间、读者与读者之间得以无阻碍交流，视、听、读、说得以同步演绎。当然，网络小说借以容身的这一物质空间并不是尽善尽美、无可指摘，它也存在着一些无法避免的问题，但最关键的因素是网络小说在面对当下社会环境所做出的努力。不管怎样无限网络物质空间为网络小说的发展奠定了不可忽视的基础性作用。但同时美国学者尼葛洛·庞蒂也不无担忧地指出："互动式多媒体留下的想象空间极为有限。像一部好莱坞电影一样，多媒体的表现方式太过具体，因此越来越难找到想象力挥洒的空间。相反的，文字能够激发意象和隐喻，使读者能够从想象和经验中衍生出丰富的意义。阅读小说的时候，是你赋予它声音、颜色和动感。我相信要真正感受和领会'数字化'对你生活的意义，也同样需要个人经验的延伸。"①

第三节　实用文体互文的"词典体"

词典式写作传统由来已久，如果从最宽泛的意义上对其进行分类，可以分成四类：一是试图创造性囊括整个世界作为完整世界象征的辞典，如《周易》和《说文解字》。还有一些与上述辞典精神上类似，只是构想不宏大，专注于局部和小世界，如《哲学辞典》（伏尔泰）、《文学术语词典》（M. H. 艾布拉姆斯）、《关键词：文化和社会的词汇》（雷蒙·威廉斯）等；二是由格言体写作发展而来的作为一种思想形式的辞典，如《断片集》（施勒格尔）、《箴言集》（拉罗什富科）；三是辞典是小说创作的一种叙事策略。可以从两个维度来看，一个是作家所建构的由一个个词条组成的外在空间世界，比如说《马桥词典》（韩少功）和《哈扎尔词典》（米洛拉德·帕维奇）。另一个维度是有关总结自身的回忆录形式，但叙述不连贯，由一些碎片和细节构成，因为有价值的生活和诚实的记忆就应该是碎片化的。如《米沃什词典》（切斯瓦夫·米沃什）和《我相信》（卡洛斯·富恩特斯）等；四是和中国传统的读书笔记式写作相类似，在中国笔记式写作成就最高要属《管锥编》。②暂且不探讨此种分类标准和方法是否合理，而呈现在我们面前的事实是词典体的创作已经形成一个流脉，而且越来越繁复多彩。对于新世纪文学来说，笔者所探讨的范围缩小，仅是上述四类中第三类，作为一种叙事策略词典体小说作为研究对象。

---

① （美）尼古拉.尼葛洛·庞帝数字化生存［M］.北京：电子工业出版社，2017：2.
② 张诚若.语词的篝火——贾勤《现代派文学辞典》［J］.上海文化，2011（3）：40-47.

陈思和先生评价韩少功的小说《马桥词典》是"把作为词条展开形态的叙事方式推向极致,并且用小说形式固定下来,从而丰富了小说的形式品种,即在通常意义上的'日记体小说'、'书信体小说'之外又多了'词典体小说'"[1]。关于"词典小说"形式并不是韩少功首创,早在韩少功之前国外很多作家也尝试过词典体小说的写作,比如米兰·昆德拉和帕维奇[2]。韩少功的《马桥词典》在这一小说叙事形式的创新在于真正完成了一本词典形态的小说,创作在表现形式上实现了差异区分。赵宪章在《词典体小说形式分析》一文中以《哈扎尔词典》(米洛拉德·帕维奇)和《马桥词典》(张承志)为例对词典体小说进行了形式分析,借鉴赵宪章的词典体形式分析,笔者对词典体进行深一步的探究,分析底层文学与词典体形式之间内在的关联性。

"词典体"形式小说最显著的特征是它的文本编排方式。词典一般是"按某种次序排列"词语,这种编排形式主要目的是为了读者查阅的方便,而按照某种规律排列的词语顺序仅仅是词典的一种"印刷结构",而"文本结构"在读者接受时并不是依次顺序结构,实际上是一种共时性结构。所以,"词典体"小说在形式方面,如标题和版式等方面和传统章回体小说有相似之处,会被误解成只是传统章回体小说的改头换面。笔者试图通过两者的比较,来阐释词典体小说形式的意义。关于章回体小说,蒋祖怡对于"章回小说"的定义较为符合近现代意义上的"章回小说"概念。"章回小说,在形式上是长篇巨制,而承话本之旧,能以说话上的口头语插入文章,并且分成回目。将这一章故事的重心,缩成相对的两联,冠于篇首。"[3]此概念在文体形式特征上对章回体小说进行规定。对于"章

---

[1] 陈思和.中国当代文学史教程[M].上海:复旦大学出版社,2014:372.
[2] 捷克流亡作家米兰·昆德拉和塞尔维亚作家帕维奇的作品里都曾用过"词条展开的叙事形式",其基本艺术特征是通过对某些名词的重新解释和引申出生动的故事,来更好地表达作家倾注在小说里的整体构思,其实质只是用词条形式来展开故事情节,并没有真正地将小说写成词典。
[3] 蒋祖怡.小说纂要[M].上海:正中书局,1948:172.

回体小说"的界定可以不计较表述的方式，可能采用描述的形式，整体上看，"章回体小说"应该具有如下特征：形式上篇幅是长篇；内容上分回（节或则），并且回（节或则）能够概括叙事的内容；贯穿始终的情节主线至少一条；情节连贯统一，人物、事件可以多个。"词典体"小说的标题所使用语词并不是对小说故事情节的概括，只是作为一个故事的"引子"，或者小说展开叙事的理由。词条中的"词语"并不是围绕故事情节展开，而是一个个相对独立的词汇，而围绕这个"语词"进行的故事叙述也相应的是一个个相对独立的故事，也就是说词条间的"语词"与"语词"的不同意义造成小说各章节之间形成相对独立的"意义岛"，这样就使"词典体"小说在叙述的连贯性和历时性减弱，同时叙述的共时性和空间性增强，所以"词典体"小说是一种共时性叙事。那么"词典体"小说这样一种共时性叙事的意义在哪里呢？

  中国传统文化精神是"天人合一"，人与世界和谐地存在，而不是处于对抗的状态。词典的形式是一种"有意味的形式"（克莱夫·贝尔语），词典的严肃性和权威性也向读者暗示了小说正文内容的规范性、真实性。词典体小说的作者试图将文本形式理念化的世界、内容虚构的想象世界和社会现实生活世界三个空间的壁垒打破，在文本叙事中解构传统叙事的时间一维性和连续性，讲求故事叙述的逻辑先后，而不要求时间顺序先后。关于叙事视角的选择，词典体小说所运用的叙事视角是很独特的，是对传统小说常规视角的扬弃。词典体小说把叙事主体转换为词条，叙述者不参与其中，进行的是"去故事化"的"零距离"叙事，所形成的文体形式是类散文化的文体。词典体小说本身的文本类型是介于词典和小说之间，行文中又偏向于散文化，因为散文化所以对于叙事来说就会突显片段化与琐碎化，但是正是因为片段与琐碎才更显出"散文的反抗权威与反抗中心。"①

---

① 南帆.文学的维度[M].北京：中国人民大学出版社，2009：217.

词典体小说这种形式上的反抗性与底层文学在内在本质上是相通的，所以词典体形式的反抗性与新世纪"底层小说"的叙事具有同构性。内容与形式的相辅相成使底层小说叙事获得了生命力，如果给词典体形式的"底层小说"确定一个主题，那就是对底层、边缘群体的书写。新世纪代表性的文本如张绍民的《村庄疾病史》、霍香结的《地方性知识》、萧相风的《词典：南方工业生活》、戴斌的《打工词典》都是对底层、边缘的书写。《词典：南方工业生活》中，作者以词典为叙事结构，用词条的形式夹叙夹议地书写了南方中国工业时代的外来"打工一族"的"南方"生活，被誉为"工业时代的草根词典"。学者贺绍俊评价其是不逊色于韩少功的《马桥词典》，通过数十个带有时代、身份、阶层等印记的词，如"打工""保安""出粮""出租屋""职介所""流水拉""QC""集体宿舍""暂住证""流动人口证""走柜"……串起了"打工者"在"南方"的生活，小说让广大读者看到工业时代那些曾经是农民的工人的生存状态，打工者的群体无论在身体还是精神上如何被工业时代所塑造。萧相风在小说貌似在叙述处于市场经济核心的南方工业社会，但从词条"出租屋、"集体宿舍""流动人口证""摩的""暂住证""走柜"等的内容表述中，实则是南方边缘、底层群体的生存状态，这是中心之内的边缘，主流群体之外的底层的外来打工者。《村庄疾病史》是正常人群之外的疾病患者群体，共同特征是都是"中心"的"他者"，"主流"的"边缘"。词典体小说作为一种文体也有着深深的时代印记，从文本形式来看，它介于词典和小说两者之间的边缘状态，而新世纪以来的词典体小说所表达的主题也是在叙述主流与中心之外的"他者"群体，可见，新世纪词典体小说的创作内容与创作形式的选择具有内在的统一性。

第三章 新世纪小说叙事的隐喻性空间

"空间"自古以来就存在，但对小说这种以时间为表征的语言叙事进行空间维度的分析还是较晚的，而无论以哪种"空间"理论作为划分标准，小说叙事文本中的"空间"类型都离不开读者的阅读阐释，如果没有读者积极主动的阅读，"空间"便没有存在的意义，因为空间的本身的存在无法"产生独立的意义，而意义的实现则要靠读者通过阅读对之具体化。"[1]只有经过读者阅读之后，叙事的空间元素才能被分析阐释，所以对于新世纪小说叙事空间问题的探讨离不开读者的参与，"空间"的范畴是以接受美学作为叙事空间研究的思想基础与理论指导前提，从读者接受层面对小说中参与叙事的"空间"的分析解读。小说是语言叙事，隐喻作为语言的特性是人类创造符号化世界的过程，小说空间形式中的隐喻是小说叙事具有隐喻性的体现，也是对小说文本深层次的理解。本章借鉴弗兰克"空间形式"理论，从读者接受层面提出"隐喻性空间"的概念，不仅指出小说叙事空间的解读需要"重复阅读"，而且所用"空间"概念主要是指小说本体意义上的空间，与小说中出现的地域、场所、环境没有关系，主要指小说文本结构形式上的一种空间，这"正是同时代的空间性在小说

---

[1] （联邦德国）H.R.姚斯，（美）R.C.霍拉勃.接受美学与接受理论[M].周宁，金元浦，译.沈阳：辽宁人民出版社，1987.前言第4页.

形式上的反映"①，作家"在文学作品创作中用空间来代替时间作为控制尺度"。②隐喻性的空间与弗兰克"空间形式"中的"空间"类似，"指文学中各个意义单位从原来的语言和叙事顺序中解放出来，被同时性地并置在一处，以达到对作品理解的阅读过程。……具有同时性与并置性"③两个特征。"隐喻性空间"是针对读者阅读接受的一种心理感知，与目前批评界承认的"空间形式"中的"空间"概念特征相同是情节结构上的一种"结构隐喻"，而不是在作品呈现的或虚拟或可感知的现实空间中的"空间"。中国当代文学对于"隐喻性空间形式"的关注与着力实验的是先锋小说，同时先锋文学中也出现了一批优秀的空间化文本，当然有的先锋小说对于"隐喻性空间形式"的表现太过炫技浮夸而受到诟病。相比较而言，新世纪小说对于"隐喻性空间形式"的书写比较节制从容，过滤去了浮夸的成分，在整体的空间框架下，每个故事或作品组成部分中的时间因素还存在，主要是考虑到读者的接受问题，满足小说还是要给读者呈现一个好看、好懂的故事以及丰富的生活细节的目的。学者吴晓东在《现代小说的空间形式》④一文中把空间形式在小说中的体现主要总结为时间流程的中止、并置结构、小说中的空间化情境等方面。综合以上，笔者认为新世纪小说叙事的隐喻性空间表现为两个突出的特征，即时间空间化与并置结构。

---

① 晏杰雄.新世纪长篇小说文体研究[M].北京：作家出版社，2013：168.
② 林骧华.西方文学批评术语辞典[M].上海：上海社会科学院出版社，1989：192.
③ 陈德志.隐喻与悖论：空间、空间形式与空间叙事学[J].江西社会科学，2009（9）：63-67.
④ 吴晓东.现代小说的空间形式[J].天涯，2002（5）：176-183.

第一节 时间空间化

一、时间流程的中止

小说形式上的空间性是"从小说技巧中创造出自己的意义"①,使"结构因素"成为承担作品意义的载体,从小说创作方面来说就是"作空间来代替时间作为控制尺度"②。据晏杰雄的观点,新世纪小说对于空间代替时间的处理方式有两种,"一是把抽象的线性时间之流切割成多段,像对待具象物体一样加以重新布局,取消了它们原配的时间承接关系,形成一种具有隐喻意义的空间形式;二是将一段较长的时间化入对不同场景的描述,原本连续的均匀前进的时间流程被隔离成几个具有典型意义的场景,小说的主题必须从对这些场景的整体观照中才能产生"③。新世纪乡土小说相对20世纪中国文学中"史诗"型的"乡土小说"来说最大的改变是小说空间形式的改变,卷帙浩繁的20世纪"乡土小说"所运用的叙事模式都是单一的线性时间模式,而新世纪以来对于现代人的灵魂需求单一的线性时间叙事模式已经不能满足,特别是现代社会的城市化进程,大众消费文化的盛行,哲学、心理学、社会学领域的"空间转向"以及新世纪乡土叙事丰富芜杂,乡土小说缺乏新颖性的线性时间叙事必然要向"空间"转变。正如福柯所言,"我们正处在一个同时性与并置性的时代"④。

新世纪乡土"史诗"型的作品中范稳的《水乳大地》是时间空间化

---

① 杰罗姆·科林柯维支.作为人造物的小说:当代小说中的空间形式[A]//(美)约瑟夫·弗兰克.现代小说中的空间形式[C].秦林芳,编译.北京:北京大学出版社,1991:62.
② 林骧华.西方文学批评术语辞典[M].上海:上海社会科学院出版社,1989:192.
③ 晏杰雄.新世纪长篇小说文体研究[M].北京:作家出版社,2013:170.
④ 王洪岳.现代主义小说学[M].南昌:百花洲文艺出版社,2004.

处理的代表作品。《水乳大地》的空间叙事的独特性在于小说在史诗性的叙事中并不是按照线性时间叙事，而是运用了"时间空间化"的特殊处理方式。作家在文本建构中将小说的叙事时间进行切割，然后再进行重新整合。《水乳大地》的整体叙述时间是从世纪初到世纪末整整一个世纪，小说对线性时间的处理方式是以每十年时间为一个叙述单位，对正常完整的故事时间发展时序进行重新组合，按照世纪末、世纪初、第一个十年、80年代、第二个十年、70年代、第三个十年、60年代对称的方式排列，最后以50年代结束。整合后的小说空间形式是一个"倒三角"，形成貌似岩层堆积而成的"澜沧江大峡谷"横断面。

  《水乳大地》讲述的是关于民族、历史、文化、宗教等各种矛盾冲突杂糅而形成的空间规模巨大的乡土边缘世界，在章节间具体叙事的过程中将时间进行人为的错位处理，这样时间的延续性被断开，文化、宗教的瑰丽多彩在每个断面中都有呈现，而且时间在这里并不构成主要的结构线索，它成为每个文化空间版块的外在形式，作为乡土边地的神秘世界吸引读者去探索。这里有震撼人心的爱情，为宗教信仰而献身的精神，征服自然挑战自我的不屈精神……最后这一幅幅承载着异域风情的景观，再加上其中各种宗教文化时间观念的杂糅，构成了小说中有形的自然地理故事空间与无形的时间幻化而形成的神奇瑰丽澜沧江大峡谷的小说空间形式。

  《水乳大地》对"时间空间化"的空间形式的创造使用，使一个世纪的民族发展史具有了纵向超越的意义，与此同时也建构了"澜沧江"这个丰富的地域文化空间，也为这片土地百年历史进程中的悲欢离合寻求到了文化根源。笔者以小说中的第一章"世纪初"为例对于"时间空间化"的空间形式进行说明。"叩开西藏之门"一节叙述的是杜朗迪和沙力士神父在青年时为传播基督教精神而不远万里历经艰难险阻来到澜沧江峡谷的藏区。在"学习"一节中，"望远镜"是一个缩短时间和空间的象征物，"它实际上丰富了人的生命。如果我们能轻易看清远处的事物，并感觉到可以把它放入我们的口袋,我们就赢得了生命的意义。"①杜朗迪和沙力士神父为了能够在西藏站稳,他们用"望远镜"等这些文明的象征物开始或征服或欺骗进行宗教传播。"受洗者"一节叙述了基督教获得第一个信徒的经过,最主要的是利用了医术的高明先进,渐渐佛教与基督教开始展开辩论直到后来产生流血冲突。"世仇家族"一节讲述的是神父们和寺庙的喇嘛为了赢得人们灵魂的控制权而进行唇枪舌剑的辩论时,世俗人的肉体凡胎也在为家族的世仇大打出手,"在那场发生在雪山下充满血腥的杀戮中,巨人部落的一个头人泽仁达娃带领一百多号康巴汉子突然打着响亮的口哨从森林中冲了出来,袭击了由顿珠嘉措的弟弟野贡·江春农布率领的土司武装"②,由这一句话开始对野贡与巨人部落的世仇渊源进行追溯。"建在牛皮上的教堂"和"向上帝开战"两节主要叙述基督教与民族部落以及地方政权相互交织之间相互纠结,错综复杂的矛盾冲突在澜沧江大峡谷开始上演。在第一章集中的故事叙述在以后的故事发展中并没有像传统民族历史叙事一样按照时间的顺序展开叙述,而是时间在这里被切割,在以后的故事情节发展中第一章所叙述的故事是独立发展的,这种时间流被打断,造成了时间顺序节奏的起伏,将复杂混乱的时间故事变成简洁明了富有形式感的空间故事。这样就把"从前的单线时间,变成了多层重叠的复线时间,从而产生了'厚度'与'深度'的心理效果"③。"时间空间化"的小说"空间形式","时间"皈依于文化而相对弱化了小说的故事意义,小说中的"世纪初、世纪末;第一个十年,80年代;第二个十年,70年代;第三个十年,60年代;第四个十年,50年代"的每十年的时间版块中都是一个充满宗教、文化、自然相融合在一起的空间,每个十年一个版块相互映射,构成一个"澜沧江"大峡谷的文化表征空间,从而《水乳大地》不仅仅是乡土民族史诗,还有地方志和风俗史蕴含。

---

① 范稳.水乳大地[M].北京:人民文学出版社,2013:9.
② 范稳.水乳大地[M].北京:人民文学出版社,2013:31.
③ 曹文轩.小说门[M].北京:作家出版社,2003:156.

第三章 新世纪小说叙事的隐喻性空间

"让物理的时间结构内化成人物的心理活动,并设置象征性空间"也是新世纪小说空间形式的特征,这样的处理方式为主人公们"漫长的命运之旅套上了一个空间化的框架"[①]。具体的作品比如艾兰的《命运峡谷》和迟子建的《额尔古纳河右岸》。《命运峡谷》在整体上是线性的时间叙事,但文兰空间化的处理方式是在小说开始有一个主人公自杀前夜的短暂回忆,在回忆的情景中把人生二十年来所发生的故事的外在空间都归入主人公瞬时记忆的内在空间。主人公回忆的物理时间实际上是很短促的两三个小时,可是却在两三个小时的时间里呈现了二十多年的人事纷争,揭示了人物的悲剧命运。《额尔古纳河右岸》在叙事结构的处理上按照"清晨、正午、黄昏、半个月亮"一天的时间顺序,"额尔古纳河右岸"又是一个空间,小说通过九十多岁的老人鄂温克族最后一个酋长的女人叙述了额尔古纳河右岸"一个古老部落民族的百年史,家园从聚到散,由盛而衰的故事"[②]。《哺乳期的女人》是毕飞宇短篇小说的代表。从小说的题目可以看到"哺乳期"一个属于女人的特殊时间段,而在小说中恰恰是这个特定时间使惠嫂和旺旺发生了联系,成为她们相处的绝对时间。旺旺从小跟着爷爷生活,典型的留守儿童形象,城里的父母会给旺旺最好的吃穿,但他最渴望的是母爱,所以对于母乳的诱惑让他对从外面来的正在哺乳期的惠嫂进行了人身攻击——抓惠嫂的乳房。这是一个关于成长的小说,但小说并没有仔细去叙述旺旺在抓惠嫂的乳房被人斥责为坏孩子后,他以后的成长历程,而是时间点戛然而止,小说着重写的就是"哺乳期",正在"哺乳期"的惠嫂用一颗母爱之心理解旺旺,并且给予他母亲般的关爱。《哺乳期的女人》中所运用的时间空间化的处理方式是让小说的叙事进程停留在一个绝对时间内,在这个绝对时间点上慢慢展开细节叙事,所以对于小说的关注点在小说中作者和读者并不是要讲述儿童的成长的故事,只

---

① 晏杰雄. 新世纪长篇小说文体研究[M]. 北京:作家出版社,2013:170.
② 孙胜杰. 20世纪中国小说中的"河流"原型研究[M]. 哈尔滨:黑龙江人民出版社,2016:131.

是要在这个空间中呈现一个成人与儿童的心态。

　　传统小说叙事是线性时间形式的占主流，新世纪小说对"时间的空间化"处理是对其传统线性的时间叙事主流打破，但是新世纪小说并不是只有空间而不要时间，实际上时间的痕迹在新世纪小说中并没有被消弭，小说的核心支撑还是由一个完整的故事组成，故事叙事的时间线索依然鲜明，只是线性的时间顺序被打乱，形成空间形式，所以，对"时间的空间化"处理并没有造成小说的故事性、可读性，一般读者在阅读小说后可以借助想象在脑海中完成线性的故事情节的还原，因此传统故事型小说所带给读者的阅读快感是依然存在的。

二、"晶体模式"与"百科全书"模式

　　"纯粹时间"是马塞尔·普鲁斯特在他的小说创作中力图努力追求的，所谓"纯粹时间"从时间意义上来讲，是时间的静止凝固；从叙事的意义上来讲，是一种"叙述的时间流的中止"。弗兰克认为"纯粹时间"其实根本不是时间，它是瞬间的感觉，是空间。原因是"叙述的时间流的中止"实际上就是叙事"空间"的呈现，一个是细节呈现出的空间形态。细节呈现的空间形态是由于小说在叙述过程中故事时间停止，或阅读时间大于故事时间，文本呈现出大量的细节描述而不再是叙事，这些细节呈现的空间形态在小说文本中表现出的就是"空间形式"。

　　卡尔维诺提出小说形式的"晶体模式"。"晶体"本是科学范畴的术语，是指原子、离子或分子有规律性、周期性的在三维空间重复排列而形成的固体，其形式表现为规则的几何多面体，而且具有无限延展性。"晶体"的周期性、对称性排列结构，就形成了"晶体结构"，卡尔维诺在小说创作时利用"晶体结构模式"进行建构。小说内部并置不同的叙事单元，用同时共存的叙事描写阻断时间的线性叙事，以此构筑小说形式的空间化，仿若一个由许多晶面组成的晶体，但每个晶面都会单独构成一个空

间。所以，晶体模式小说强调空间同存，以空间的形式来结构小说，"在谋篇布局方面的空间架构上，打破线性文本的正常流动序列，描述诸种同时发生的事件或侧面图绘，通过空间逻辑而不是时间逻辑扭结在一起，成为观察时间与空间、历史与地理、时段与区域、序列与同存性等的结合体，具有同存性意义。"[①]小说中的意象是时间轴上的一点，内容依照空间结构安排，不同空间相互转换，形成独特的空间叙事节奏，而且晶体小说的每个晶体空间面上的叙事的不同也会形成多个叙事面，从而使小说的内涵得到丰富，可读性也会更强些。"晶体模式"使小说空间形式凸显，文本的结构特征显著，是小说空间形式的一种。以"晶体面"共时性叙事取代传统小说时间线性情节的发展，这是对传统小说时间顺序叙事的解构，使小说形式空间化叙述得到拓展。

在新世纪文学中，对于卡尔维诺所提出的小说"晶体模式"有很多创造性的继承与发展，其中残雪的新世纪创作较为明显。从先锋跨入新世纪的残雪最开始的叙事仿佛给人一种与现实经验相吻合的常态感觉，但是整体的故事叙事还是将常规的叙事打破，把日常生活事物经过审美转换，运用大量的象征、隐喻，使其转化为暗示心灵的意象在作品反复强调。小说《民工团》中，"工地"和"公园"是农民工进城遭遇的两个空间。"工地"是农民工被压制的空间表征，灰子本在建筑工地却被莫名其妙地调入皮革厂，烧饼店里相互吊房梁的老板娘母子，民工团住的一座破旧的高楼的地下室等被压迫空间。"公园"是摆脱被压制的命运的一个暂时空间，但这个空间所能摆脱的也只是肉体的被欺压，而精神上遭受到的却是最深的压迫。这些并置的空间使小说的叙事情节断裂，并且模糊了小说意义，但是深思过后会发现这些并置的空间面所呈现的事物对于小说主题有丰富的内蕴。中篇小说《温柔的编织工》是近来比较独特的一个小说，她用诗意的情感叙写了一个底层的编织工在编织巨幅挂毯时的所想，她要把自己

[①] 凌逾.跨媒介叙事—论西西小说新生态[M].北京：人民出版社，2009：118.

幻想中的城市、宫殿……呈现在挂毯上。小说在叙述的过程中表达着编织工创造的冲动和内心的焦虑与挣扎。残雪将挂毯图案、现实和梦境在故事的讲述中的界限都分别打破，主人公自由出入于挂毯上的城市和自己现实所寄居的城市之间，梦幻和现实仿佛融为一体，如坠入云雾中一般。

卡尔维诺的"百科全书"模式是指在叙事中不断地插叙，小说不断地加进插曲，即使细微的东西也关注，最终使细节越来越繁复，也最终导致了无边无际的"百科全书"模式写作。残雪对卡尔维诺的"百科全书"模式也尤为欣赏，比如在小说《在城乡结合部》中，小说写的是"我"退休以后寻找"理想"的生活住所，并在其间居住的经历。以此为主线，穿插了大量的神秘莫测的人与事，比如搬家时朋友马述送我的神秘的永远响着声音的"收音机"，以"替人打抱不平"为职业的自称是教授，"美丽苑"中诡异的买菜人、巡逻的保安、小女孩苗苗等等，这些都是小说的叙事空缺，在文本叙述过程中将一些与故事联系不密切，与情节发展无甚关系的细节随时插入也使其随时游离，这种运用魔幻主义创作方法将故事随时插入和使细节随时处于游离状态的小说叙事打破了故事情节的时间、因果链，并且围绕表现城乡接合部生存状态主题的细节呈现越来越丰富，最终形成底层生存状态的百科全书。

新世纪残雪的小说创作注重空间形式，通常有一定的规律遵循：作品大都是以日常生活常态的叙事开始，之后运用细节描写浮动于叙述的语流中，再加上在文本中利用不断的错位、空缺、阻断，这样就使小说文本叙述和日常现实相链接的阅读期待落空，造成一种故事叙事时间中断，故事空间形式凸显的效果。残雪文学作品对于梦境的追求是执着的，残雪的"梦境"是现实与梦境叙事的不断转换，而不是对一个完整梦境的叙述，正因为有了现实与梦境间的自由穿梭，小说中呈现出的有梦境的碎片，与现实对应的常态生活，怪诞离奇的意象等等，这些会在作品中形成叙事的迷宫，常常给人留下迷离恍惚、莫名其妙的感觉，而且小说创作的主题意义指向不明，难以理解把握。

叙事者声音的加入是建构小说"空间形式"的主要方式之一，叙事者不断介入打断故事情节的叙述，叙事者不断现身说法使得小说有一种元小说的味道的同时还具有强烈的知识分子批判意味。比如王十月的《出租屋里的磨刀声》，小说有很多叙述者声音的插入，比如"我无从知道猫的思想但猫的好奇是肯定的。其时天右还不明白真正让他陷入困境的不是磨刀人，磨刀人之于天右不过是一个带有某种隐喻或者象征意味的代指。"①其中"隐喻和象征意味"是充满知识分子化的语言。在天右与何丽在破烂的出租屋里度过一个夜晚后，紧接着叙述者又出现并且带有议论的口气，"打工人的理想都很卑微，这样一个根本不能称之为家的窝，也能让他们得到莫大的满足。""这是一个没有一点新意的私奔故事。这种故事大量地充斥着我们的民间故事和唐宋传奇中。故事的结局当然是才子佳人终成眷属，一个是八府巡按；一个是诰命夫人。而这个故事中的男女主人公双双来到南方然后他们开始了漫长的流浪生涯。"②这种叙述者声音的插入打断了故事情节的线性叙事流程，造成线性时间叙事的中断，对于小说文本的建构形式来说是"空间形式"的呈现。

第二节 空间并置叙事

一、微观并置："意象"反复

普鲁斯特的"贡布雷"、哈代的"威赛克斯"、马尔克斯的"马贡多"、乔伊斯的"都柏林"、博尔赫斯的"布宜诺斯艾利斯"、本雅明的"巴黎和柏林"、帕慕克的"伊斯坦布尔"、曼德尔施塔姆的"圣彼得

---

① 王十月.出租屋里的磨刀声[J].青年文学，2014（3）.
② 王十月.出租屋里的磨刀声[J].青年文学，2014（3）.

堡"、舍伍德·安德森的"温士堡"、托马斯沃尔夫的"阿尔塔蒙特"、福克纳的"约克纳帕塔法",以及莫言的"东北高密乡"……这些存在于作家想象中的意象空间在小说中表达出作家内心深处的情感诉求,是作家在创作过程中情绪与灵感的寄居处。文学作品中世界是一个微型的世界空间,"微缩模型是一个统治、控制和融合的形而上学。微缩景象体现了人类在想象的过程中重新定义空间的能力。微缩与放大是相互依赖的……人类想象的同时性是一种同时想象并置若干意象的能力,同时性又包含了非线性的意识,同时性阻止、冻结和中止时间的有次序展开,它改变了我们日常生活中正常的时间结构。"[1]戴维·米切尔森探讨空间结构问题时指出"通过主题或通过一套相互关联的广泛的意象网络可以获得一个空间性的程度。像倒叙一样反复出现的意象阻止了读者的向前发展并且指点着读者去注意作品中其他较早的部分。"[2]弗兰克在《现代小说的空间形式》一文中对"并置"的阐释就是"词的结合就是对意象和短语的空间编织"[3]。"并置"也是新世纪小说空间形式的主要结构方法,通过"意象"并置、重复叙事和双重视角叙事等建构出新的情感空间。

所谓情感空间借用学者吴晓对诗歌中的"情感空间"的定义,"情感空间是主客体相对应又超越的意象关系场是意象结构与情感的深度、广度与力度所产生的综合艺术效应。……是空间之上的一种'心理的空间'"[4]。新世纪小说对于情感空间的建构常用的技巧是"意象"并置。小说中的"意象"是作家表达情感的手段,是作家情感的异质同构体以表达作家情感的形式进入作品。在新世纪小说中并置的"意象"经常是最普通的日常生活意象,比如"雪花膏"(方格子《上海一夜》)、"香薰精

---

[1] 伊万·布莱迪.人类学诗学[M].徐鲁亚,等译,北京:中国人民大学出版社,2010:80-92
[2] 戴维·米切尔森.叙述中的空间结构类型[A]//(美)约瑟夫·弗兰克.现代小说中的空间形式[C].秦林芳,编译.北京:北京大学出版社1991:148.
[3] 约瑟夫·弗兰克.现代小说中的空间形式[A]//(美)约瑟夫·弗兰克.现代小说中的空间形式[C].秦林芳,编译.北京:北京大学出版社,1991.
[4] 吴晓.意象符号与情感空间——诗学新解[M].北京:中国社会科学出版社,1990:183.

油"（范小青《城乡简史》）、"路"（《驮水的日子》《松鸦为什么鸣叫》）、"长安街"（《接吻长安街》）、"高跟鞋"（《高兴》《极花》）、"疤痕"（《幸福的一天》）、"夜晚"（迟子建《世界上所有的夜晚》）等，这些"意象"与传统"边城""桃源""野地"等乡村意象不同，也与舞厅、酒吧等城市意象不同，相比之下，"雪花膏""香薰精油""路""长安街""高跟鞋"等这些意象的空间范围较小，而且与之相关的应该是普通人的琐碎日常生活。还有一些意象，比如"泥鳅"（《泥鳅》）、"肾""垃圾"（《高兴》）等，这些词汇语有着特殊的群体指向——农民工群体，这个群体脱离了故土，游走于城市和乡村之间，生存在城市空间的边缘地带。

"泥鳅"是尤凤伟小说《泥鳅》中贯穿始终并反复出现的重要象征意象。小说一开始叙述了一个有关"泥鳅"的民间传说，大洪水期，为了拯救老百姓的性命，泥鳅口含砂石用生命来抵御洪水。"泥鳅"在人们的眼中是卑污、丑陋的生物，以污泥为食，长期生存于恶劣的环境中。小说把"泥鳅"比喻为中国底层的普通人，但泥鳅能在关键时刻洪水来临时爆发出拯救众生的神性，这也是底层不可藐视的生命尊严。乡下人进城的命运就好像是国瑞从家里带来泥鳅，本来是为供养，可是却无可奈何地进入盛满高汤的锅里。"泥鳅"被吃掉的悲剧命运正是乡下人在现代化进程中别无选择地"躲进豆腐"的无用堡垒的悲剧的暗示。这些泥鳅隐喻着底层农民工们在城市的生存困境和他们悲惨的遭遇，绝望而无可逃遁的被吞噬命运只不过是城市利益争夺者间的一道"风景"，正如《泥鳅》中的那些带着梦想进入城市的农民工毫无幸免地被城市所吞噬，为城市的现代化进程付出了生命的代价。蔡毅江因工伤得不到治疗最后终身残疾，愤而堕落为黑道；王玉成因内讧被打伤残；陶凤发了疯；小寇堕落成妓女；国瑞养泥鳅期待能给自己带来好运，令他意想不到的是"泥鳅"的命运正是他自己命运的隐喻，最终他就像"泥鳅"一样做了宫超、黄市长官商勾结的替罪羊……

"泥鳅"的无力反抗是沉默的底层的隐喻，城市里的农民工为城市的建设出着力气、献着青春，可是他们依然是社会的底层，如泥鳅般沉默地成为城市中被忽略的风景。除非像泥鳅一样要被吃掉的时候，才会在被城市残酷的吞噬中发出自以为可以让世界震惊的声音，如绑着炸药与公安人员同归于尽的于先刚……底层自以为这些可以吸引城市的注意，证明自己存在的手段会惊骇世俗，其实在城市的波涛中翻不起一丝波澜，在别人的眼里那只是一种"跳楼秀"。国瑞的死象征着农民无法跨越城乡二元对立的门槛。小说最后的结局具有很强的象征意味，国涛让艾阳把"泥鳅"带给国瑞，但艾阳最后还是把泥鳅放生了，故乡的河流才是泥鳅真正的归宿。"泥鳅"回归故乡的河道后游刃有余也暗示着对农民工进城现象以及城市现代化进程的反思。

"疤痕"是"底层"身体的标志之一。刘玉栋在小说《幸福的一天》中对于"疤痕"意象进行反复描写，与题目"幸福"的字眼形成强烈的对比，天河搓澡工身上的疤痕、滴雨美发厅的小姐脖子上的疤痕……这累累疤痕都深深烙印在底层群体的身上，提示着底层的身体伤痛。这是作者揭开底层一系列生活的"疤痕"，乡土中国转型过程中他们处于被侮辱与被损害的地位，遭受着种种不公与压抑，而令人忧心的是这些代表屈辱的"疤痕"在底层人的思想中毫无存在感，伤痛已经变得麻木，悲惨已经认同。"疤痕"是一种现代化转型期的底层人民创伤性记忆，从一个侧面呈现出新世纪整个城市化转型期，作为现代化的牺牲品所付出的青春和身体代价，而他们为之付出的城市繁华与他们没有丝毫联系，反而成为城市文明要清除与改造的对象。反复出现的"疤痕"既是社会转型期底层所承受的不公正的待遇，也是现代进程中他们所留下要去除的"疤痕"的隐喻。

"香熏精油""雪花膏"这类意象是城市的象征也是乡下人对城市的美好的想象。"雪花膏"是杨青对城市的美好想象，知青宁珊从上海带回的雪花膏让乡下的女孩羡慕不已，而杨青因为家庭不好，在村里没地位，所以雪花膏带给她的想象是美丽而残酷的。她只能偷偷用淘米水洗脸。让杨青决定靠身体去赚钱的动力也来自"雪花膏"的诱惑和对身处底层的报复。讽刺的是当杨青以付出身体的代价换回的钱去买雪花膏时才知道,雪花膏"在阿拉上海是发到厂里做劳保用品的便宜得很。"① "雪花膏"意象在作品中反复出现,它承载着乡下人对城市最美好的想象,但出人意料之外的是,乡下人所炫耀的宝物在城市却是最卑贱的东西。"杨青摸摸钱包想起那雪花膏突然觉得那是一段耻辱的时光"。这种强烈的讽刺下隐藏着巨大的不平等,"雪花膏"既是讽刺的象征也是靠出卖身体谋生的杨青们的隐喻,就像小说结尾所写"灯影里的人晃动着在夜色里像是飞翔的蛾子,细小而且卑微。"② 这是都市妓女生存的鲜明写照更是乡下人进城的悲惨隐喻。

无独有偶《城乡简史》中"香熏精油"和"雪花膏"有着异曲同工之妙。《城乡简史》中"香薰精油"成为城市的特殊象征,带给乡下的王才一家人全部的关于城市的想象与诱惑,成为王才一家人向城市"进军"的唯一动力源。所以与"雪花膏"意象一样,"香薰精油"也是一个承载了城市象征的审美意象。意象的每一次出现都会引起小说人物的情感波澜,"情感通过意象的运动呈现出来随意象的运动而变化","情感表现为一种生生不息的流动状态"③,这就是通过"意象"的反复建构起小说的情感空间。"夜晚"本是时间意象,但在《世界上所有的夜晚》中的"夜晚"更多的是空间意象。"夜晚"对于蒋百嫂是最煎熬的,特别是停电的夜晚,黑暗在她心中聚结太深太久。如果说"底层"的天空是低的,那么"底层女性"连天空都不可见,只能看见"夜晚"的黑暗。"夜晚"是日常生活中最普通的自然意象,更成为"底层"群体生存和灵魂的写照。这是底层文学所独有的日常生活意象的陌生化处理也是建构情感空间的有效方法。

---

① 方格子.上海一夜[J].西湖.2005(4).
② 方格子.上海一夜[J].西湖.2005(4).
③ 吴晓.意象符号与情感空间——诗学新解[M].北京:中国社会科学出版社1990:183.

关于底层苦难的书写，卖血、卖肾的生存苦难总是让人触目，如余华的《许三观卖血记》《活着》等，但在《高兴》中这样悲惨的一幕对主人公来说，已经云淡风轻。小说对主人公的遭遇做了淡化处理，这样的用意已很明显，作家对于底层的叙事已经不再执着于苦难与压迫，作家写作姿态的镇定与从容昭示了底层的另一面——机智与乐观，试图努力打破城乡二元对立的思维模式。《高兴》是贾平凹新世纪小说代表性的作品，关于文学创作的初衷，贾平凹坦然承认他是在为"农民工"群体抱不平，但转念一想，这种仇恨城市的情感太过狭隘，所以就写成了农民工对城市的渴望融入和向往。对于《高兴》这部小说主题的呈现，如果贾平凹只是一味地宣扬主人公刘高兴进城的不屈意志和精神理想，而不揭露其生存苦难，那么作品就会流入浅薄；相反假如只是单纯叙述刘高兴进城所遭受的苦难，再把底层苦难加以强调和夸张的叙事亦是不可取，幸运的是贾平凹意识到这一点，而是熟练地把这两方面进行了整体叙述，当读者不是通过小说直白的叙述而是经过对作品"意象"的情感把握来理解作家的思想轨迹，从日常生活与普通人身上感悟到深刻的哲理和人性的丰富时，小说的情感空间就显现了。贾平凹在小说中对于意象空间的建构多用"散点透视"法，而不是西方的"焦点透视"法。"散点透视"法也叫"动点透视"法，指在突出刻画事物特征或人物形象时是从多角度侧面来表现，这种表现方法在绘画领域最早得到应用，贾平凹在小说创作中将"散点透视"法和"意象"相整合，不但拓展了小说的结构层次而且丰富了小说的意象蕴含。

二、主题—并置：一种空间叙事

在乡下人进城小说中，进城都会寻找一个动力源，具体到小说中动力源是以贯穿始终、不断重复的象征意象来替代，这个意象是欲望、诱惑的象征。刘高兴之所以一定要进城最大的动力是寻找自己的"肾"。刘哈娃把肾捐给了西安城里的一个老板，他生命的动力源从此与城市有了亲缘关系，第一次"肾"意象的出现是从身体里卖走，这个在乡村痛苦、耻辱的记忆随着进城而变得暧昧。进城后的刘哈娃改名刘高兴，将要在城市开启新的人生。在城市里他并没有忘记对自己"肾"的寻找，他一直坚信"那个移植肾的人，肯定是和我有缘的"①，尽管这样的寻亲很盲目，但他始终在城市拾荒时不断寻觅。其实刘高兴的"肾"在小说中的象征意义很耐人寻味，"肾"意象是刘高兴内心欲望的外化，他渴望亲近、融入城市，并且要求自己身体和精神都要融入，他会因为自己身体的一部分在城里人身上而感到踏实，在精神上更加向往，他会想象城里的人生活，看风景、吹箫，甚至不顾性命抓肇事逃逸司机时，他想的是自己"来西安，原本也是西安人，就应该为西安做我该做的事呀。"②刘高兴骨子里有着城市梦，作品用很大的篇幅来写刘高兴的城市寻梦过程，他努力地追逐、靠近城市，并且更加向往融入城市，所以，一厢情愿地认为大公司老板韦达因为钱包丢失被他捡到一事有了交集后，他固执地认为他的另一肾在韦达的身体里，并且也透露出他自己心目中的成为城市人的理想，"茫茫如海的西安城里，我的两个肾怎会奇迹般的相遇呢？韦达是何等的有钱和体面"③，他为这个有钱而体面的另一个自己而激动不已。

　　身为农村人刘高兴在精神上向往靠近城市，当他把"肾"卖出后，他觉得自己已经成为城里人，仿佛梦想也已实现。小说越用长篇幅去渲染刘高兴"寻亲"的激情与兴奋，到最后就越反衬出得知事实真相的残酷与沮丧。当得知韦达换的是肝而不是肾时，刘高兴灵魂的天平失衡了，他看韦达竟然是那么陌生和丑陋，其实他最担心的莫过于自己城市梦的被阻断。但很快想到只要"肾"还留在城市，他也就像阿Q一样得到精神上的安慰。

　　刘高兴曾经把自己的另一半肾的拥有者想象成是一个体面、英俊、

---

① 贾平凹.高兴[M].合肥：安徽文艺出版社，2010：104.
② 贾平凹.高兴[M].合肥：安徽文艺出版社，2010：105.
③ 贾平凹.高兴[M].合肥：安徽文艺出版社，2010：244.

有钱的老板，可现实总是不尽如人意，韦达遇到关于自己切身利益的事就变得虚伪自私，对孟夷纯的冷漠与残酷让刘高兴开始意识到城市空间的冰冷，其中生存的人自私自利、虚伪无情。作者也曾说过，"刘高兴的城市生活是不断寻找想融进去的过程，是农民意识挣扎的过程"。城市作为故事发生的空间对于他来说有好的一面也有不好的一面，"而他们都在承受并顽强地存活着，我想写的就是这种生命的悲壮。"① 刘高兴在乡村空间捐肾到城市空间寻肾的过程正是想要把自己身上的"农民意识"抛弃，不断努力在城市中找寻"自我"价值的存在，期待成为理想中的城里人，"肾"意象是刘高兴城市欲望的符号外化。在小说中，"肾"意象有着重要的作用，它是主人公能够亲近城市和拥抱城市的动力源，而且更是得到城里人认同的客观对象。可惜的是，尽管刘高兴捐了"肾"，并没有得到城市的尊重，渴望融入但仍被拒绝在城市的边缘，成为游荡在火车站、广场等城市边缘空间的尴尬存在。

和"肾"意象一样，"高跟鞋"是《高兴》中的一个很重要的意象，多次在作品中反复出现和突出强调，"高跟鞋"是城市文明的象征，也是刘高兴进城的目标和精神追求。因为被未过门的媳妇抛弃，刘高兴气愤之余买了一双高跟鞋，在他的眼里高跟鞋是神圣高贵的象征，农村的女人是无福消受的，只有城市的女人才配得穿，并不是所有城市女人都高贵，最主要的原因是城市女人生活的城市总要比乡村文明先进。"高跟鞋"对乡村女性来说是中看不中用，而对城市女性来讲却是必不可少，"高跟鞋"意象首先是城市的象征，而刘高兴对高跟鞋的迷恋正衬托出他对城市的向往；其次，高跟鞋是女性的专用物品，房间里摆着高跟鞋也传达出他对城市诱惑的想象，但是他的单纯爱情想象和城市浮躁的肉欲形成了鲜明的对比，表现出对乡下人进城理想的巨大讽刺。争取城市的认同大概是刘高兴们最大的愿望，为此他们付出了青春和生命的沉重代价。寻找不到的

---

① 孙小宁.贾平凹：讲边缘人的生命悲歌[N].北京晚报，2007-11-20.

"肾"，城市中沉沦的"高跟鞋"，甚至还有一些讽刺意味的"箫"……作品中这些反复出现的意象加起来让我们深切地体会到进城的农村人执着的残酷与命运的悲戚。

中国人的思维习惯讲究时空合构，物质的基本属性和存在形式是时间和空间共同组词，这是人类感知世界的基本方式。时间"体现物质运动的顺序性、持续性"；空间"体现物质存在的伸展性、广延性"，[①]小说的叙事是在时空合构的结构中运行的。中国传统历史小说的叙事大多数是遵循历史时间展开循序式、头尾俱全的线性叙事，也正因如此，历史小说力求故事情节的真实性和现实性。而贾平凹在《老生》中的叙述时间是模糊的，读者也只是根据既定自有的历史知识来推断故事发生的时间，可见，作者叙事不拘泥于真实的时间年代，而是从大处着眼，注重作品呈现出的大的时间结构，而不在意具体时间的真实。通过作品的阅读，能够给读者留下深刻印象的是关于正阳镇、老城村、过风楼镇、当归村四个乡镇空间以及在这四个乡镇空间中演绎着的人们日常的吃喝拉撒、婚丧嫁娶、生老病死的生存状态。而使文本叙事时间突破传统线性时间观发生变形的关键在于故事的叙事主体是一位有着超越族群、超越历史、超越时空的神秘的丧歌唱师，整部作品的叙事就像一位神秘老者在弥留之际淡定地给后人讲述那些当年他经历或听说的故事，在他的跳跃思维和强大主体意识的不自觉渗透下，"将叙事时间进行空间化处理"，整部作品可以明显地分为现实和回忆两个部分。现实的结构是老师给孩子教授《山海经》的文本释读，唱师弥留之际听着《山海经》回忆发生在秦岭山里的沧桑历史，是包容回忆的框架；而回忆部分所叙述的是唱师对20世纪中国百年历史的回忆，与过往的内容有关。而且在叙事方法上运用的是倒叙，对一个民族百年历史的追忆纳入短暂的一天回忆中，这是对传统小说习以为常的时间蕴含空间的叙事方式的一种颠覆，在时空合构的历史叙事中突出的是一种以

———————
① 杨义.中国叙事学[M].北京：人民出版社，2009：125.

空间含纳时间的叙事方式来展开历史叙事，作者的用意是在"压缩时间的长度来追求空间的宽度"，以此可以使小说在空间表现上"获得一种多维立体的空间容量"①。

在《老生》的主体故事的讲述中，作者把故事发生的地点作为小说叙事的空间结构，把叙事建立在空间地域之上，这四个故事发生的空间地域是一条河——倒流河。作为地理坐标的倒流河是有范围的，人们围绕着倒流河这个特定的空间地域进行琐碎的日常生活，故事的叙事也在其中进行。带有神秘色彩的唱师穿行在围绕着倒流河的乡镇空间中，作为听闻者、亲历者和讲述者，回忆从陕北闹红军的20世纪30年代到21世纪初非典横行，回忆终结之时也就是唱师去世之时。开头与结尾由唱师扭结起来，形成了"讲故事"的闭合叙事结构，故事在这个闭合结构中展开，其内容不可能突破这种闭合，我们可以试着思考，闭塞的乡镇空间中表现百年中国历史的发展进程，而且还要使宏大历史叙事中的革命、反右、"文革"等各种形式的暴力逻辑得到认同，其背后的原因是什么？很明显，这个问题的答案只能通过在主流意识形态和民间的双重视野下来寻求。贾平凹难能可贵的一点是，对于时代主流意识形态他并没有表现出简单的谴责，而是能够以民间的立场切入时代。

作为小说空间形式理论中的重要概念之一的"并置"，是指在"文本中把游②离于叙事过程之外的各种意象与暗示、象征与联系等并列地置放，使其在文本中取得连续的参照与前后参照，以此形成一个整体，换句话说，'并置'其实就是'词的组合'，就是对意象和短语的空间编织"③。对于"并置"的概念如果延伸一下，还可以包括"结构性并置，如不同叙事者讲述的并置，多重故事的并置等"④。《老生》在空间形式上可以看成

---

① 吴秀明. 转型时期的中国当代文学思潮［M］. 杭州：浙江大学出版社，2001：179.
② 吴秀明. 转型时期的中国当代文学思潮［M］. 杭州：浙江大学出版社，2001：179.
③ ［美］约瑟夫·弗兰克. 现代小说中的空间形式［M］. 秦林芬，编译. 北京：北京大学出版社，1991：译序.
④ 吴晓东. 现代小说的空间形式［J］. 天涯，2002（5）：176–183.

是并置结构。贾平凹借助秦岭倒流河这个地域空间形态,依靠唱师的行踪串联起四个相对独立的故事,四个故事构成了小说的主体,但故事与故事彼此之间没有情节联系,这四个故事的共同点是由唱师来讲述。相对于传统小说,"并置"理论的核心是"加强空间形态而削弱线性时间形式",在《老生》中通过另外一个并置结构体现,就是唱师弥留之际,听着老师给孩子教授《山海经》的文本释读,《山海经》的内容并列穿插在唱师回忆的四个故事中,作者借助重复的《山海经》内容阻断了主体故事叙事的时间顺序,而且这一《山海经》的重复情节把相对有时间意义的所谓中国百年历史在结构形式上分成四个片段,与其说这四个历史时段叙事缺乏明显的时间标识,不如说作者实际的意图并不是表现时间以及时间的延续,而是在展示一种同时性,即:在记忆的一幅立体的画面中,把存在于记忆里的一些印迹在时间以及时间的延续中表达出来,这种表述其实质是小说空间性的另一种表述。

另外,《老生》于主体故事中大段直引《山海经》,本身也是一种"并置"结构的叙事方式。《山海经》是一部空间地理之书,这个空间意象的出现表示了时间的永恒。而永恒时间,情节重复是"并置"的具体表现形式,作者通过"并置"的叙事技巧使《老生》产生了形式空间化。通过空间"并置"的叙事策略,使以时间叙事为主的历史小说呈现出空间叙事的特征,拓宽了传统历史题材小说的表现形式;另外作者在民间历史叙事中演绎了个体记忆的生命感悟,使民间历史叙事的空间化呈现出丰富复杂的特征。

第四章 虚幻空间与"乌托邦"叙事

虚幻空间是小说文本中所呈现幻想的、非真实的情景或故事,虽然是虚拟非现实存在但又与叙事主体密切相关的虚构空间。虚幻空间是人们对现实社会不可能发生的事情的主观臆断、主观虚设,是来自认知者对现实事件的反事实的逆向思维变异,其内容并非人们自身经历体验在心理上的表征空间,也就是说客观事实并不能左右或束缚人类的主观想象力;反过来,人类的主观想象又能为人了解客观世界开拓一个更大的认知空间。虚幻空间源于人们内心深处对欲望和冲动的挣脱,仿若囚犯梦想大赦、饥渴时梦想玉露琼浆一般期待在幻想的空间世界中找寻梦想的乌托邦。虚幻空间中生存的人们,努力严肃地生活在自己用幻梦编织的世界里,用幻想来抵抗残酷的现实世界,平衡心理落差以求灵魂慰藉。

第一节 乌托邦空间与民族国家想象

一、从"普济"到"花家舍":民族乌托邦的寓言

在社会发展进程中,人们可以通过时间和空间的投射来实现愿望的

满足，这种空间的愿望叫作"乌托邦"，时间的愿望就叫作"千禧年主义"。对于乌托邦空间，我们可以把所有"超越现实环境，具有改变现存历史——社会秩序的作用"①的思想叫作乌托邦主义。新世纪以来的历史与革命叙事中的乌托邦书写含有政治隐喻性，格非的"江南三部曲"（《山河入梦》《人面桃花》《春尽江南》）为我们叙述了自晚清以来"乌托邦"的陆沉史，这是中国最珍贵也是最惨痛的经验教训。在"乌托邦"叙事中，知识分子都是作为核心人物形象被塑造，因为在历史责任感与使命感的承担者中知识分子是最主要的，他们的本色就是秉持热情无私、真理正义，"叱责腐败、保卫弱者、反抗不完美的或压迫的权威。"②因此，知识分子在社会历史变革中总是处于推动或领导者的位置，他们饱含热情，积极参与，对未来充满希望，试图把建立一个理想、完美的社会形态作为人生"虽九死犹未悔"的奋斗目标，但这种人类道德、价值和社会结构的理想与社会现实和自身局限性会有无限的落差，理想在被强大的现实阻碍不能实现时也会导致"乌托邦"想象逾越不了尴尬的困境。知识分子在无奈的现实与理想的破灭之间彷徨，致使他们对现实不能超脱，也会对现实形成极大的不满，因此，对于"乌托邦"的建构知识分子形成两种趋向，一个是对现实进行直接介入，在本质上进行改造；另一个是退守精神世界，在精神世界中寄托理想。

在"江南三部曲"中，普济和"花家舍"可以看作是"空间乌托邦"。根据史料的记载，普济在现实的地理位置是桃源境内，沉水从桃源流入武陵境内，武陵源就是村前的大河，所以普济就应该是陶渊明发现的"桃花源"，理想的乌托邦，而格非之所以把故事的发生地安排为普济，自有其用意。陆侃和王观澄，一个被罢官，一个主动辞官，都选择普济为归隐之地，作者的意图被揭示得也很明显，就是对"桃源之梦"的追寻与

---

① （美）卡尔·曼海姆.意识形态与乌托邦[M].北京：商务印书馆，2000：205.
② 爱德华·W.萨义德.知识分子论[M].单德兴，译.北京：生活·读书·新知三联书店. 2013：13.

重温。

　　生活在乌托邦梦想中的陆侃在获得"桃源图"后开始践行他的"乌托邦"构想，他效仿陶渊明《桃花源记》中的世外桃源，要在普济建造一座风雨长廊，"长廊将散居在各处的每户人家都连接起来，甚至一直可以通过田间"，但在当时的普济注定他的想法是异想天开。他不但有幻想，最后还进行了实践，他砍去园中原来栽种的树，都换成桃树，把自己的家变成桃园仙境，家里人对他的疯狂行为不理解，将他监禁在阁楼。小说的叙事是从陆侃提着箱子离家出走开始的，他从楼上下来，从陆秀米的身旁经过，慢慢消失在秀米的视野中，从此杳无音信，不但给秀米也给读者留下一个悬着的谜团。陆侃毫无缘由、不被理解地神秘离家出走，从整体来看具有明显的象征意味，他实质是对"乌托邦"精神探寻所做的一次努力尝试，从陆侃离家出走时的状态来看，他的寻梦的精神是充盈且坚定的。

　　如果把陆侃和王观澄放在一起对比，在理想的实现方面王观澄要比陆侃强一些，陆侃经过多年的努力经营貌似已经成为一个梦想的实现者，他把"花家舍"建造成了一个世外桃源。陆秀米（《人面桃花》）在出嫁时发现一个惊人的现实，父亲当年疯狂的"乌托邦"设想竟然出现在一个土匪窝，被掳劫到小岛上后，发现小岛俨然是一个大同社会的理想所在，村民衣食无忧、路不拾遗，小岛的氛围和谐宁静，"村子里每一个住户的房子都是一样的，一律的粉墙黛瓦，一样的木门花窗。家家户户的门前都有一个篱笆围城的庭院，甚至连庭院的大小和格局都是一样的。"[1] 王观澄在"花家舍"苦心孤诣近二十年，建成了有尧舜之遗风的"花家舍"，他把"花家舍"的自然环境改造成自己心目中理想的"乌托邦"，"每当春和景明，细雨如酥，桃李争艳之时，连蜜蜂都会迷了路"[2]。王观澄不仅对自然空间也对"花家舍"的精神空间进行了塑造，在他的教化下小岛上的百姓变得谦逊有礼、夫妇同心、长幼有序，精神空间亦和谐完美。总之，

---

[1] 格非.人面桃花[M].上海：上海文艺出版社，2012：102.
[2] 格非.人面桃花[M].上海：上海文艺出版社，2012：115.

陆侃和王观澄他们无论是对于桃花源的追寻还是对"桃源仙境"的重建都有一个共同点，就是要将自己的"乌托邦"理想倾注到一个理想空间。

"花家舍"是个土匪窝，但是这个"乌托邦"乐园因为封闭，与外界隔绝，田少不能自给，所以"花家舍"的建造和陶渊明笔下的"桃花源"的生存状态不可能一样，王观澄要建屋舍、修水渠、建长廊、栽种树就可能单纯靠农耕，而土匪擅长的打家劫舍是获取钱财的捷径。"花家舍"通过掳掠外人的钱财来维持这个"乌托邦"社会的存在，经济上不能自给的"花家舍"仿若美丽的空中楼阁，表面呈现出的宁静、幸福与繁荣其实质掩盖的是龌龊、肮脏与非道德，最终在本质残酷的内部猜忌、火拼中解体败落。格非在"花家舍"美好的外表下蒙上了一层黯淡的讽刺外衣。如此建立在矛盾、杀戮、欲望之上的"乌托邦"的理想社会注定要濒临毁灭，"乌托邦"社会是一个美好、理想社会形态，但终究逃不掉人性复杂，而复杂的人性正是导致理想破灭最直接原因。世人都渴望大同世界，向往众生平等，可是世人又把高人一等，比他人优越作为炫耀的资本，这是人性根本悖论，质言之就是"乌托邦的冲动本身即包含着反乌托邦的因子。"[①]

普济作为"乌托邦"空间的载体对于革命党人张季元和陆秀米来说不仅仅是一个自然地域空间，还有着精神上的"乌托邦"之恋。陆侃离家后，张季元以养病为借口住到陆家的阁楼，身份是秀米的"表哥"，但其真正的目的是寻找六指筹谋起事占领梅城。同时他也是陆秀米母亲梅芸的旧识相好，来到陆家见到秀米后便心生爱慕，年轻而且貌美的秀米令他着迷，迷恋程度到了在与梅芸交欢时，只能把梅芸幻想成秀米，他才可以有性趣。当年的张季元可以千里怀揣匕首行刺，可以只身亡命天涯，当他发现自己对秀米刻骨铭心的爱，开始憧憬未来的爱情生活，以致怀疑最初自己所选择的所谓革命的价值与意义。在梅芸和秀米之间游移不定，最后在秀米母亲的强迫下只能把对秀米的爱藏在心里。爱情与革命理想的实现在

---

① 孟繁华. 面对百年中国的精神难题——评格非的长篇三部曲[J]. 南方文坛, 2012（2）: 75-77.

张季元看来最终是无望的,现实让张季元最终选择放弃,他把蜩蛄会的信物——金禅交给了秀米,带着对秀米爱的遗憾离开普济。最后殒命逃亡途中,尸首顺江漂回普济,当年蜩蛄会举事的革命人也都溃败。

陆秀米被土匪劫持到"花家舍"后,在张季元的日记中第一次受到了革命与爱情的启蒙。父亲陆侃离家走后,秀米仿佛感觉周围发生的一切事情犹如梦幻,张季元的到来让她知道在村庄外还有另外一个世界,而且那个世界是神秘的,她敏感好奇。张季元的日记满足了有着无限想象和求知欲的秀米,读着日记,秀米封闭的世界慢慢被打开,她觉得自己以前是置身于一处黑漆漆的封闭的屋子里,但现在"就像突然间打开了天窗,阳光从四面八方涌入屋内"[①],心情仿若激流中漂浮的叶子,一会儿波峰上冲浪,一会儿陷入河底。通过张季元的日记她了解了革命党秘密活动的内幕,也知道了男女间的桑中之约、床笫之欢……即使她对家里给她安排的婚姻不满意,她连反抗都不屑,因为她的爱已经随着张季元的离去而消散,爱情的花朵还未开花既已凋谢,剩下的肉体给谁都一样,直到出嫁前她还痴恋着张季元的日记。张季元的日记是秀米爱情体验的开始,两人之间也是一种纯粹的精神之恋,超越现实,蒙上了一层"乌托邦"色彩。这种乌托邦爱恋对于秀米来说是压抑也是觉醒,但这种没有实现的可能性的精神之恋对于秀米来说在开始瞬间也意味着结束,爱情失去燃烧的火焰,婚姻的意义也将荡然无存。

《山河入梦》里的"花家舍"可以看作是一个共产主义社会的缩略图。"花家舍"的乌托邦空间通过被派到"花家舍"学习的谭功达视角来叙述,谭功达是一个有事业理想的人,要建设一个"工业乌托邦",在谭功达的心里理想的社会形态是共产主义社会,在这个"工业乌托邦"中,人与人之间和睦为邻,社会有序运转,满怀激情地去从事共产主义事业的建设……这就是谭功达要为之奋斗的共产主义理想,可是理想在遭遇到事

---

① 格非.人面桃花[M].上海:上海文艺出版社,2012:90.

业与爱情双重失败的打击后显得毫无力量。"花家舍"的另一个侧面是谭功达所不了解的,在这个和谐的"乌托邦"表面背后隐藏的却是自由与思想的受限。秩序的稳定性、纪律的规范性、强大的组织性,"花家舍"这些表层的和谐的建立基础是以对"个人"思想的禁锢与控制以及"个人"自由的牺牲为代价的。"101"就是"乌托邦"背后暗藏的监视器,每个人都被监视,包括谭功达与姚佩佩,致使姚佩佩被抓。所以,在恐怖阴影和严格的纪律控制下,个人自由与思想受到限制,"乌托邦"美好的外衣早已退去,受限与思想的禁锢已经脱离了乌托邦的理想主义内涵,这本身就是对"乌托邦"理想的讽刺。

《春尽江南》叙述的是当"乌托邦"空间美好遭遇消费主义与欲望膨胀,面对物质的巨大诱惑,知识分子对自我享受的沉迷,精神与价值沦丧使消费时代的知识分子出现精神危机,"乌托邦"理想与追求已经沦落为明日黄花。"乌托邦"理想象征的"花家舍"宿命般地遭到毁灭,比如王元庆建造的乌托邦理想家园"花家舍"最终沦落成肮脏堕落、酒肉声色的销金窟,自己也因为受陷害导致精神不正常。面对"乌托邦"的沦落,知识分子的选择成为最重要的时代、民族精神的象征。在作品中,知识分子的选择呈现两种趋向:一个是退守在自己的精神世界,不与时代苟合但同时也失去了抗争的勇气,如谭端午般懦弱地活着;另一个是像王元庆、绿珠等这些知识分子对自己身负的责任勇敢地承担,直面社会与人生,努力与时代抗争,但最终还是逃脱不了失败的命运。还有一部分像陈守仁、徐吉士等这类知识分子,作为知识分子"下海"的成功典型,他们是商业时代顺其趋势而有所作为。知识分子在对"乌托邦"进行实践探索中往往思虑不周就是人的精神的复杂性,就像别尔嘉耶夫所说,"精神是主体,并在主体里被揭示。但是,精神在客体化着,……精神在社会化。精神进入历史之中,在历史里它发生重大的变化,它仿佛丧失了自己的许多特征,也获得了许多新的特征。精神是内在的,这个空间的象征是精神的一个标志。……精神不能不从自己走向他者,走向世界。精神进入世界,世界不仅仅是精神。这里开始了精神的悲剧"。①

"乌托邦"理想的建构成了知识分子的一厢情愿，满腔热血仿佛一场飞蛾扑火式的血祭。王观澄将"乌托邦"理想变成了现实，"花家舍"建成了，但同时也感到了自我"乌托邦"精神的失落，正如别尔嘉耶夫所阐释的，自我精神的失落恰恰是精神被客体化后产生的结果。因为"当客观精神客体化时，……是走向客体，走向客观世界，这个世界没有自己的生存，只是在隐藏在它背后的主观精神中才与生存相关。如果主观精神走向客观世界时，那么发生的就是精神与自己自身的异化，它走向客观性。"②所以，当精神无限的理想变成客观有限的现实，即乌托邦精神的客体化后，坍塌的精神支柱对知识分子来说是对自我价值的否定，更是对社会荒谬性的绝大讽刺。因此，王观澄实现了自己的"乌托邦"理想，但是他发现生活在"花家舍"这个自己一手创建的理想大同社会时没有获得应有的喜悦，而是理想破灭的无限的寂寞。

"江南三部曲"（《人面桃花》《山河入梦》《春尽江南》）可以说是对中国知识分子百年的"乌托邦"精神史进行了探索。从晚清近代革命到20世纪五六十年代的社会运动再到新时期改革开放，知识分子经历了中国社会百年风云变幻，他们对于乌托邦理想的坚持与执着在现实历史的进程中逐渐走向消亡，而就"乌托邦"本身而言从现实"乌托邦"到精神"乌托邦"这本身就是一种退守。《人面桃花》中，革命运动是以一个承诺的追求而展开，而这个追求恰恰是一种理想性的追求；《山河入梦》中，建立工业化的乌托邦社会成为人们的共同期望，这是对共产主义理想的实践；《春尽江南》中，"乌托邦"理想在欲望与物质狂欢的年代被异化，湮没在时代的洪流中。因此，格非在对他笔下的知识分子追求"乌托邦"精神的过程进行叙述时，不断提示人们像陆侃、秀米、王观澄、张季元、谭功达等这些人的困惑，他们的"心被身体囚禁住了。像笼中的

---

① （俄）别尔嘉耶夫.精神与实在［M］.北京：中国城市出版社，2002：51-52.
② （俄）别尔嘉耶夫.精神与实在［M］.北京：中国城市出版社，2002：52.

野兽，其实它并不温顺。每个人的心都是一个小岛，被水围困，与世隔绝"①，他们都是疯子，遵循着命运的迹象一代又一代奔向"花家舍"，那个象征天堂也可代表地狱的"乌托邦"空间。三部小说都暗含着的民族寓言，在时代的背景下对知识分子进行精神与价值的拷问。

二、孤独与退守：中国知识分子的精神史

"江南三部曲"中乌托邦的实践者们都是充满生命激情和梦想的一些特立独行的人，格非意欲用小说来思考历史与现实，在探讨愿望的满足与乌托邦的思想关系时，根据卡尔·曼海姆的观点，人们总是充满对各种愿望的思考，当这些愿望不能实现时，人们就会寻求用愿望建成的象牙塔。于是，各种传说、神话、民谣、宗教、人本主义的幻想、旅行传奇等等不断表达着人们现实中不能实现而充斥在想象中的愿望。"花家舍"作为"乌托邦"空间历经百年，其间三代知识分子的"乌托邦"理想的建构与想象都在此凝聚，但是在"乌托邦"实践过程中，人性、制度、价值等的缺失又是在"乌托邦"理想得到建构的同时进行着解构。

"乌托邦"在人类历史中的发展与历史发展阶段和特殊社会阶层有很大的关系，主导的乌托邦通常被提议为一个人的愿望和幻想，后来被合并到更广泛的一组群体政治目标，这个群体在相继的每一个阶段都能够更精确地在社会学上加以确定。"乌托邦"理想实质是植根于人类存在本身体现人类深层目的本质力量的确证，社会的"乌托邦"和个人的"乌托邦"是相辅相成的，如果两者不同时实现，那么"乌托邦"的真理性与真实性也就无从谈起。②所以，在普济有着"乌托邦"理想的陆秀米，尽管她一心为普济人服务，办学堂、施善粥、兴革命……可是普济人没有一个理解她，把她看成是精神病，她的"乌托邦"理想在普济人看来也不存在真实

---

① 格非.人面桃花［M］.上海：上海文艺出版社，2012：115.
② （美）蒂利希.蒂利希选集［M］上海：上海三联书店，1999：135.

性；谭功达工业"乌托邦"梦想，得不到任何人的支持，所以也不可能实现；王元庆、绿珠等的乌托邦也同样被人嘲讽。而且在"乌托邦"内部，异质因素不断地侵蚀着"乌托邦"承担者们的思想，包括现实社会组织与自己理想价值追求中存在的矛盾，人性的贪婪与欲望的无限等等，这些主要体现在陆秀米和谭功达两个人这里有所体现。一直到《春尽江南》，小说叙述的都是知识分子深陷在物质与欲望的漩涡中直到理想的大厦在娱乐的狂欢中倒塌。当个人遭遇到现实，理想的崇高迷失在了欲望的幻象中，每个怀有"乌托邦"理想的实践者都会在理想与现实之间徘徊，他们有超越现实的期待，更因为有限性的存在而焦虑。"乌托邦"的实践者是知识分子，"具有充分的存在力量而向前进的人。"[①]对于超越有限性的现实虽然无法预测它是否真的存在，但是生命的真谛也正是因为有了拼搏、冒险和勇于承担风险的精神才成为生命的赢家。

任何特定时期信仰乌托邦思想的社会阶层的结构状态，这也是理解乌托邦的关键。"江南三部曲"是对知识分子百年来"乌托邦"理想的尝试与探索，他们坚持的或者是为之奋斗的是"乌托邦"理想，但"乌托邦"并非是一个确定存在，游移在可能性与不可能性之间，知识分子的理想与世俗的道德之间还有着不一致的存在，所以，小说中的陆侃、陆秀米、张季元、王观澄等这些知识分子最终选择了超越有限性的《乌托邦》之路。当知识分子在"乌托邦"建构的路上越走越远，当精英知识分子伦理道德与世俗道德伦理相碰撞，此时就会产生矛盾与碰撞的交锋。因为有梦想相同，秀米和王观澄在梦中可以互相对话，他们都在梦想的道路上踽踽独行，理想的先驱注定逃不开悲剧的命运，超越现实的理想注定了"乌托邦"承担者们要扮演失败英雄的角色。

知识分子的"乌托邦"想象与大众世俗的道德之间的对抗与碰撞使知识分子走向了世俗的对立面，对现实的批判与对美好理想的探寻使知识

---

① （美）蒂利希.蒂利希选集［M］上海：上海三联书店，1999：137.

分子的"乌托邦"理想与现实的距离会永远存在。"乌托邦"理想空间的建构是对社会现实的超越,在现实中必定遭遇挫败,比如陆秀米在普济的善举和革命活动,谭功达为建造工业乌托邦所做的努力,修水库、建现代化城市的尝试等。"乌托邦"实践者们不被世人所理解,他们是建构"乌托邦"理想的一群孤独者。当理想在现实面前遭遇挫败,知识分子的选择是向内转,与现实保持距离,知识分子的精神的退守表现为一种精神的中立,而这种中立在世俗的影响下对知识分子的独立精神和自我理想与价值的抗争精神是具有腐蚀作用的。通过知识分子对"乌托邦"的想象与建构可以看到百年中国知识分子的精神发展史,他们孤独地行走在追求理想与价值的征途中,在跋涉中不断遭受挫败,在选择"乌托邦"空间理想的精神"退守"后,也意味着知识分子向现实的妥协与屈服,在妥协与屈服中,理想与价值也会渐渐走向弱化,甚至迷失、崩溃。

"'乌托邦'主要是指一种原则上不能实现的思想。在超越情况的思想中,肯定有一些思想在原则上是永远不能实现的,然而那些把自己的思想和感情与他们在其中有明确地位的现存秩序紧密联系起来的人,总是明显倾向于把那些仅在他们自己生活的秩序框架中显示出不可实现的所有思想称作绝对的乌托邦"[1]陆侃对桃花源梦想的执着追寻,王观澄对"花家舍"孤注一掷的重建,张季元为实现"大同世界"视死如归,陆秀米在普济济世救民的不懈努力……无论思想还是行动都是对当时社会的超越,这是一种"乌托邦"空间的建构,而同样是"乌托邦"建构,在陆侃、王观澄和张季元、陆秀米之间还有略微不同。陆侃和王观澄更倾向于在确定的空间中投入"乌托邦"理想,而张季元和陆秀米除了在确定的空间投注"乌托邦"理想外,还通过精神之恋来探寻自己的梦想,但无论是空间还是精神之恋的愿望都可以看作是"乌托邦"。格非建构的"乌托邦"内含是丰富且混乱的,它可以是陆侃和谭功达心中的桃花源,也可以是土匪窝

---

[1] (美)卡尔·曼海姆.意识形态与乌托邦[M].上海:上海三联书店,2011:196.

花家舍、社会主义天堂花家舍以及花家舍公社，还可以任何形态都不存在，"只是一股不明就里的造反冲动，一种献身的绝对律令"①。有"乌托邦"理想的人在现实空间中都有一种将梦想实现的渴望，而把个体主观想象进行现实自觉行动的过程就是社会行为。这种"乌托邦"理想不仅是存在的幻想目标而且有社会直接目的，即"乌托邦"梦想的现实化，这样的把精神理想社会化、价值化，并且在社会化、价值化的过程中又执着于精神理想，不考虑现实行为后果，因此不被人理解就是必然的。

这些无法命名的"乌托邦"想象建构被世人看成是"疯子"的行为。陆侃和陆秀米父女有着同样的"乌托邦"理想，陆侃要循着陶渊明的理想把普济建造成为"桃花园"，他的行为不被人所理解，建造风雨长廊也被看成是疯子才有的行为；陆秀米要把普济变成她理想中的"乌托邦"空间，成立普济地方自治会，按照她的想法，她要修建一道从普济通向长江的水渠，让所有的农田都连成一片得到灌溉；办公共食堂，让村里的所有人都有饭吃；她建育婴堂、书籍室、诊疗所、养老院，甚至殡仪馆和监狱，她的"乌托邦"梦想是想把普济建设成为一个大同世界，村民的衣食住行都和谐统一，"每个人笑容都一样多，甚至就连做的梦都是一样的。"②但是，这样的"乌托邦"理想注定连实现的机会都没有，因为在普济没有人支持她，她本身也没有强大的组织力量依靠。最终她的努力都是枉然，不被人理解更被人诟病，仅有小东西的育婴堂最后小东西也被人偷走；养老院也无人问津，在的是一些实在无奉养的鳏寡和流浪老人；普济人有病宁可去找不靠谱的唐六师也不去秀米开的医院；想法很理想的灌溉田地理想也险些酿成水灾的祸患……陆秀米所有的理想在现实面前都幻化成泡影，她所经历的失败也在提示着一个事实，一个有效的"乌托邦"理想不能只靠个人的力量来完成，因为历史——社会的环境不可能是个人所

---

① 翟业军.家园消失在家园的消失中——论格非"江南三部曲"[J].当代文坛，2013（4）：73-76.
② 格非.人面桃花[M].上海：上海文艺出版社，2012.

能打破的,"只有当社会阶级的意愿体现在适合于变化的形势的乌托邦观念中时,这些阶级才能有效地改变历史现实。"①也就是说,一切与社会现实脱离,得不到主流意识形态或群众支持的个人奋斗的精神"乌托邦"理想都必将不能存在,也一定会被看成是疯子的行为。作者在小说中也通过韩六这个算作智者的口透露了"乌托邦"理想的天机——成事必有其势。此"乌托邦"的承担者如果不理解,那他也必将要承担这精神的悲哀苦痛,这也是对历史发展过程的另一种教训的提示。

在"江南三部曲"中,怀着"乌托邦"梦想在现实中实现的王观澄,和秀米相比,他的乌托邦梦想的实现过程是"一次由价值理性行为向目的理性行为变化的过程",对于乌托邦的信念有一个转变,最初他是要建立一个自然界的桃花源,天为屋、星为衣、风雪为食的超现实乌托邦空间,后来他的想法改变了,开始以现实为基础,"花家舍"虽然路不拾遗、夜不闭户、长幼有序,但是这些都是建立在名与利的追逐上,王观澄表面上是对名利淡然,节俭忌奢,但是他也有自己的名利执念,他追求的是美名和尊重,死后还要千古流名。所以,对于"乌托邦"的实现王观澄的转化是从理想价值到现实目的,这种转化后的"乌托邦"实现是打了折扣的。而秀米正好与之相反,她的乌"乌托邦"理想的实现是由现实目的走向理想价值的过程。

陆秀米的"乌托邦"理想是建立在她对张季元的"乌托邦"之恋的基础上,实现张季元未竟的"大同世界"的乌托邦理想是陆秀米生存的动力。张季元的乌托邦理想就是实现"大同世界",他不知道大同世界到底是什么样子,但是为着心中的理想,他反清,积极参与武装斗争,甚至不惜付出牺牲生命的代价,但从一个政权的覆灭到"乌托邦"理想的实现,这个过程是极其漫长而艰辛的,并且可望而不可即。因为在"乌托邦"理想实现之前的任何时候,它都不是明确的,"因为它是在生存之中被现实

---

① (美)卡尔·曼海姆.意识形态与乌托邦[M].上海:上海三联书店,2011:207.

化的。"①革命的前途渺茫，未来晦暗不明，这些都是陆秀米和张季元共同的感受与共同的困惑。这些问题张季元来不及思考，便牺牲了，答案只能秀米一个来寻找，所以，当秀米反清革命失败被投进监狱时，她静心审视过往，出狱后她选择回到普济禁语自闭醒思，最终从噩梦中醒来，决定本着良心为普济人做些事情，她为普济奉献着自己的一切，旱灾之年施粥救助灾民，尽管那时她的家里也没有多余的粮食，不为得到他人的赞许，只为让自己成为可以按照自己价值理想生活的人。

"江南三部曲"中，从"乌托邦"实践者对价值理想与目的现实的选择中可以看出其价值取向是不同的：陆侃对"桃花源"的追寻有着精神象征的意味，他所坚持的是"乌托邦"的价值理想；张季元的"乌托邦"实践是革命，目的是建立"大同世界"，他所坚持的"乌托邦"理想是有现实目的的；王观澄对"花家舍"的建设则是将陆侃梦想的"桃花源"变成现实，自己则变成了"乌托邦"精神理想的背弃者，苦行僧式的殉道也无法摆脱"活死人"的结局，挣扎于名与利的漩涡，最终现实目的实现后也是被困扰不断，纠结成团；陆秀米则是在现实目的与价值理想间游走，也正是因为有转变有思考才表现出与前面的"乌托邦"实践者都不同的特点，她由一个坚定的革命党到"乌托邦"理想的反思者，她的实践由此更显人性的光芒。

现实社会中的"乌托邦"承担者是一群在荆棘中的寻梦者，生命的激情与梦想都与"乌托邦"精神相辉映。如果从他们的愿望取向上来把"乌托邦"实践者进行分类的话，可以分为未来想象与往昔追忆，小说中陆侃和王观澄的"乌托邦"想象就是对往昔"桃花源"的追忆，而张季元和陆秀米的"乌托邦"想象就是对未来"大同世界"的想象，虽然两者的"乌托邦"取向不同，但是他们的"乌托邦"追寻求索的目标是一致的，要实现空间中的"乌托邦"的精神理想。别尔嘉耶夫认为"乌托邦"是有实现

---

① （美）蒂利希.蒂利希选集［M］上海：上海三联书店，1999：145.

的可能的,但这个实现要"在经过曲解之后,在被曲解了的乌托邦中总会留下某种值得肯定的东西。"①意思是说,对于"乌托邦"空间实践的探索总是难以摆脱失败的命运,也会遭尽世人"曲解",但有一些"值得肯定的东西"会留下来,这些"值得肯定的东西"就是"乌托邦"实践者们所具有的超越现实的精神理想和渴望实现未来理想的生命激情。如果"乌托邦"被摒弃,"人便可能丧失其塑造历史的意志,从而丧失其理解历史的能力。"②用理性去支配人的理想,人将变成只有冲动性的动物,所以,格非通过"江南三部曲"也阐释了他作为现实主义作家的焦虑,当下社会太浮躁,现世的人们太功利,其实人们通常所看到的理想与实现之间的矛盾,其原因并不是梦想被内在拥有,而在于现实中拥有梦想者在行动时必然失败的命运,小说中"乌托邦"空间的意义在于对"乌托邦"精神的守候与追忆中,能够让现在的人们在历史与现实之中张扬生命与理想的激情。

第二节 乡土诗意的"桃源"乌托邦

一、新世纪小说中开放的乡土乌托邦

保罗·蒂里希认为,每一种"乌托邦"既有向前看的乌托邦同时也有向后看的乌托邦,既有被想象的"未来理想"也有被过去投射的往昔时光。当历史进程发生巨大的逆转,人类文明呈现堕落或衰退的趋势时,人们往往无法在现实中找到寄托未来期望的块垒,转而认为那些指向未来的或期望它们在未来是尽善尽美的事物,已经存在于过去之中,并与人的本

---

① (俄)别尔嘉耶夫.精神王国与凯撒王国[M].杭州:浙江人民出版社,2000:113.
② (美)卡尔·曼海姆.意识形态与乌托邦[M].上海:上海三联书店,2011:268.

质相一致。作为大自然的一个物种，人类对于乡土的情感依恋是"乌托邦"理想能够建构的前提，乡土就成为"乌托邦"理想的精神家园。按照海德格尔的存在主义诗学理论，"家园"意指这样一个空间，"它赋予人一个处所，人唯在其中才能有'在家'之感，因而才能在其命运的本己要素中存在"①。瑞士思想家艾米尔认为，"一片自然风景就是一个心灵的境界"，当自然或者某种自然物在作家的视野中成为文学意象时，这种自然风景或者自然物就反映了作家的情感和文化心理。乡土抒情小说中的各种意象以及由此描画出的自然风景，不仅是漂泊游子的思乡、恋乡的心理情结的体现，而且更是表达了作家们希冀借一方遥远而宁静的故土栖息灵魂的精神诉求。"牧歌田园"式乡土小说最大的特点在于它的"空间性"压倒"时间性"，正如巴赫金所说，"在田园诗里时间和空间保持一种特殊的关系；生活及其事件对地点的一种固有的附着性、黏合性……地点的统一导致了一切时间界线的淡化，这又大大有助于形成田园诗所特有的时间的回环节奏。"②这种被诗化的"乡土"与其说在描摹某一处、某一地的客观性，不如说因叙述者的主观性而传达了丰富而深厚的文化象征意味。作家笔下的乡土不仅具有田园诗般的惬意与宁静，而且人与自然之间形成的是一种完美的圆融与和谐。

中国文学对于乡土的书写自古就有一条浪漫化、诗意化的传统，20世纪中国文学中从废名到沈从文再到汪曾祺的乡土浪漫抒情小说是20世纪处于社会文化剧烈变迁中的乡土中国一个不变的淳朴的乡土乌托邦。乡土乌托邦的文学以沈从文等京派作家的创作为代表，生活在城市多年以后回望故土，对乡土世界的赞美来反衬城市文明的龌龊，乡土不仅是地理上的存在，更是京派作家们精神的栖居处，它承载着现代知识分子对民族传统文化的皈依与认同。"乡土"的内涵已经不仅仅是地域色彩，以及一种具体

---

① 海德格尔.存在与时间[M].陈嘉映，王庆节，译.上海：生活·读书·新知三联书店，2006：328.
② 钱中文.巴赫金全集[M].石家庄：河北教育出版社，1998：429.

意义上的、可复现的地理环境，更是作家用以寄托理想社会、理想人格想象的载体。新世纪乡土小说对于乌托邦的想象与现代作家废名、沈从文等的乡土乌托邦叙事相比，现代作家们寻求的田园牧歌生活仿佛与桃源乌托邦的宁静温馨更加契合。而"新世纪的乡土文化反思或乌托邦想象则是把乡土文化放置在变动的城乡关系中，把文化、人性、理想、伦理关系等联系在一起，寻找着乡土文化的意义和价值，理想中渗透着无奈甚至是焦虑和悲凉"[①]。

在全球化、现代化进程中，人们对乡土的想象大都会呈现出一种美好的文化精神追求，面对当下的现实作家把浸透着乡土文化的精神作为文学创作的文化资源，在作品中表达对乡土的眷恋。王安忆在《上种红菱下种藕》中把华舍镇描述的如诗如画，江南水乡的景物的光色变换与人物心理变化融合得惟妙惟肖，乡土文化所特有的静穆、温馨、淳朴成为人们基本的生存状态。这种乡土乌托邦的出现是通过已经进入城市的几个女孩子视角来表现的，秧宝宝、蒋芽儿和张柔桑这些女孩子带着纯净而困惑的眼睛体验着从乡村到城市的人生，在她们这里江南水乡表现出了特有的风情与韵致。从作者的叙事可以明显感受到其对华舍镇所象征的乡土文化精神的深深依恋以及倾心热爱。另一方面作者也对这种淳朴的乡土文化进行了反思，当商场、工厂、营销这些现代化的词汇出现在小镇时，古朴、安静的小镇生活被打破了，随着历史、现实的变化以及"现代化"过程的挤压终究难以抗拒，"乡土相对稳定的人性、伦理、道德秩序也有了微妙的变化"。正是这种变化、矛盾、冲击才会让人不断思考淳朴的乡土文化形态会不会随着现代社会的发展变化而消失，这种乡土文化精神能否继续存留。

新世纪乡土小说对乡土乌托邦唱着挽歌，周大新的小说《湖光山色》为建构田园乌托邦的乡土小说辟开了一条新路。以前对于乡土乌托邦的想

[①] 王光东.城乡关系视野中的新世纪乡土小说[J].学术月刊，2017（7）：120–126.

象是以封闭为核心，认为耕者有其田的乡村才是真正的诗意乡土，城市二元对立思维是乡土小说典型的叙事方式，而《湖光山色》的意义在于对乡土的书写超越城乡二元对立的思维模式，乡土乌托邦不再封闭而是敞开，尝试让乡土乌托邦与现代化未来连接。按照学者贺绍俊的说法小说的结尾很有创意，暖暖对游客说"你们会看到你们心中特别想看到的东西"，这个想象要透过楚王庄观赏丹湖的三角迷魂烟雾。碧绿的湖面上如梦如幻的烟雾袅袅升起，紧接着游客们眼前出现自己幻想的景物，有的愿望在虚幻的烟雾中实现，这就是乌托邦。

　　托马斯·莫尔在创建"乌托邦"这个术语时有两个意思——"好的地方"和"没有的地方"，所以后人对那些"理想""规划"或"蓝图"等未来指向的事物命名时都会想到"乌托邦"，来安放自己美好的向往，作家在小说创作时也愿意建构这样一个"乌托邦"，《湖光山色》中暖暖创建的"楚地居"就是这样一个地方，能给落后贫穷的楚王庄人们带来富裕幸福的生活。周大新在小说中提出一个构成乡土乌托邦的核心景观——"田园风光"，和以前的乡土小说土地核心有很大的不同，如果说土地家园的失去造成农民的苦难，那么田园风光的存留则是乡村与城市共同的目标，可以说"田园风光"是城乡不再对立冲突的黏合剂，城市化可以开发乡村的田园风光，乡村如果要抵抗城市化的侵袭最直接有效的办法就是开发自身，让原始的田园风光发挥出应有的价值，发展旅游业，让田园乌托邦敞开发挥"被看"的价值。

　　周大新是一位根植现实的作家，在构建乡土乌托邦的同时并没有离开坚实的现实土壤，所以他让楚王庄的乡土乌托邦现实矛盾重重，从城乡矛盾转换到物质精神矛盾，通过矛盾的不断叠加转换解决，乡土乌托邦得到最后的完善。"田园乌托邦"的建构不是对城市现代化的排斥，而是积极汲取现代化的力量，暖暖正是接受了薛传薪带来的投资和理念才使楚王庄的旅游业发展得风生水起。作者也没有美化现代化，它一方面拯救了贫穷的楚王庄，但也让干净的楚王庄变得龌龊，制造财富的同时也制造了邪恶，带村人走出物质贫困的同时也带来了精神堕落。于是城乡矛盾转化为物质与精神的矛盾。而后者才是更为本质性的矛盾，所以暖暖为了净化精神不惜一切代价也要将暗里支持色情服务的旷开田和薛传薪绳之以法，只有解决了精神问题楚王庄才是真正的"田园乌托邦"。新世纪乡土乌托邦的建构最大特征是把"物质与精神的矛盾引入到乌托邦时，他就使乌托邦具有了现代的意识"，因为传统乡土乌托邦注重的是在自由、平等的基础上表达知识分子自身的理想，而新世纪乡土乌托邦更"注重人类精神的自由解放，爱，美，同情，理解，自尊心，想象力，作家们用种种精神的元素培育着一个精神健全的乌托邦社会"[1]。所以，新世纪乡土乌托邦更加关注精神，也是新世纪城乡变动中乌托邦精神的继续发展。

风云激变的年代，梦想与浊世疏离的作家就像鲁迅对陶渊明的阐释，"乱也看惯了"，"篡也看惯了"，"文章便更和平"，然后才成了"非常和平的田园诗人"。[2]而当下商品市场经济裹挟下的当代作家，他们的焦虑已经不仅仅是使自己与社会市场经济大潮隔绝，并借助"桃源"乌托邦的恬然自乐来宽慰和解脱自己那样简单。他们于理想与虚无主义之间徘徊，而且也不可能将"桃花源"式的乌托邦重建，更不能将生存焦虑麻痹抑或苟且回避。也许，每一个作家都会有属于自己内心的"桃源"，你根本在现实生活中发现不了，涉足不了的"桃源"，大多数的桃源因为牵掣更多世俗的东西而异化，也就根本不可能用纯粹的"桃源"来统一概括。张炜在他的《远河远山》中告诉读者，"经常写作，这才是一个人最健康的活法"。[3]他把写作当成了最有益最心仪的活法，那些神奇的字眼是从他的内心流泻出来的。命运注定了张炜的一生都寄托于书写，书写的心理支撑点又游离于社会之外，停驻在灵魂最高处的那个乌托邦中。乌托邦是多

---

[1] 贺绍俊. 接续起乡村写作的乌托邦精神——评周大新的《湖光山色》[J]. 南方文坛，2006（3）：47–51.

[2] 鲁迅：《而已集·魏晋风度及文章与药及酒之关系》，《鲁迅全集》（第3卷）[M]. 北京：人民文学出版社，1956：515.

[3] 张炜. 远河远山[M]. 长春：时代文艺出版社，2005，封面页.

种多样的，它在"普鲁斯特眼中是追忆，在博尔赫斯眼中是智慧，在海德格尔眼中是思想"①，在张炜这里乌托邦就是他在《九月寓言》《丑行或浪漫》《我的田园》《荒原纪事》《怀念与追忆》《能不忆蜀葵》《刺猬歌》等小说中一再提到的关键词"野地""葡萄园""芦清河""海边"和"田园"，这些在现实社会中虽然不存在，但它是人们理想的精神家园，不是实体的存在，而是属于人类自己的家园，一个心灵得以安顿的理想化的"桃源"栖息地。张炜寻找到了内心桃源，但他的乌托邦和陶渊明的桃花源是不一样的，"桃花源"被陶渊明塑造成可以将痛苦自然消解，有着逍遥精神的空间，而张炜的"乌托邦"中，幸福的获得有一个痛苦转换机制，经受过苦痛的代价才能够远离喧嚣浮躁的社会，此番"受苦"在张炜小说中那些执拗坚韧一直进行永恒精神守望的知识分子身上有所体现，"桃源梦"就透着一丝苦涩的滋味，逼迫你不得不去感受个人内心日益加重的矛盾冲突。制约着张炜小说桃源叙事风格的是他倾向于故地田园、乡村野地的审美意识。

在张炜的内心世界，存在一个"桃花源"。这个桃源乌托邦是张炜复活了童年的记忆和经验的桃源，是他融合了陶渊明式的物我生命一体精神的桃源，是他把"自然"作为一个核心语码的桃源，是他以沉稳的姿态坚守的道德理想的桃源。在对大地的赞美与桃源乌托邦的书写中，《九月寓言》是一部成功的典范作品，张炜本人也认为即便以后写出在规模上、气度上和打动人心上更重要的作品，也不能取代这部小说对于他生命的本质连接。《九月寓言》的小村社会，"不过是以其文学乌托邦的魅力，激发我们在一个变化多端的大时代里更坚定地站稳脚跟，防止时间进化的飓风把我们吹到远离大地的空虚之域"。②正如所有乌托邦叙事的小说，特定历史背景就被淡化，特定意识形态内涵就被消解，时间因素就被抽离。

---

① 谢有顺.跋：再度先锋.北村.玛卓的爱情［M］.北京：长江文艺出版社，2001：330.
② 郜元宝."意识形态"与"大地"的二元转化——略说张炜的《古船》和《九月寓言》［A］//孔范今，施战军.张炜研究资料［C］.济南：山东文艺出版社，2006：186.

《九月寓言》取消了时间性的指向。如果把"九月"作为一个清楚的时间标识，那么小说中的九月似乎是凝滞不动的，你根本不能发觉时间的流动痕迹，"这是一部由无数的秋天九月反反复复地重复涌现出来的小说"。[1] 除了冬闲雪夜的忆苦，小村的故事和生活景象都是在"九月"反反复复地呈现。因为"九月"是收获的喜庆日子，是"庄稼人张大嘴巴吃东西的好日子"，[2] 九月是与地瓜成熟紧密相连的时段，"九月"的永续就保持了最长久的无比欢欣的收获喜悦。在这个五谷丰登的收获季节，万物的丰收和富足的喜悦足以让人与人为善，张炜在小说中写道，"被侵犯和伤害的忧虑空前减弱，心头泛起的只是依赖和宠幸"。[3] "被侵犯和伤害"的感觉也许源自《古船》的那股恶势力的逼迫和压抑，也许源自现实自然界正被工业和商业蚕食和鲸吞的事实。只有走向野地，融入大地，在与民间亲和以及万物融合过程中，才能获得"依赖和宠幸"。皈依自然，从而减缓了时间的推移感。依赖土地，从而使人的生存苦难得到救赎。小村人无忧无虑地生活在九月的大地上，对养育他们的土地产生了无怨无艾的依赖。在这里，人不是征服者，而是依恋者。人与大地浑然一体，生命和自然互相依存。大地哺育了万物，人依靠万物而生存，遵循四时生长收藏规律而成长，人从大地那里寻找到的是生命的依托。

时间之维的抽空，其实更突出了"小村"的空间位置。小村就是张炜意念中的故地，故地比邻野地边缘，"故地在我看来真是妙迹处处"[4]，世上任何地方都是无法比拟的，这里是"大地的中央。……离母亲心理上的距离最近"[5]。张炜营造了大地和母性的精神桃源。桃源叙事小说秉承的是道家传统自然精神，道家回归自然的人生理想和张炜的价值取向正好合

---

[1] 黄忠顺.历史神话化叙事的时间构成——《九月寓言》个案观察[J].海南师范学院学报，2004（4）.

[2] 张炜.九月寓言[M].上海：上海文艺出版社，1993：240.

[3] 张炜.九月寓言[M].上海：上海文艺出版社，1993：349.

[4] 张炜.九月寓言[M].上海：上海文艺出版社，1993：342.

[5] 张炜.九月寓言[M].上海：上海文艺出版社，1993：349-350.

拍。《九月寓言》对生命本身，对生命和自然的关系作了诗意的描绘。小村人本没有"根"，他们就像蒲公英一样携带种子飘悠悠落下了，叶落归"根"的那片土地就是承载小村的基础，"要知道土人离土不活，野地人离了庄稼棵子就晕头晕脑"。①"土"成了小村人的信念和支柱，肥正是以自己是土人为理由拒绝工区子弟挺芳的爱恋："我是小村人，也是一个土人，生下来就要土里刨食"。②小村人对土地是厚爱的，土地更是无私的，它以自己的馈赠维系着这帮纯粹是个体生命组合的村人的生命。野地里的万物以自己的本真形态存在着，它们在自然界中尽情绽放自身的自然之美和存在之美。小村人幸运地没有被工业文明社会异化，他们领受土地的恩泽，把野地作为身心愉悦的栖息地。

按照接受美学"前理解"的先在结构，我们期待视野中的桃源生活是自然淳朴，怡然自得，俗美的牧歌生活。可是，《九月寓言》似乎与我们的这种"前理解"颇有差距，小村里也充满了苦难，也藏污纳垢，也有邪恶也有刁钻也有狡诈，也有欺骗压榨也有内讧争斗也有血腥残酷，有"鲅人"不断地毒打妻子的举动，有见色起意的恶人金友，有心如蛇蝎般虐待儿媳的大脚肥肩……美与丑、善与恶、本能欲望与精神追求紧紧纠缠在一起，让我们产生了关于"苦难"为什么大量呈现在"桃源"的迷惑。评论者王学谦说"《九月寓言》在'寓言'这个层面而言和《桃花源记》完全是相同的。但是，那个小村人的生存状态却不像世外桃源那样其乐融融，而是充满了苦难、艰苦和不幸，但这只是我们局外人的认识、感受，而小村人的精神的欢愉程度却也并不亚于桃花源中人，特别是张炜本身对此更是一往情深"。③张炜也清晰地表明他的叙述无意停留在苦难，"他们（读者）说那些小村人越快乐，就让人觉得苦——好像作者是为了让人觉得他们愚昧才写他们的快乐吧？我说我是在写'真正的'快乐。那种快乐

---

① 张炜. 九月寓言［M］. 上海：上海文艺出版社，1993：329.
② 张炜. 九月寓言［M］. 上海：上海文艺出版社，1993：31.
③ 张炜. 关于《九月寓言》答记者问. 九月寓言［M］. 上海：上海文艺出版社，1993：361.

让我真实地感到了，我才会写。"若以纯审美的态度去关照小村人的"快乐"，我们就能感受到真正的快乐。

张炜在《九月寓言》里把压抑和愤懑一扫而空，苦难被狂欢的人们逼退到咫尺之外，生命活力的飞扬和生存的乐趣极力复现。即便是"忆苦"活动，也演变成小村人快乐精神生活的重要组成部分，在那些个艾草火绳熏香的冬夜，本应是政治意识形态的产物——忆苦，成为小村人盛大的节日庆典。苦难的记忆在出丑卖乖、夸张调侃中变换成为喜剧情节，小村人对待苦难过去就以谐谑化的态度置身事外了。此外，物质生活的苦难也能被容易满足的心理轻轻地化解。小说里有这样的情节：金祥起早贪黑，走漫长的路，翻山越岭到南边寻那个古怪的圆圆平底铁器的鏊子，他千辛万苦挨冻受饿甚至以生命为代价终于寻回，烙出了神奇的煎饼给予小村人更多的陶醉，把煎饼视作完美无缺"极品"的陶醉感反映了小村人的物质态度，不奢求无贪欲，他们在最低限度的物质享受中品尝着"幸福"的人生滋味。在这个苦难被击退的世界中，露筋和闪婆演绎了浪漫离奇而又忠贞火热的爱情传奇，大脚肥肩也上演爱和恨的故事，还有村里整夜整夜游荡的年轻人，所有的人和事，都发挥出无与伦比的生命强劲的魅力。所以，这就是那片真正给予人归宿的野地，就是那块真正还原人自由的"桃源"。张炜就这样把一个苦难的乡村世界描绘成了生命的欢乐桃源，正是因为这种洞彻生命的智慧和透悟苦难的理性，他得以拥有自己独立的声音。他不像有的作家，总是和着时代的节拍，追随最时尚的风尘，自己独立的声音不可避免地消失了。张炜同时也倾听到了一些声音，在独立的声音和富有韵味的叙述节奏中汇合了这些，他说写《九月寓言》的整个过程，就是"倾听自然之声的过程"。[①]

城市的喧嚣已被心灵隔绝，张炜倾听到了什么呢？他首先倾听到故地的风声，《九月寓言》的大部分篇幅是张炜在登州海边一个小房子写出

---

① 张炜.文学是生命的呼吸——与大学生对话录［A］//忧愤的归途［C］萧夏林，主编.北京：华艺出版社，1995：90.

的，小房子不远处就是无边的田野和林子，小房子不久就要拆了，张炜由着心性，抒写着大地自身的快乐。其次他倾听到了来自童年记忆中的大自然的私语，鸟语花香的河畔果园，野枣草棵的海滩，美丽富庶的大地，大自然的风声涛语无处不在，这种倾听是将心灵直接投入自然当中的倾听。张炜后来一直保持对自然和生命的直觉，源自这种天生的性情。最后他谛听到了小村的声音，大自然的天籁之声，白天不易捕捉，夜晚却是倾听的最佳时机，万物齐唱，碾盘都在歌声中转动。张炜狂热痴情的"九月寓言"就发生在浓浓的夜色下，在柔和的月光中。

夜晚意象成就了"桃源"的隐秘性，"鲅人"喜欢夜晚，成就了"鲅人"放荡不羁、自由潇洒的生命旋律。万籁俱寂，清风拂面，茫茫夜色下，小村年轻人奇妙地游荡着。小脸微黑，辫子粗粗，充满着乡野的纯朴气息，浑身上下喷吐热力的赶鹦就像一匹马驹，在夜的原野里不停地炮动长腿。赶鹦是村里在夜晚奔跑的年轻人的带领者，她带领着村里的青年男女出没于小村任何角落，燃烧着这群青年男女过剩的生命激情。白胖的肥，豁了鼻子的矮壮憨人，少白头龙眼，凹脸年九，独眼喜年，眼皮上有小疤的美女香碗，他们追随赶鹦在夜晚倾巢出动，挥洒奔放的热情。借着夜色的掩护，他们的追逐和嬉闹更加张狂，就连野地里的刺猬、山狸子、长尾巴喜鹊、狐狸、鹌鹑、野獾也参与了嬉戏，一切都恣意盎然，人与万物都生活在夜晚狂欢之间。

没人确知究竟是什么浪漫而波动，没人确知年轻人的月亮地里埋藏了多少意趣，小村人可以舍弃金银财宝，但奔跑的每个夜晚是他们无法割舍，而都市人是既舍弃不了金银财宝，又不能舍弃长夜的一群。当代都市人夜晚迷醉灯红酒绿，推杯就盏谈笑风生间偏离了自己的灵魂。夜生活越迷乱丰富，心灵就偏离得越远，以至产生更多烦躁不安，产生更多无聊苦涩，他们损害了所有的感觉，丧失了探寻"在安怡温和的长夜，野香熏人"①的能力。小村人不停歇地在夜间"奔跑",是热力旺盛、生机勃勃的象征,秉承了那些从南山或者更远的地方迁来的村人的奔跑特性。"饥饿"是小村人最初的奔跑的一个最重要原因,奔跑是为了寻找一个富裕的地方住下来。在关于小村来源的故事里,那些奔跑得精疲力竭,终于倒在半路的爹娘会嘱咐自己的孩子不要停下,去平原找"地瓜"吃。

于是,年轻人在黑夜不倦奔跑,男人在夜晚把自己的女人打得嗷嗷直叫。有了火焰般的地瓜,小村人不为"饥困"所牵累,具备了桃源般的悠然自适,彻底的自足,更加滋生了与土地万物密切相关的、生命本身蓬勃生长的自由精神,与之相伴而生的是金祥、露筋、闪婆等令人难以忘怀的生命状态,他们绵延于辽阔大地的炽烈情怀,令人可慨可叹!张炜极力渲染野地里所有人的生命激情,无论年轻人,老年人,男人,女人,所有的人都表现出充盈的生命感,都是自由、自在生命狂欢的参与者。既然找到了就停留下来吧,"鲅鲅"村就是"停吧"的意思。无论停留还是奔跑,都是为了这一片肥茂的"野地"和野地上的食物。

"黑夜"一直是张炜钟情的意象,反复出现的黑夜为"桃源"的书写增添了十足的虚幻性,黑夜的村落和野地有白天所不具备的另一种真实。评论家郜元宝称张炜"为大地守夜",的确是一个恰当的比喻。当黑色轻柔的面纱披上大地,人和大地上的一切事物都充满了温情的亲昵感,生命中的那些激越之爱、相濡之情便是夜晚最灼目的光与亮。金敏要一生一世学做喜年的好女人,他们在夜幕下"周身甘甜"地分吃一张饼。香碗一天到晚地琢磨着喜年,他们趁夜色弥漫,急切地簇拥一起,谈无数无数的话,实打实地想一起过日子。"如雪的白发、倔强的脖颈、锥子似的目光"②的龙眼在夜间一直尾随着白胖的肥,心口里涌上沸动的呼唤。黑夜,为有恋情的男女释放情感提供了最合适的舞台。

小村人的爱情是奔腾流畅的,瞎子闪婆和她的男人露筋的爱是一部

---

① 张炜.九月寓言[M].上海:上海文艺出版社,1993:350.
② 张炜.九月寓言[M].上海:上海文艺出版社,1993:89.

"爱的流浪史",是田野里最浪漫最激情的爱,就连心狠手辣的大脚肥肩竟然也有荡人魂魄的爱情故事,独眼老人一生都痴情于她,从这个负心嫚儿离开的那天起,他跋山涉水,睡不起店就钻野地,下了狠心地寻她,终于和自己爱的女人"拉着呱"满意地撒手去了。大脚肥肩"亲吻不停。她哭得好响,简直像嚎叫一样"。①

弗洛伊德曾用"文明的代价"这个命题来描述现代性引发的城市"文明病",文明的代价是令人悲观的,表现为生命力的衰退和性爱的虚假。也许是注意到了这一点,张炜才在他那始于金色九月又终于金色九月的寓言里真诚地写到乡村爱情的大胆、热烈,爱的力量的真实、自然。这种旺盛的爱的生命力,与城里人爱的萎顿和生命力的衰弱截然相反。张炜在《庄周的逃亡》中明确比较了城里生活的惆怅无力和流浪生涯中遭逢真正爱情的坚定有力。庄周爱上了那个流浪女,他明白了"长久以来那种惆怅无力差不多都来自一种茫然无定地生活。他没有目标,没有目的,不知要做什么,也不知做这些有什么意义。而现在他明白了,他做这些的目的就是为了挽救一个姑娘,她美丽、淳朴,而且她让他在路上一下子就爱上了。多少年了,他没有发现自己有过这种冲动和爱"。最终,恣意欢快的小村被"工人拣鸡儿"通过缓慢的开采煤矿的过程掏空了村庄基底,缠绵的村庄被捣毁了,大地被充满欲望的人们折腾得千疮百孔,张炜刻骨铭心地召唤着那个失去的世界,"我那不为人知的故事啊,我那浸透了汗液的衬衫啊,我那个夜夜降临的梦啊,都被九月的晚风吹跑了"。已经逝去或正在逝去的东西当中,也许存在着人类苦苦求索的永久价值。《九月寓言》的"野地"是理想的净土和精神的栖息地,呈现乡村民间诗意生活的小村不是一个现实层面的真实存在,而是具有永久价值的置于净土上的"桃源乌托邦"。把一个把封闭的小村看成是"桃源",是大地和原野的礼赞,张炜本人也认为即便以后写出在规模上、气度上和打动人心上更重

---

① 张炜.九月寓言[M].上海:上海文艺出版社,1993:257.

要的作品，也无法回避历史才是深度的存在，它沿着时间的纬度投影于现实，只有立体的关照个人在历史的走向下生命的跌宕，关照村庄命运的浮沉，才能去洞悉其隐秘的意义。

二、"受活庄"：乡村孤岛的绝境

乡土乌托邦在新世纪文学中并不只是"田园牧歌"式，在现代化进程中，乡土乌托邦正在经历着消逝的剧痛与死亡的叹惋。新世纪乡土叙事中的"乌托邦"是对现代文明的反思以及暴露现代文明的弊端与病症，呈现出"反乌托邦"的发展趋势。现代文明用"理想与先进"未来发展图景渗入乡土世界，企图改造乡土，在现代化进程中乡土的未来并没有实现幸福的承诺，反而是丑陋与不幸、悲观与绝望横行，"乌托邦"理想在实践过程中最后演变为在痛苦与矛盾中挣扎，成了"恶托邦"的后果。新世纪小说中，"乌托邦"理想酝酿萌芽于极端的环境，并且它最终会形成荒诞的噩梦与无处逃离的灾难。

以阎连科的小说《受活》为例，阎连科从农村的视角对"乌托邦"革命历史进行书写，在乡土社会发展中，革命、历史、乌托邦始终充当着破坏者与毁灭者。乡土走向"乌托邦"的过程也是走向死亡、衰落的过程，这也证明了"乌托邦"的虚妄性。所以，阎连科小说中的乡村世界基本上是封闭、与世隔绝的。如偏远的耙耧山脉中的三姓村与受活庄，长期以来人迹罕至，几乎就像是汪洋大海中的一座座孤岛。而且对于"乌托邦"理想的构建过程常常会遭遇巨大的破坏，作家对乡土本是有着深厚的情感的，但在小说中还是把乡土乌托邦呈现出在现代化进程中被科技文明的裹挟下急剧走向衰败与死亡的结局。

阎连科在谈《受活》的创作初衷时曾表示，他本是要创作一部讨论美好生活的小说，小说十五卷第三章（絮言）的花嫂坡的故事，把"花嫂坡"写得无限温馨美好、令人神往。

"山坡上的小麦,齐齐整整的穗子昂在半空里,只把当年的小麦收回家,怕最少也能吃三年;近处呢,房檐下挂的几年前的玉蜀黍穗,一吊挨着一吊,下年歉收也吃不完;房前屋后,种了菜,种了花,种了向日葵,正在花开的季节里,长命的红迎春、绿旺夏、车轮菊、白山荷、月白草、阴天亮、日照红,还有野生的紫藤萝,荆子草,趴在房墙上的攀墙虎,到处都是花红和柳绿,到处都是草木与芳香。"①

人间天堂的花嫂坡是受活的一个地名,地理位置仿若世外桃源,地肥水足,六个县的地图上都没有规划进去,谁都管辖不到的地方,阎连科用极其简约的文字浮光掠影地为读者创造了一个美好的白日梦境。作家创作究其实质不过是把自己从白日梦中解脱出来,但阎连科让这个梦做得十分短暂,并且时刻不忘提醒自己和读者,一切只是"梦"而已。阎连科为乡土中国描画出的终极理想状态,是退守到原始而古老的无政府乌托邦。但事实上谁都知道,无政府的民间自治状态也不过是文人的桃源梦罢了。所以,小说结尾处出现的那个没有束缚、无忧无虑的美丽乡间是不可能存在的,人也不能在其中久存,所有的一切只存在于文学艺术中,只是作者一个虚幻的梦。

阎连科的理想乌托邦在《丁庄梦》中也有着深刻的表现,小说在卷首语中引用了《旧约·创世纪》中三个梦——"酒政的梦""膳长的梦""法老的梦"②的故事,显然有为在金钱物欲中沉沦的人类示警的用意。小说的结尾,爷爷在梦中看到女娲又重新造人,预示着新的平原和新的世

---

① 阎连科.受活[M].沈阳:春风文艺出版社,2004:301.
② 酒政的梦——我梦见在我面前有一棵葡萄树,树上有三根枝子,好像发了芽,开了花,上头的葡萄都成熟了。法老的杯在我手中,我就拿葡萄挤在法老的杯里,将杯递在他手中;膳长的梦——我在我的梦中见我头上顶着三筐白饼,极上筐子里有为法老烤的各样食物,有飞鸟来吃我头上筐子里的食物;法老的梦——梦见自己站在河边,有七只母牛从河里上来,又美好又肥壮,在芦荻中吃草。随后又有七只母牛从河里上来,又丑陋又干瘦,与那七只母牛一同站在河边。这又丑陋又干瘦的七只母牛吃尽了那又美好的又肥壮的七只母牛。法老就睡醒了。他又睡着,第二回做梦,梦见一棵麦子长了七个穗子,又肥大又佳美,随后又长了七个穗子,又细弱又被风东吹焦了。这细弱的穗子吞了那七个又肥大又饱满的穗子。

界的重新开始，显然意在昭示经历毁灭浩劫之后人类或可重生。事实上除了小说结尾处这个梦以外，《丁庄梦》中，爷爷还有很多或诡异或美好的梦。在通篇笼罩的肃杀与死灭气象中，为作品增添一些亮色，同时也暗示着乡民的不灭的希望。这些梦境有时隐含着作者内心深处最美妙的期待，虽然是空幻着，但他小说中的人物生活在恍如末世显现的四顾苍凉之中，明知道哪里都找不到人间乐土，但对人间乐土的念想仍然存在于小说冷静和不动声色的故事之后，这大约是比鲁迅更为绝望的一种绝望式的关切吧。

《受活》中受活庄是一个封闭的空间，地处耙耧山脉深处，这里生活着一群被世人遗忘的残疾人。因为有着先天的缺陷，受活庄人在面对苦难时更加无可奈何。随着改革开放现代化进程的加快，受活庄在市场经济的冲击下也要向市场求生存，在县长的带领下发展旅游业，想要受活庄实现共同富裕。但是"共同富裕"的农村发展观对于受活庄人来说，它改变的不是人们的生活水平，而是受活庄传统伦理价值观，让原本受活人之间淳朴的情感变得异常脆弱与敏感，甚至濒临崩溃。受活庄不但经受着身体的苦难，又遭遇了外来的极大破坏。前现代的乡土"乌托邦"被卷入现代化的文明进程中，在外来的社会浪潮的冲击下渐渐瓦解。

在真实与虚幻之间，我们寻找间隙冷静反思。人类的发展存在着一种悖论，物质文明的进步有的时候带来的是灾难重重。受活人世世代代维系的乡土乌托邦抵御不了金钱、物欲的诱惑，在权势和财富的巨大阴影下被彻底异化，脆弱的乌托邦图景得到了前所未有的颠覆。阎连科在《受活》中运用了乌托邦的话语制造迷幻的财富景象，在这些带有伪饰的图景面前构成受活人和全县人疯狂快乐的源泉。"双槐县从此就要腾飞起来了——一个绝术团演出二百天能挣一个亿，四百天就是两个亿"，"明晓把列宁的遗体买回来，每天列宁公园的门票就是一百万块钱"，"钱花不完了，像秋天来了，地上扫不完了树叶一样呢，让你们为花不完钱犯愁哩"，[①] 发

---

① 阎连科.受活[M].沈阳：春风文艺出版社，2004：119-121.

家致富的美好许诺形成了人们对生存境遇的自我欺骗和价值谵妄的狂想。商品经济下的桃源梦浸染了更多欲望和权力，注定引发悲剧，变成不可理喻的梦魇。一夜间，受活人遭到圆全人的疯狂劫掠和羞辱，乡民们以退守的方式疏离了欲望世界。"一切都结了，像是一台戏，闹闹呵呵唱完了，该收拾戏台、戏装回家了"。柳鹰雀也自残双腿落户受活村。最终，受活庄从地图上消失了，重新开始过上"散日子"的世外桃源生活。被欲望诱惑过的受活人还能重归纯朴恬静、远离尘埃喧嚣的生活吗？那些散淡、殷实、自由、无争的"散日子"真的能回来吗？小说的意义在于它虽设置了这种可能性结尾，却否定了传统的乌托邦的存在。阎连科曾说："我从小就有特别明显的感觉，中原农村的人们都生活在权力的阴影之下，在中原你根本找不到像沈从文的湘西那样的世外桃源"。所以《受活》不同于汪曾祺笔下恬静、舒适的田园，不同于张炜笔下甜美、肥沃、诗意丰盈的野地，《受活》钟情于穷山恶水，倾听着乡人的愤怒和悲悯，这背后延续了阎连科一贯的追寻和建构精神家园的忧虑感与迫切感，"人都在田里，一边劳作播种，一边悠闲收成，日子过得散淡而殷实"，[①]这种散淡无束的日子又叫"散日子"。与"散日子"相对的是"洋日子"，前者叙事依托絮言，后者的叙事才构成了正文。所谓"洋日子"的事情是现实中发生的确确实实的事情，真正呈现在我们面前的却是融现实与梦幻、真实与荒谬、隐喻与寓言、乡土与现代于一炉的叙事。

处于世界之外的受活庄，当它刻意地走向外部世界，就接近了世界本身的荒谬和残酷。所以桃源中人特意叮嘱无意中闯进来的武陵渔人"不足为外人道也"。受活庄本是中国农村社会的一个理想化的民间自治隐喻，茅枝婆领导大家入了社，纳入了现代社会的正常轨道，从此失去了世外桃源般的受活日子。村里的瞎、瘸、聋、哑的残疾人经历了乙丑年狂热的入社、戊戌年的"铁灾"，乙亥年的"大劫年"，还有"文革"时期数不清

---

① 阎连科.受活［M］.沈阳：春风文艺出版社，2004：298.

的"黑罪"和"红罪","圆全人"即健康人带来的损害和侮辱让受活人经历了一次次人生辛酸的体验,茅枝婆退社的念头日愈强烈。且不说退社这样的举动在今天这个时代是否能够行得通,即使退社成功,受活人真的能在与外界隔绝的情形下自给自足?受活庄中的年轻人不愿退社其实就已经给出了答案,何况最后柳县长双腿齐断,也加入了受活庄残疾人的行列。阎连科曾在另一场合说过,自己活到一百岁也没有陶渊明的心情,但实际上他在《受活》里面却实实在在做了一个秦人古洞的梦。除此之外,阎连科总是要在小说收束的时候,以循环结构暗示某种回到原初状态的纯净美好,当然其中也包含希望。

柳鹰雀是非常具有农民意识的乡村野心家,是农村权力政治的一个隐喻,他一直以来都把自己与领袖人物联系在一起。他萌发的梦想是从俄罗斯买回列宁遗体,建立列宁纪念堂,通过门票收入暴富。致富梦最初就充满了荒诞不经的色彩,却浓墨重彩地上演了。这个梦尽管不同于茅枝婆的那种让受活人自由自在的乡土桃源梦,却也是另一种意义层面上的商品经济下的现代桃源梦,想让人人发财致富过上天堂日子。双槐县要变成一个令人艳羡之地,村村通公路,家家住花园洋房,像城里人一样喝牛奶,吃排骨鸡蛋,农民看病不要钱,孩娃读书不要钱,市民用电吃水不收费,谁把钱花到了赌博吸毒上,就把谁送去过苦日子改造好了再回来。为了筹集购买列宁遗体的巨额的钱款,柳鹰雀把受活庄残疾人组织起来,成立了"绝术团",在全国巡回表演。受活人肉体的残缺以及残缺的展示转化为艺术层面的美学欣赏,荒诞的表演背后充斥了反讽意味。

读者接受有时恰恰与作家的初衷相违,阅读阎连科小说大概大多数读者的感受是他的小说世界充满无边的黑暗与无穷尽的艰辛磨难,小说是对乡土中国的叙述呈现出其极端的困境与残缺的景观。阎连科把他的《日光流年》《受活》《丁庄梦》当作一个"三部曲"来解释,三部作品在主题的表达与农民生存方式和认识方式的叙述都是重复的,并且如果把它们作为"三部曲"来阐释,可能会"从那些共同的东西中读出种更复杂的意味来，读出一种更说不清的'小说精神'来。"①所谓"小说精神"，阎连科要表达的就是对乡土"乌托邦"问题的积极深入的思考。三部小说通篇都散发着西绪弗斯式的残忍与苍凉，中国乡土的苦难被书写到了极致，死亡的悲剧氛围充斥在整部作品之中。阎连科小说中的人物陷入生活与命运的困境，无论如何努力与挣扎都无法摆脱弃爱、苦活、逆生的失败结局。小说在表现现实社会时，它就如同一堵怪墙，人被围困在其中，是牢笼令人窒息，世界的悖谬性与社会的荒诞性总是挑战着接受者的极限，并且一次又一次地突破。由此，陈晓明将《受活》称为"墓地"写作。"墓地"是与"死亡"永恒相连的意象，生活的绝境得以充分展现。阎连科以这样的方式，对乡土中国的生活进行了彻底的还原，一次绝情的祛魅。对乡土生存困境的直面描写表现了阎连科的反乌托邦倾向，在现代化进程的浪潮中，乡土社会的"乌托邦"理想不断受到冲击与诋毁，阎连科的耙耧山脉显然不是给人希望与梦想的"乌托邦"，而成为伦理道德与人文生态都已经变质的"恶托邦"。

阎连科似乎对死亡的意象有一种特殊的偏好，并有一种与众不同的表现能力。对于"墓地"意象的书写不只是在《受活》中，在小说《坚硬如水》里就有描写，比如高爱军与夏红梅就一直在墓地边上革命与交媾。政治权力、欲望与死亡以奇特而令人触目惊心的方式被作家并置在墓地的背景之下，呈现出那个疯狂时代中人性中的悖谬激情。《日光流年》一起笔就是这样的句子：嘭的一声，司马蓝要死了。小说中的死亡，竟然具有一种先声夺人、笼罩全篇的气势。而到了《受活》，柳县长致富的宏伟蓝图竟然就是把双槐县的魂魄山变为革命导师列宁的陵园（列宁森林公园），墓地的意象，在此带有强烈的荒诞的色彩。导师遗体尚未购买成功而提前修建起来的华丽陵墓；勤劳的受活庄的残疾人遭到圆全人的洗劫和迫害，陷入绝境，他们就睡在打算放列宁遗体的水晶棺材边上，差一点就葬身在

---

① 阎连科.长篇小说创作的几种尴尬[J].当代作家评论，2006（1）.

这座华丽的坟墓之中。被困的受活庄村民断腿猴，无意中发现了柳县长的一个惊天秘密，那就是，在陵墓中除了列宁的水晶棺之外，还有另一樽几乎一模一样的棺材，上面镶嵌有纯金的九个字：柳鹰雀同志永垂不朽。原来，他以这样严肃而荒诞的方式，瞒过众人，提前把自己设计成为了一具拥有永久保存资格的遗体。《丁庄梦》的开篇爷爷经常做着一个梦，而梦中的景象就是酷烈的乡村死亡景象：

"汴县城里和东京城里边，地下管道和蛛网一模样，每根管道里都是流着血。那些没有接好的管道缝，还有管道的转弯处，血如水样喷出来，朝着半空溅，如落着殷红的雨，血腥气红艳艳地呛鼻子。而在平原上，爷爷看见井里、河里的水，都红艳艳、腥烈烈的成血了"。[①]丁庄人快死尽了，丁庄也就消失了。艾滋病在丁庄大范围爆发后，频繁面对死亡的村民已经变得麻木，谁家死了人，也都不再贴着白色门联了。死个人，家常的懒得再贴了。在《受活》与《丁庄梦》中，举全县之力发展遗体观览旅游业的规划、与艾滋病相伴随的可怕的死亡方式，由于与年代以后变化了的社会生活的联系而带有某种强烈的干预现实的意味，它们象征着一个欲望无限膨胀的时代中人类的宿命——死于自己欲望的深渊，死于自掘的坟墓。贫穷的乡民试图以旅游经济、血众经济的繁荣来实现自己的天堂梦，但当通往天堂之路上的雾霾被驱散后，乡民们发现自己实际上已在地狱之中。阎连科以书写警世寓言的方式，将中国乡土大地所经历的这种种灾难、幻灭、死亡般窒息的痛楚全部背负在自己身上，用文学创作在为民族前进路程上踏出一道墓志铭。

阎连科小说中的乡村一方面是失去一切外援的孤岛，但另一方面，它同时也是作家的全部精神慰藉与价值情感的依托。他曾经在《我与父辈》里写过这样一句话：在我看来，乡村和城市，永远是一种剥离。城市是乡村的向往，乡村是城市的鸡肋和营养。显然，在阎连科这里，城市仅仅具

[①] 阎连科.丁庄梦［M］.上海：上海文艺出版社，2006：3.

有繁荣富庶以及能够满足人的物质欲望的功用，而为城市提供营养反遭其厌弃的乡村，作为大地与母亲，具有道德上的自足完满，这也是阎连科笔下的乡村在面对城市时的心理定式，或者可以说是一种道德优势。在他的小说中，耙耧山脉永远是叙述的主体，在大多数时候，村庄内部都有一种原始自足的道德秩序（在《日光流年》之前，阎连科的小说中偶尔还会写到乡村世界内部的压迫与黑暗的一面，从《日光流年》起，这样的描写就基本没有了）。在《受活》与《丁庄梦》中，外部世界都是作为令人不安的侵略性和压迫性的力量出现的，它们的诱惑与招引、控制与剥夺往往造成乡村世界的灭顶之灾。这种简单的城乡二元对立的思维定式，能够成功地将创作主体对于乡村贫困的痛苦经验转化为心灵上的自我抚慰，甚至在一定程度上演变为乡恋与自恋。

中国社会有着几千年的农业文明史，农民与土地有着血肉相连得极为密切的关系，在变革农村生产关系的实践中，农民被从土地上"解放"，"无土时代"的农民自然也就失去了精神之根。外界的"文明"不断进入乡土"乌托邦"，成为"恶托邦"滋生的温床。《丁庄梦》中，从土地上"解放"出来的农民要发展经济，市场经济使传统农业生产关系发生变革，在物质金钱利益的诱惑下，农村传统伦理道德迅速发生异化。丁庄人把"卖血"当作通往富裕的捷径，农民再不靠体力维持生存，但想要生存还是靠透支身体。上杨庄表面上建成了"乌托邦"，农民生活实现了按需所取，成为农民的希望空间，可这"乌托邦"的繁荣背后却暗隐着无尽的灾难。当艾滋病浸染乡村"乌托邦"，身体成为现代文明病症的承载体，传统乡土"乌托邦"也就面临着彻底的崩塌。

阎连科对乡土"乌托邦"建构的基础是传统乡村伦理秩序，乡村的淳朴人情与温情社会构成了乡土"乌托邦"的整体精神。在乡土"乌托邦"的空间中，人与自然和谐共处，人与人之间亲睦友爱。当乡村"乌托邦"转变为"恶托邦"，变革的不只是农民与土地之间的关系，更重要的是当农民生命的延续受威胁时，回归到人本身就是身份归属和精神向度的问题。当梦想破灭，灵魂无可逃遁，人类最后的精神归宿是什么？难以释怀的乡土情结和悬浮的灵魂促使他写作《日光流年》和《受活》等小说。《日光流年》中的主人公司马蓝经历了当代中国农村人所历尽的一切苦难，他最大的梦想是让三姓村人过上世外桃源式的自由生活。《受活》中的核心人物茅枝婆也是把过上桃源生活，种天堂地，回到"散日子"作为奋斗的目标。"天堂地"是小说中的一个关键词，是如天堂般令人向往的田地。《受活》的封面即有"回家吧，那里有我们需要的一切"。[①]回家，回归到旧有的家园，小说主人公得到救赎、重获安宁的精神归宿。受活庄人则回归桃源般的乡村，他们摆脱了权力的附庸，回到原本就有的伦理规矩和井然有序的日常生活。在这秩序井然的"家"中，他们能够不再备受歧视，平等自由地生活，虽然身体残缺，但精神却是完整。也正是意识到了自身的残缺，所以人与人之间更加和谐与谦卑。只是，此番回归的觉醒是否遗留着"桃源不再"的迷惑呢？

　　阎连科的小说在乌托邦终极拯救问题上的态度之所以如此矛盾纠葛，最根本的原因，显然是他作为从农村中走出的作家，对于底层的苦难有着长期的切身体验。对于苦难的感性和理性认识使他不愿，也不能空谈拯救，凭空臆造天堂罢了。他对于农村、知识分子和乌托邦实践三者关系的理解是冷峻的，与常人迥异。这也是他创作之所以呈现反乌托邦的乌托邦的原因所在：一方面，身为作家，在创作中他不得不对农村的贫困和苦难进行拯救；另一方面，他又同时清醒地认识到，不仅任何方式的乌托邦实践都无法给农民带来真正的幸福，并且任何形态的知识分子的乌托邦书写都是虚幻的，以书写来拯救的本身并无实际意义——尤其是针对实际的苦难而言。所有白日梦在残酷的现实面前都会立刻消遁无形，因此他无法简单的乐观，因为他在描述乡民的苦难与他们灵肉的挣扎时，并无法为他们找出改变生活、改变世界的途径；但阎连科也决不愿轻放弃，遁入虚无、

---

① 阎连科.受活[M].沈阳：春风文艺出版社，2004，封面页.

悲观与颓废，因为他任何时候都不甘心不做任何抗争就轻易屈从，哪怕这抗争只是为着要与黑暗捣捣乱。

第三节 网络虚拟空间与乌托邦叙事

一、网络媒介与乌托邦情结

网络小说摒弃了以往传统文学对形而上的探索追寻，它继承互联网、"空间转向"和"后现代"哲学的衣钵，但并非都是一些游戏狂欢之作，反而是回归了生活本色之余时刻默默关注着人类的存在境况，仿若现象学中所揭示的"现象即本质"的道理。在传统的"空间"概念中，"空间"多是数学、（欧几里得）几何学及其定理，是一个抽象的概念，没有具体的内容。[①]和传统意义上空间抽象的、单一特征不同，网络媒介空间是动态、具有实践性的活动，是精神转化为物质的力量。新世纪互联网的地域普及大大提高，传统的二元对立空间中的不平等状态也随着互联网的拓展被最大限度地消解。根据传统地理模式，空间的存在形态分为中心与边缘、城市与农村，正是这种二元对立的空间模式导致了其空间中文化存在的等级性。网络虚拟空间的出现在很大程度对这种差异实现了弱化，同时也令人们的审美趣味逐渐趋同，也意味着权力的重新建构。文学艺术无论在作家创作还是读者接受方面的森严壁垒都被打破，生存在差异空间，但审美权力的平等是新世纪网络小说为文学创造出的一个新图景。

亨利·列斐伏尔认为空间存在意识形态性，表面上看，空间好像是"均质的、客观的"，但是如果进行深入探知，其实空间"是社会的产

---

① 张一兵主编.社会批判理论纪事[M].北京：中央编译出版社，2006：177.

物。"[1]谈及文学的意识形态性,其实意识形态是文化层面的政治意识,而空间的意识形态性隐喻着空间的政治权力,"永远是政治性的和策略性的。……空间是政治的、意识形态的。"[2]网络媒介空间作为一种空间存在,也是"由历史和文化所决定的"[3],而网络社会空间与传统社会空间的不同之处在于它是以非实体形式存在,但实质上网络空间不仅是现实社会空间状况的浓缩,也表征着社会整体思想价值观念体系。生存于上古蛮荒时代的原始先民在思想意识中,对神灵、图腾的崇拜,对那个遥不可及的神秘灵魂空间存在着坚定的信仰;随着人类进入现代文明社会,人们以科学理性重新审视虚幻空间,现代社会空间坚决地否定了形而上的虚幻世界。作为后现代社会空间延伸的网络空间和以上两种空间观都不同,网络的出现改变了人们的时空观的同时,也为人类的社会生活空间提供了多种可能,"从理性的角度看待网络或虚拟空间,但却以感性的方式承认这种空间中的存在物,甚至从实体的角度审视之,因此所谓的虚拟实在便被普遍认同"。[4]网络媒介为写作者们提供的是一个平等、自由的空间,"在网络空间里,作家的权利在网络时代被敲击键盘的无名者以一种游戏的心态所分享。网络似乎可以让人人都成为艺术家,'一言堂'的文学格局在网络的自由空间里被敲击得支离破碎。"[5]网络媒介的虚拟性给予网络小说作者以情感抒发和言语自由的空间,可以在网络精神空间中给自己虚构不同身份、性别等等,有时候也可以通过荒诞的话语狂欢来呈现"自我",发泄"自我"。"每个空间都有它在空间机制和构造上的特殊逻辑,都有它

---

[1] 亨利·列斐伏尔. 空间政治学的反思 [A] //包亚明,编. 现代性与空间的生产 [C]. 上海:上海教育出版社,2003:62.

[2] 亨利·列斐伏尔. 空间政治学的反思 [A] //包亚明,编. 现代性与空间的生产 [C]. 上海:上海教育出版社,2003:62.

[3] 尼古拉斯·米尔佐夫. 视觉文化导论 [M]. 倪伟,译. 南京:凤凰出版集团,2006:130.

[4] 韩伟. 从差异空间到权力空间:新型网络文学的实质及变革 [J]. 甘肃社会科学,2014(2):58-62.

[5] 于洋,汤爱丽,李俊. 网络文学的自由境界 [M]. 北京:中央编译出版社,2004:34.

必须扮演的社会角色"[①]，比如网络小说《第一次亲密接触》（痞子蔡）、《成都，今夜请将我遗忘》（慕容雪村）等，作品中主人公名字就是作者原名，现实中的作者与小说中塑造自我形象截然不同，虽然作者也竭力把自己与叙事者想象成同一人。

现代化、全球化的当下社会，科技文明发展日新月异，物质文明极度膨胀令人应接不暇，普通人的生存手段只能靠残酷的竞争，面对所承受的生存压力和困惑，人们用努力与执着在畸形的社会进行着抵抗，结果中稚嫩的理想和历经多年教育形成的价值观一次次崩塌，在无数潜规则中被击败后，效仿古代圣人归隐山林已经不再成为可能，况且现代社会也不可能为世人提供一处修身养性的世外桃源，在这种情况下，异度时空可能是世人交付命运的可靠寄托。人们对于穿越异度时空的想象是可以在异度时空体现自己的价值，证明自己可以也有能力建功立业，在当下现实社会被压抑的理想和抱负能够在异度时空得到施展实现，实现个人圆满。网络空间有着相对话语言说的自由，网络媒介使文学存在的方式发生改变，虚拟和现实并存的传播、交流的环境与方式更加开放、及时、有效，为文学提供了开放式的传播环境、有效及时的交流方式、没有功利的自由书写以及不受评判制度的限制充分展现了创作的乐趣。网络小说所要表达的和传统小说有区别，网络小说的精神空间对人的复杂的心理空间和现实生活的本质再现并不是很在意，它要通过网络对传统进行颠覆，以及自身所拥有的恣意狂欢的精神来对人生常态中的非常态境况的精神空间进行揭示。

网络小说的写作一般不会受到主流意识形态的束缚，现实社会中的某种"自我"那个想法，借助无限的想象力，再将神话、武侠、励志等多种因素融合进小说的写作中，从角色的选择到主题的表达都可以由自己来确定。网络小说可以通过精神空间抒发包括无奈、忧思等"自我"情绪，也可以书写对现实世俗社会的愤懑……网络小说的作者期待在读者心中形

[①] 李莊善，李晓东.中国空间［M］.北京：中国建筑工业出版社，2007：10.

成某种情感共鸣。所以，一部网络小说可以有多重精神空间，作者和读者都可以遵照自己的意愿在精神空间中进行穿梭，作者在创作时自由发泄心中的情感，读者在阅读中尽情享受阅读带来的快感。网络小说的精神空间是大众的心造之物，借助网络小说创造出一个演绎人生百态，在嬉笑怒骂中建构一个类似于心造的幻影，以安放现代那颗躁动不安的灵魂，对大众进行心灵的抚慰与调试。网络的匿名性、虚拟性给予作品的写作、发表、阅读、批评更多的自由，平等和自由的理念在网络文学中得到显现，网络空间让基于现实社会的期许与现实难以承载的梦想成为可能，由此网络催生了文学的"乌托邦"情怀，无论对于创作者还是接受者网络文学拥有了某种"乌托邦情结"。比如"后宫场域"是较为受大众喜欢的网络小说《后宫·甄嬛传》《芈月传》《大漠谣》《云中歌》《步步惊心》等中表现的一个空间。"后宫场域"是主人公们爱恨纠葛与权力争夺的空间，象征着权力和欲望；《千山暮雪》《何以笙箫默》《岁月是朵两生花》等网络小说中，"都市空间"承载的是在灯红酒绿包裹之下的都市人的爱恨喜乐，象征着都市现代人的自我迷失；《悟空传》、《我是大法师》（网络骑士）、《九州系列》（江南）、《花千骨》、《诛仙》等仙侠类小说，那个洪荒远古、世外仙山的"奇幻空间"承载的是一些关于人生成长、历练的故事，作家深刻的人生体悟也清晰地在其中体现。网络小说的作者还会把主人公塑造成一个有特异功能、无所不能的"另类"人群，通常主人公会经历磨难，在拥有了超能力后开始由弱变强，在平凡的人生中实现不平凡的"自我"人生价值，这样的人物通常存在于玄幻空间中。比如大众喜欢的网络玄幻小说《诛仙》，主人公张小凡年少时家门惨遭不幸，之后河阳暗流，空桑诡变，定海夺珠，满月情殇，流波争锋，下山历练，仗剑行侠，经历世间磨难，迅速成长。与魔教鬼王之女碧瑶相恋，二人几历生死，一往情深，奈何正魔殊途，这段感情终究不容于世。主人公的经历与现代人的情感空虚、思想贫瘠、碌碌无为形成鲜明的对比。

　　网络空间给人们带来了无限丰富的奇思妙想，对人们传统想象力造成冲击，网络空间所呈现的是特定时代的文化表征，增添文本的丰富性和作家创作的可能性。"网络传播既是人的一种自我解放，又是一种新型的相互控制；既预示了一种潜在的民主，又剥夺了某些自由；既展开了一个新的社区，又限定了新的活动区域。"①网络小说独特的精神空间，在当下社会迅速蔓延并普及，意味着民众在网络空间所形成的平等身份对于其他文化形态的排斥，在网络虚拟空间形成了一个无形的权力空间，这个权力空间带有封闭性与自足性。纵观中国文学的发展脉络，大众文学也不免受到精英阶层的审视，精英阶层或严肃文学的话语体系中也只是附属或被排斥。网络文学作为一种大众文学，和以往大众文学存在状态的最大不同之处就是因为处于列斐伏尔所说的"空间爆炸"时代，而这次空间爆炸的组织者不是精英知识分子，而是在网络虚拟空间中生存的普通人。他们用虚拟的身份、组织和感受造成一个真实的空间，在网络小说社会空间中获得了话语权力，摆脱了精英阶层的影响。所以有了不去适应高雅者品位的《鬼吹灯》《盗墓笔记》等盗墓类型小说，而《宫》《回到明朝当王爷》《步步惊心》等穿越类型小说也不会因为一些批评者的讽刺就终止创作。所以，在类型文学的自律性异常鲜明的情况下，类型文学最大程度地确证了在虚拟现实的空间体系中以隐蔽而自觉的方式最有效地行使了权力，影响了文化的发展趋势，这种权力其本质就是一种潜在的文化认同。从这个角度上讲，网络虚拟空间中类型文所体现的文化和政治意义要比文学审美意义更有价值。

网络小说的这一社会空间让一直高高在上的精英、严肃文学的话语权向庶民开放，普通民众、草根阶层可以真正地在这一社会空间中打开自己的内心世界。恰逢新世纪的"空间转向"，随着后现代语境的推波助澜，他们对传统话语权的挑战更大胆也更为猛烈。典型的例子是一时火爆文坛的网络西游、同人小说《悟空传》的出现。《悟空传》共有8个纸质版本，

---

① 柏定国．网络传播与文学［M］．北京：中国文史出版社，2007：12．

加印147次，销量达200余万，在2011版的《悟空传（完美纪念版）》的封面上醒目地写着"畅销十年不朽经典，影响千万人青春"。今何在对中国古典小说《西游记》可以说是进行了颠覆式的改造，只将人物和基本情节进行保留，在原著中加入了大量的诡异想象，风格变为油滑、戏谑，其消解崇高、桀骜不驯的独特视角引起人们的广泛关注，并吸引了一大批追随者，形成了一个网络西游故事的写作派别，即所谓的"大话西游派"，主要包括《唐僧传》（明白人，2001）、《沙僧日记》（林长治，2002）、《唐僧情史》（慕容雪村，2003）等等。

《悟空传》还保留了《西游记》的一些元素，但执着成佛的主题已经大改，在《悟空传》中，"成佛"并不是师徒的理想，而是外界的强迫，并且师徒五人在已经"西游"虚伪的情况下，还要不得已而为之，无力拒绝，对"秩序的服膺与忍受"[1]是《悟空传》的命题，读者粉丝也把"宿命"[2]归纳为《悟空传》的主题之一。唐僧是一个理想的执着追求者，他是五百年前如来座前弟子金禅子，因为指出佛祖有谬误而不得不放弃功业，被贬凡间，在凡间转世继续寻求真理；孙悟空是一个为目标奋斗的人，他已经对自己"齐天大圣"的身份茫然无知，也不再带有"齐天大圣"的叛逆反抗精神，成为一只想着成仙的乖乖猴；猪八戒代表了那些在生活不得已而必须为之的一类人，他不相信玉帝，依然带着前世的记忆，但又不得不按照玉帝的指示护送唐僧西游，一路上装傻充愣，尝尽路途艰辛；沙僧是那些一生辛苦却不知为何忙碌的人的代表，他被玉帝贬下凡间，玉帝的真正目的是让他监视孙悟空，可他自己却认为找到琉璃盏的碎片就可以重返天界；小白龙为爱痴狂成为马。这五个人的命运遭际实际上代表着在社会中人的生命结局——人是无法超越社会而存在的宿命悲剧。

今何在在《悟空传》2011年再版"序"中对小说的主题进行了解释，

---

[1] 邵燕君.网络文学经典解读［M］.北京：北京大学出版社，2016：35.
[2] 读者林间猴子在《你们的经典，我们的自传》一文中把《悟空传》的主题归纳为"宿命"，具有代表性。

《悟空传》一个关于"理想"的小说，是一群人在路上对失去的"理想"的寻找的故事，"西游"也是一个悲壮的故事。可是后来可以看到一些改编的版本，西游变成了一个"打打妖怪说说笑话平庸的故事。"[1]以"理想"为阐释的主题恰好适逢新世纪中国社会青年的群像写照，"大智若愚坚持理想的唐僧；深深掩藏感情与痛苦的猪八戒；迷失自我狂躁不安的沙僧；还有那只时狂时悲的精神分裂的猴子"[2]，表达出世纪之交中国青年的苦苦追问，在"小时代"里怎样才能成为一个"大人物"？人为什么要活着？《悟空传》虽然算不上是对"西游"精神做了理论性阐释，但在某种程度也可以说是对"西游"精神做了一个另类解读，虽然格调不甚高雅，但也自成一格。作为人类社会生产实践的产物之一，文学艺术归根结底要落到社会生活中，网络小说的社会实践空间也要落到日常生活中。在数字时代、虚拟空间中，网络作者通过"'拼贴'、'戏说'、'戏仿'和'混编'等游戏书写方式创作了网络小说，因此，网络小说是一种给人提供娱乐的文本形式。但在"近乎'癫狂'的文字背后潜藏的却是对世俗人生的另一种洞见"[3]，从这个层面来说，《悟空传》完成了对媒介和时空的跨越，在小说社会实践空间与心理空间两方面实现了对接。

网络小说的虚拟乌托邦空间最重要的特征是属人特性，再加上这"空间作为用具整体的位置向来就属于存在者本身"[4]，所以，人们可以通过网络小说的空间窥探人们整体的生存状态，而且更加确证自身的存在境况，因为社会空间表征着现代人真实的生存境遇。现代社会中人们紧张而焦虑，而网络小说虚拟空间为他们创造出一个自由的空间，让这些人能借以灵魂的慰藉，由此可见，网络小说空间所负载的社会实践意义终于落到了人们日常社会生活中，直达人心深处，走向丰富而质感的生命实践本身。

---

[1] 今何在.序·在路上.悟空传（完美纪念版）[M].长沙.湖南文艺出版社，2011.
[2] 今何在.一万年太久·序[M].南京：江苏文艺出版社，2013.
[3] 杜丽娟.网络小说的空间性[J].齐齐哈尔大学学报，2006（1）：101-103.
[4] 解志熙.生的执着：存在主义与中国现代文学[M].北京：人民文学出版社，1999：121.

二、"架空世界"：玄幻与穿越

互联网时代，网络具有开放性和无限延展性的特点，网络小说凭借这些特点建构了空间景观。网络玄幻小说中所建构的与现实世界相距甚远的"架空世界"是在"玄幻空间"，不仅"不受自然规律（物质定律）、社会世界理性法则和日常生活规律的制约，而且恰好是完全颠倒了自然界和社会世界的规范。"[1]所以，建立在作者虚拟想象基础上的"玄幻空间"与现实世界不同，现实社会不可能发生之事在"玄幻空间"都可以发生。所以，在网络玄幻小说中，超越现实世界法则和规范所建构的玄幻空间是人类对超越现实生活的一种期待与渴望，体现了人类对时空观念的未来想象，于此也说明网络小说的精神空间具有一定的意识倾向性，遵从内心深处的情感选择。那远古幽寂不食人间烟火的"奇幻空间"寄予的是现世人的爱恨情愁以及对生命的慨叹，最终呈现出一个蕴含文化气息的精神空间，这正是精神空间的表征功能的体现。而这也是对"网络文学自由、开放、动态随记的特点，面纱掩盖下的言说方式"[2]的观照，这样的创作状态可以让人类"本我"状态呈现，在一定程度上"复活了人性，成了现代人游戏的'狂欢场'。"

文学在再现社会生活空间的变化时也为文学创作本身带来了改变，从社会性和人文性的角度进行研究探索网络小说空间的话，网络小说空间"是一个与人紧密相连的属人的空间"。[3]在奇幻、玄幻、修仙等网络小说中出现的虚拟空间，世外仙界（《三生三世十里桃花》中的昆仑墟、青丘、天界、翼界等等）和远古蛮荒之地（《花千骨》）等等。如果对小说

---

[1] 陶东风.中国文学已经进入装神弄鬼的时代？——由"玄幻小说"引发的联想[J].当代文坛，2006.

[2] 柏定国.网络传播与文学[M].北京：中国文史出版社，2007：45.

[3] 谢纳.空间生产与文化表征——空间转向视阈中的文学研究[M].北京：中国人民大学出版社，2010：69.

中的地域进行仔细分析会发觉，其实那些遥远、虚幻的地域空间映射的也都是现代社会的生活场景，反映的也是当下的思想情感。比如被起点中文官网评价为"扛起了2006年仙侠小说的大旗"的《佛本是道》，作者梦入神机一直本着"直指本心"的自我中心式的爽快进行创作，虽然大谈天道，但实际上是完全"利益"为先的套路，是现代社会丛林法则的直接投射，有着广泛的群众基础。所以，奇幻、玄幻、修仙、穿越等网络小说的社会空间看似虚幻，实则只不过是网络作家利用"旧瓶装新酒"的办法，虚拟空间承担的是现实社会中人的生活状态和精神的展演与考量。"仙"是一种古老的精神气质与人生追求，是一种对现实生活的超越，对平庸世俗和日常生活 的批判；"修"则充满现代社会的理性与进取精神，"修仙"本身就是整合古典与现代的产生，在科技高度发达的现代社会里，对于饱暖无忧的普通人来说，"仙"能够满足他们深层的渴望，它的存在一刻不停地刺激着我们潜藏在血脉中的独属于中国人的梦想与渴望。

对于网络修仙小说为代表的幻想文学对于当下社会的价值都不是"为了反思过去改变现实以创造美好将来，而是在对可能生活的想象中获得当下的价值，其得以流行的根基在于技术手段的发展和社会形态的改变"[1]。所以有学者[2]的分析很有道理，修仙小说这种普遍属于高度幻想的高魔小说的流行，实际上也是技术和理念进步的结果。被各种科幻大片喂养长大的受众很难再靠"飞檐走壁"满足想象，现代社会就像是一个科幻世界，只有更加神奇的修仙小说世界才能承载新的想象。但这也不表明现代社会要用"封建迷信"来填补人类的社会空间，科学理念、启蒙运动构建的无神论体系也并没有动摇，与古代人相比，现代人有足够的能力将小说中的虚拟世界与现实世界进行区分，这种能力的获得要得益于由代码构成的网络虚拟世界，每一个由代码所构建的游戏世界都是一个天然的有着与现实世界不同规则的异世界，人们习惯于穿梭在不同的异世界中，却并不会将它

---

[1] 邵燕君.网络文学经典解读［M］.北京：北京大学出版社，2016：82.
[2] 邵燕君.网络文学经典解读［M］.北京：北京大学出版社，2016：83-85.

们与现实混淆起来。同时修仙小说的世界不仅是一个鬼神世界，也像是一个科幻世界——如果大家越来越能接受宇宙生命的概念，也就越来越能接受神仙的存在，修道成仙这一中国人古老的幻想方式也就有了现代通道。

修仙小说的根本观念是"斗争"，和以往在小农经济组织起来的武侠小说的社会价值观念不同，学者陈平原认为"武侠小说的根本观念在于拯救"，侠之大者为国为民，游侠为人所敬佩在于拯救他人，同时也拯救自我，内在精神是在拯救他人的过程中超越自我的局限和在被拯救的过程中获得新生。侠客在群居的生活中获得个人价值，只有在拯救他人的过程中才更有可能超越渺小的个体生命的有限性。但是现代人相信，神仙不一定有，但救世主一定没有，拯救他人和等待他人拯救都是不可能的选项。修仙小说中的主角多数是从一无所有的平凡小人物修炼成神仙，主要内容几乎都围绕一个"斗"字，与天命斗，与自然斗，与人斗，与神仙妖魔鬼怪斗，打斗场面虽然好看，但这些不是修仙小说吸引人们的重点，最吸引读者的重点在于修仙小说"斗争"的精神是在"求道"的过程之中，是一种宿命感的体现。这种宿命感自然是现代社会丛林法则的投射，甚至更加赤裸，"以他人为地狱"，但同样揭示了某种历史与世界的真实运行规则，人们已经有权利也有能力获得真相。现代社会经济发展已经使绝大部分人解决了温饱问题，但社会阶层的激烈分化和上升通道的日渐阻塞，以及由此所带来的"屌丝"认同与日常焦虑，都使得对"力"（暴力、权力）的追求是如此的赤裸裸。但这种"宿命感"也并非是在一味宣泄负能量，更是在消解负能量，"斗争"即是"自我拯救"，是个体对残酷命运的绝望反抗，只是在这种反抗中对于力量的渴求是前所未有的。

"天地不仁，以万物为刍狗"与"人之道，损不足以奉有余"是诸多修仙小说的共同叙事背景，站在金字塔顶尖的人在任何世界都只是存在的少数，在想象中的修行世界的社会形态里也是一样。长生久视与神通广大都需要罕见的机缘或者难以计量的资源，而在修行世界中阶级的鸿沟更令人绝望，普通人如蝼蚁，仙人则永生，中间的修行者们要么再进一步，要么寿元耗尽，千百年苦功化为流水。修道成仙本就是逆天行事，不争则等死，争尚有天地之间的一线生机。现实社会中的人们尚可自我安慰，争夺不过是蜗角虚名、蝇头微利，到头来都是冢中枯骨，而于仙侠世界中，争夺的则是生命升华乃至永生的机会，每个人都是为了生存而斗争，斗争便被天然赋予了巨大的道德合法性。修仙小说与武侠小说最大的区别就在于仙侠世界是一个超自然的神魔世界，讲述的是从凡人一步步成为非人的经历，是一个巨大的升华也可以称之为异化的过程。对于深受等价交换的市场原则与失落的历史经验影响的网络文学读者，无法梦想像侠客那样"吃饱了自家的饭，专管别人家的事"，也无法幻想自己"免费被救"，最多只能YY（意淫）走上一条"凡人修仙路"，"自我拯救"，任性逍遥。所以，修仙小说表现的是在失去英雄的"小时代"中的"英雄梦"，只是相较武侠小说的英雄的定义不同了。

对力量的无限崇拜不能消除世人内心的恐惧与绝望，这唯一可能的自我救赎之路在不断被高举的同时也在不断地被质疑，自我怀疑的结果当然只能是"乱"。"乱"是一种反叛的态度和不稳定的状态，是一种不断尝试着突破边界的渴望，是在没有稳定的价值判断时重估一切的冲动。当外来的拯救的希望已经断绝，而"自我拯救"与"反抗绝望"却是建立在一种"反抗必有希望"的假设上，不能不说这种希望太过于渺茫。在个人意识到自己于时代的无足轻重与无能为力，失去了少年时"不畏天命"的勇气后，通过个人奋斗会走上人生巅峰的理想其实是一个笑话，更何况成为长生不老的仙人。"外挂"便成了唯一能够接受的解释，要取得远超同辈的成功只能依靠"外挂"，只能通过作弊得用"规则之外的规则"来获得能够摧毁一切阻碍的暴力，并得到最终的胜利。但就算通过"外挂"我们不断变强了，但变强之后的结局就一定会满足一切欲望吗？走到尽头也许获得仍旧是空虚与悔恨。

在网络穿越小说的发展脉络中，与其他网络小说门类相区别的重要特征是有意识的现代思维。网络穿越小说的主人公可以性别不同，身份各异，穿越的朝代不限，但相同的一点是穿越者在经历另一历史时空的人事复杂生存体验时，都保留着他们原有的记忆，坚持着他们原有的价值观念、思维方式及人生追求，经历穿越后，这些现代的思维意识仍然存在。传统历史小说的创作是根据古代的文化和思想叙述历史人物和历史事件，历史小说的人物不具有现代意识，而所谓的现代思维意识也只是创作者的写作姿态。历史穿越小说中，穿越主人公会因为特殊空间的位移被迫卷入两种截然不同的文化冲突缝隙中，而这种文化冲突的实质是"自由与束缚"，并且这种文化冲突显然是现代人为制造，自然思维和生活方式都会不自觉地具有了现代意识，穿越主人公此时会因为理所当然的事情变得异常小心翼翼而产生改变现状的目的和愿望，并且会用尽办法积极努力地去争取，也正是这种夹缝中的生存才恰好传达出现代思维意识的重要性和必要性。因此，在穿越小说中，作者往往会叙述一些穿越的主人公利用现代司空见惯的事物去改造异度时空，网络穿越小说的空间背景也都会选择受礼教严苛束缚的封建社会，所以，在穿越者来说，现代与古代之间的比照就是意味着文明与愚昧、先进与落后，在穿越后的古代社会空间还是使用现代文明标准，以穿越者为视角，以现代的思维和语言评价、确证古代风土人情，凭借现代社会所掌握的学识与资源，对日常生活中现代词语、歌曲、菜肴、生活用具的改造与使用等琐事中对古代人进行潜移默化地影响，从某种意义来说，其实这已经表明了今人对古人有关现代文明的成功改造。

  对于穿越小说来说，"穿越"过程并不是穿越小说所叙述的重点，而是"现代人的想象"，突破时空的限制，随着时空转换，穿越主人公进入到"异时空"，心理空间被解放，以现代人的眼光反观古代社会，人为的对异时空进行想象与建构，穿越主人公的异时空生存经历是网络穿越小说的重点叙述部分。在异度时空穿越主人公们因为现实社会造成的精神压抑得到释放；穿越到古代，人类本性中的实现理想的抱负得到成功满足、自我情绪得到释放；现实中的挫折在想象中得到弥补；通过对异度时空的奇思妙想来折射现实生活的庸庸碌碌，这个主题在多数网络穿越小说中反复呈现。

穿越小说之所以会带着如此的希冀和重托被创作出来，深受大众喜欢，究其根源是人类已经对现在的社会秩序、社会现实感到恐慌、厌倦和不满。而在异度时空中，穿越的主人公不再受生存需要的逼迫，在物质资源充足的前提下，现实生活中被阻碍的梦想因此有了实现的条件。现代社会随着现代进程的快速发展，经济、科技、交通等领域变革巨大，"我们不得不改变看待这个世界的方式，有时采用一种相当极端的方式"。人们所受到的空间障碍变小了，有时候我们甚至觉得"世界向内倾塌在我们身上"。①"地球村"的概念对于多数人来说已经不再陌生，地域空间的限制正在不断被突破，现代人升学、就业、恋爱、婚姻、职场这些铺天盖地的生存压力矗立在人们的生活道路上，使人们疲惫不堪。在当下现存势力依然顽强的时候，而新兴势力还尚且处于弱势，通过政治、武力都不能夺取政权，那么唯一发泄内心情绪的通路就剩下了文化的传播，启迪人心，从这个意义上来讲，穿越小说出现的价值远远高于它的艺术水平。

以历史穿越小说为例，这类小说有一个大致相同的模式，一位现代社会的主人公（多为男性）穿越到某个真实存在的历史空间，并在那里有一些影响历史走向的行动。月关成名作也被研究者列为穿越历史小说的代表作《回到明朝当王爷》，主人公为了影响历史走向而选择了一条"维新"之路，这其实正是百年来中国人的集体幻想之一。《回到明朝当王爷》中主人公郑少鹏穿越后，化身为明代秀才杨凌，他想在这个时代用自己的努力成就一番事业，并且要规避后世发生的悲剧。而这里后世的悲剧指的是中华民族的历史创作记忆——"落后就要挨打"。在主流的历史叙事中，晚明之后的历史就是一个悲剧式的、机械论的、激进主义的叙事组合，自明代后期始，中国就因为封建统治者的"闭关锁国"，最终落后于西方世

---

① 包亚明.后大都市与文化研究[M].上海：上海教育出版社，2005：312.

界，到晚清时被列强欺辱，丧权辱国，这种"落后就要挨打"的历史记忆正是激进的"屈辱—崛起"的意识形态诉求。新世纪初，在纪念改革开放三十周年前后，"中国奇迹""中国速度""中国崛起"后带来的巨大信心使得国人重新定位自我，展开历史想象的宏愿。

《回到明朝当王爷》连载的时间是2006年至2008年，在这段时间里，中国大众文化市场兴起一股"明朝热"，当时影响较大的纪录片《大国崛起》和电视剧《大明王朝1566》提供了一种区别于教科书的全新的角度来解读历史，比如，谈到资本主义，一般人的第一反应是为了原始积累而贪婪、残忍，这些词汇是我们以往在教科书中接受的，而纪录片《大国崛起》强调的却是"资本主义的冒险精神，追求科学、鼓励市场竞争等现代社会发展的理性的另一面。对曾欺凌过中国、被我们称为列强的崛起的正面叙述，对国人根深蒂固的历史观提出了挑战。"[1]这种"新的历史观表面上是对西方历史的新发现，实质上展现的是屈辱的中国到崛起的中国对西方历史想象的变化"[2]，这种新历史观和《回到明朝当王爷》所体现出来的正好不谋而合，所以，以《回到明朝当王爷》为代表的历史穿越小说的核心设定就显现出特别便捷和美妙的功能——"穿越"的时空旅行，可以将"崛起"了的现代中国人送达"屈辱"的历史彼岸，直接去替祖先修正那段历史。在"大国崛起"的背景下，这种幻想被呈现在历史穿越小说的文学幻象里。与此同时，当下中国人尤其是男性在经济起飞过程中日益积攒的核心焦虑——如事业成功与道德圆满之间的矛盾冲突，也在YY（意淫）叙事中得到缓解，"历史穿越小说正是在'崛起'时代借历史来表达当下男性的欲望和焦虑"[3]。

---

[1] 娄和军.《大国崛起》何以崛起？[J].视听界，2007（1）.
[2] 邵燕君.网络文学经典解读［M］.北京：北京大学出版社，2016：141.
[3] 邵燕君.网络文学经典解读［M］.北京：北京大学出版社，2016：152.

第五章 实体空间与"异托邦"叙事

第一节 城市"异托邦"与"底层"

一、新世纪"底层"界定

　　中国社会的基本构成是乡村与城市，以往乡村空间与城市空间纵向并行发展，但现代处于转型期的中国社会，城市空间迅猛发展，逐渐占据现代人社会经济生活的中心，乡村空间不断被城市化进程所吞没，走向凋敝衰落。乡村和城市是文学创作永恒的母题，传统文学书写中，都市与乡村分割着文学空间，城乡自身的结构形式、想象方式、组织和象征系统都转化为一种文学经验，为文学空间的生产和消费提供社会文化语境，城乡二元对立的空间格局仿佛已经成为文学社会空间的全部图景。但随着当下中国现代化、城市化进程的急剧发展，地理学意义上的城乡空间不断被整合、重构，相应地文学中城乡空间也在发生改变，传统文学中二元对立的空间书写模式已经不符合当下中国城乡空间的现实存在状态，人们的全部生存境遇也不能被准确地描述，这种"城即城、乡即乡"抑或"非城即乡"的创作模式和阅读模式会导致文学作品整体格局的类型化，并且这种城乡"二元对立"的文学格局对城市空间和乡村空间内部的多样性与差异性会造成遮蔽，而当代都市扩张背景下文学叙事空间的建构原本是纷繁复杂的。

新世纪以来，城市与乡村二元对立的格局随着现代化进程的发展发生了巨大的改变，和乡村的衰落形成比照的是城市的胜利，与城市化进程相伴随的是乡村体系的坍塌，传统城乡二元结构在城乡互动中虽然暂时不会消失，但空间上已经明显发生转移，转变为存在于城市中的新差异，即城市"异托邦"。"异托邦"空间的出现是对以往"非城即乡"的二元对立空间叙事的突破，"异托邦"在城市空间衍生，又与乡村空间有着紧密的联系，处于城乡社会空间的边界，与城市和乡村空间有着若即若离的关系，对城市空间和乡村空间来说都是异质因素。"所有的故事都需要边界，需要跨越边界，需要某种跨文化接触的区域"[①]，"异托邦"空间是对边界的跨越，也是空间最显著的特征。

空间是社会性的空间，也是一种权力和力量。弥散于城市"异托邦"空间的权力把生存于"异托邦"空间中的集体或个人进行隔离化、区域化，使其都固定在特定的隔离空间、区域空间，通过空间格局规定出不同等级，而生存于这种空间中的人的身份开始固定化，限制彼此间的跨文化交流行为，驯服那些异质文化因子和离经叛道的行为主体。新世纪"异托邦"空间能够在城乡裂变中获得一席之地正是因为它兼具了城市空间和乡村空间的双重特性，"异托邦"空间的异质性可以使城乡生活得以展示的同时也意味着一种规训、权力。"空间在其本身也许是原始赐予的，但空间的组织和意义却是社会变化、社会转型和社会经验的产物"[②]，从乡进城，从城返乡，城乡互望中城市建构了一个"异托邦"的空间，而在这夹缝空间中生存的是游荡者们漂泊、焦虑的灵魂，而这颗灵魂还有不断悲悯地回乡。异托邦空间中的生存者饱尝城中生活的艰苦与辛酸，但顽强生

[①] （美）詹姆斯·费伦.当代叙事理论指南[M].申丹，等译.北京：北京大学出版社，2007：215.

[②] （美）爱德华·W.苏贾.后现代地理学[M].王文斌，译.北京：商务印书馆，2004：121.

命力让他们为城做出了不可替代的贡献，经历了迁徙的变故的城市"边缘人"在空间的位移过程中，在身体和精神上都会受到源自社会、历史、现实与文化等各个方面的压抑，空间的变化是一种权力的变化，因为空间变化引起的冲突既是一种权力冲突也是一种文化冲突。所以，城市"异托邦"空间对于城市正常生存空间来说，它是非正式的、被排挤的、被非法占据的空间，比如，城市废墟、城中村、棚户区、地下室、小摊位、集装箱，还有建筑工地、小诊所等等，它们作为城市的异质性空间，没有取得合法性而经常被忽略。

相对于传统文学的城乡二元对立的地理空间，新世纪以来随着现代化、城市化进程的加快，城市空间与乡村空间出现趋同化现象，以往的城乡二元对立的文学地理学空间叙事研究出现较为尴尬的局面。城市化进程中对城乡空间关系需要重新再阐释。新世纪小说创作在地理空间上进行了延展，城乡空间叠加叙事成为新世纪小说创作的逻辑基点，这正是对旧有文学作品中城乡二元对立空间书写局限性的突破，重新审视判断乡村与城市的关系，"小说的写作无非是在空间的改变中寻找悲哀与欢乐，寻找种种主题与种种美学趣味。"[①]空间在广义的概念上是"社会、文化和地域的多维存在"，文学作品中的城乡空间如果只是简单的从地理层面来理解就会过于狭隘，对于新世纪小说城乡空间的理解应该放到社会文化视阈下才更为妥帖。当下城市化进程的加速造成的都市扩张尽管可能会造成"城""乡"传统二元对立空间的瓦解，但地理空间层面"城""乡"差异并没有彻底被消弭，所以，新世纪小说叙事重心并不是地理空间层面"城""乡"差异叙事，而是城乡格局变动所导致的社会阶层空间秩序的变革和调整后凸显出来的一群"在现代化竞逐中'落伍'的边缘人——包括在城市中挣扎生存的下岗工人，留守乡村的儿童、妇女、老人，乃至长期奔走于城乡之间的大量农民工"[②]，这个边缘群体不论在城市还是乡村

[①] 曹文轩.小说门[M].北京：作家出版社，2002：168.
[②] 刘欣.空间视阈下的当代都市扩张与底层文学书写[J].小说评论，2012（6）：73-77.

的生存空间中的处境都是充满艰辛与苦难，对于边缘群体来说，城市和乡村都属于异质空间，"城""乡"之间的地理空间差异对于他们而言毫无意义，对其性格和命运产生的都是负面影响，这些人在新世纪小说的人物群像中已经占据中心位置。与城市"异托邦"空间关系紧密的正是上述这些边缘群体，对这个群体的命名，学界出现很多争论，对许多问题莫衷一是。在对这个群体繁复众多的命名中，比如"底层""庶民""无产阶级""农民""弱势群体"等，"底层"的概念是目前被学界广泛接受，而且合理的成分较多。

"底层"最早出现在意大利共产党创始人安东尼奥·葛兰西的《狱中札记》，20世纪80年代初期在对印度的"庶民"概念进行解释时也使用了"底层"这一词汇。在葛兰西这里，"底层"是指遭到欧洲主流社会的排斥，是马克思主义含义上的无产阶级、农民阶级和其他被压迫阶级，一个处于从属地位的具有革命力量的社会群体。"庶民"研究中更加注重对"底层"社会群体的同一性研究，此外也表明了印度社会构成元素的多样性与复杂性。一切受剥削与压迫的社会群体通过"底层性"这一显著特征就被规划入同一个"人民"的范畴内。陆学艺在《当代中国社会阶层研究报告》中也对"底层"概念进行了阐释，并且比较系统，按照一定的划分标准对底层群体进行了分层。该书将中国社会分为十大阶层，分类的基本依据是所从事的职业，标准是占有社会组织资源、经济资源和文化资源的多少。遵循《当代中国社会阶层研究报告》中提出的标准划分，"底层"是指那些对社会组织资源、经济资源和文化资源占有少或者基本不占有的群体，而属于这个群体的人是一些在商业、服务业领域从事工作的员工、产业工人、农民以及城市中的游民……这一部分群体占我国人口数量的很大比重，中国人被划为"底层"的数量是相当庞大的。

概念的界定方式通常有本质性定义和描述性定义两种，本质性定义形式是人们坚信任何事物都存在本质，本质是事物得以存在的基础，形成认识论上的本质主义，主张"用一两个或有限的几个最基础的、最具特色的字或词来对一个要被定义的对象予以陈述"，这样的定义方法其实质只是对定义对象属性的词语的重复，"用来定义对象的那几个核心词实际上依然是围绕所定义对象的属性的"[①]，只是用对象的某种属性来描述、界定对象自身，而对于对象本质的呈现是很难的。描述性定义"不再强调所定义对象的本质特征方面，而主张通过描述被定义对象的结构、层次、功能、属性及与其他对象的某些区别或联系来解释、呈现该概念"[②]，这种研究问题的方法在20世纪60年代后现代主义哲学思潮兴起后被推向顶峰。后现代主义强调现象就是本质，萨特的著名论断"存在先于本质"，维特根斯坦后期的语言哲学主张用举例或者描述的方法为某个词语或概念下定义，这种对概念所遵循描述性定义方法可以成为现在我们理解"底层"概念提供一个方法论的依据。所以，对于"底层"概念的界定，笔者也采取描述性的方式进行说明。

中国社会改革初期，"做大蛋糕"的改革模式的影响下曾出现一个短暂的"平等化"时期，这种改革模式的特点是最终结果会形成一个"在失败者形成之前先行造就（的）成功者"[③]群体，这个"成功者"群体是在以市场为主体的经济体制改革过程中，最早获取利益的社会最贫困阶层、弱势群体与边缘群体。20世纪80年代的改革开放初期，社会各个阶层绝大多数人都是改革的受益者。城乡二元结构依然是社会结构的主要基本构成，在城市，城市职工收入增加，并且一些身处边缘的群体，例如知青的回城青年以及一些犯罪人员，这些社会游民在改革开放政策的支持下开始经营个体经济；在农村，家庭联产承包责任制的实行，农村经济明显得到增长，与此同时在让权放利的改革模式下，基层政府与企业自主掌控了更多的资源，企业和社会的经济活力都得到增强，乡镇企业也迅速发展，不但

---

① 姚国宏.话语、权力与实践：后现代视野中的底层思想研究［M］.上海：上海三联书店，2014：35.
② 姚国宏.话语、权力与实践：后现代视野中的底层思想研究［M］.上海：上海三联书店，2014：36.
③ 孙立平.资源重新积聚背景下的底层社会形成［J］.战略与管理，2002（1）：18—26.

增加了农民收入,解决了农村剩余劳动力问题,而且乡镇企业的发展也促进小城镇的快速扩大与发展"共同富裕"的景象在此时仿佛将要出现。

80年代末期和90年代初期,中国的现代化进程、市场经济、改革开放都在进一步向纵深发展,与之相应的,资源积聚与财富积累的方式都发生了根本的变化,社会分化加速,贫富差距加大,中小企业兼并重组,农村劳动力涌入城市等等,这一系列社会现象发生的背后都从根本上改变着社会资源配置的格局。90年代资源配置机制的改变对中国社会的影响是巨大的,比如改革开放初期的获利者(一些边缘、弱势群体)在90年代会成为实验代价的承担者,特别凸显的群体是城市失业者(主要包括面临下岗的企业职工以及退休职工等),农村和小城镇破败凋敝,基层被掏空。90年代是可以说是一个"改革失败者显现的年代"[1],资源配置机制转换的直接结果是在社会中,一个规模庞大的底层社会群体开始形成。

对"底层"的划界分析所依托的空间是现代民族国家内部,不包括全球化背景下的不同民族国家。所以本书讨论的空间范围是针对当下中国语境对于"底层"的一种身份建构,是处于低位的中国社会成员个体或群体,被迫受制于政治、经济、权力、文化等等因素的制约与统治。在当下中国语境中,"愤青""光棍"以及具有网络气息的"屌丝"[2]和浓郁生活氛围的"蚁族"[3]等,虽然所指人群稍有差别,但从文化人类学意义上都有着某种"底层"色彩,影射着社会结构的改变。首先,这些词语所指群体大多数都是"无产青年",即没钱、没车、没房、没恋人、没地位,但是有情绪。其次,虽然是"无产",但有父母的资助,受过高等教育,多数

---

[1] 孙立平.资源重新积聚背景下的底层社会形成[J].战略与管理,2002(1):18-26.

[2] "屌丝"一词体现了特定时期青年群体的生存现状,作为一个比较低下的社会阶层群体,典型特征是"矬穷丑",其物质条件差、社会地位低下、爱情婚姻受困以及事业上升通道等方面都遭遇较大的阻碍。

[3] "蚁族"这个词是由北京大学副教授廉思在《"蚁族"——大学毕业生聚居村实录》这本书中首次提出来的,是"大学生低收入聚居群体"的代名词。他们生活条件差,缺乏社会保障,民主权利缺失,普遍对社会公平存在疑虑,思想情绪波动大,挫折感、焦虑感等心理问题较为严重,且不愿与家人说明真实情况,与外界交往主要靠互联网以此宣泄情绪。

生活在城市，拥有网络资源。这个群体中大部人从小被父母娇惯着长大，父母满足其物质生活欲求，也养成了凡事理所应该的心态，但是步入社会后发现现实生活和心理期待形成强烈落差，心理上会产生一种被社会抛弃的激愤，所以无论"屌丝"还是"蚁族"都潜隐着一种不求上进、我行我素的生存姿态，这个群体在未来的社会发展中将难以改变被淘汰命运。精神病患者、街头流浪乞讨者、拾荒者、看相算命者、当代的性工作者，这些个人或群体尽管有的不遵循社会伦理规范或者身体和行为也非正常，但也纳入本书讨论对象，主要是从"底层"生成的原因考虑，这些人多数由于社会因素导致沦落底层，生成底层的原因有着深厚的人性的、历史的、现实的、文化和制度的根源。

二、底层文学与城市"异托邦"

新世纪文学对于"底层"的关注，在文学作品中出现"底层"一词的较早的是蔡翔的散文随笔《底层》，作品所表现的"底层"群体是靠体力劳动生存在苏州河边棚户区的一群人，作品中对"底层"的界定是情感化的界定，而不是理性的概念性的。文学作品中所表现的"底层"是社会的"弱势"群体，无论在政治、经济领域还是文化上都处于社会的最底端，文学作品在对"底层"群体进行表现时选择的表现对象多是农民工、保姆、建筑工人、煤矿工人、农村留守妇女儿童……这些人都被称为"底层"，是应该给予人文关怀和社会关注，而且数量庞大的一个群体。作家在创作了大量的与"底层"群体生活相关的文学作品后，批评界对这一文学现象的概念性界定一直处于权衡状态，最终多数批评者倾向于使用"底层文学"这个命名，并且也给"底层文学"做了描述性的界定。"底层文学"的创作者可以是"底层"也可是"非底层"身份，作品以"底层"人的生活为主要表达内容，"现实主义"为主要表现方法，叙述底层经验或底层生存记忆的文学，作品中不时会流露出同情与悲悯的情感，具有突出的时代特征。综合新世纪"底层文学"的特征可见,新世纪"底层文学"并不是偶然出现,它是对20世纪中国文学中左翼文学、民主主义和自由主义文学传统的继承和发展。

探讨新世纪文学社会空间中的权力、文化以及"异托邦"问题,不但是对陷入创作困境中的纯文学的一种策略性挖掘,而且对生存于"异托邦"中的群体的关注也不仅是对于社会问题的提出,更多的是要揭示社会发展到21世纪,"异托邦"的出现实质是新世纪现实社会都市扩张的结果,都市空间不断隔离、占有、入侵乡村空间,"底层"的空间叙事和"底层"的现实空间体验是分不开的。在此基础上,"底层"文学的作家,包括曹征路、王十月、荆永鸣、赵本夫、陈应松、范小青、刘庆邦等在表现"底层"群体的生存状态时始终都会掺杂着自身在现实生存空间所受的压抑而产生的焦虑和无助,当然有的作家也会根据"底层"实际现实境遇来建构小说中的空间,这也是新世纪底层文学出现多样性典型性空间结构的一个重要原因。现代都市空间的扩张参与了新世纪现实社会关系的建构,人们的生存空间具有了社会分化与阶级分层的社会属性时,也就意味着空间具有了某种特定的权力符号蕴含,这里的"空间"就不仅是一种单纯的地理空间,"而是一种体现差异的空间识别系统"[①]。这个空间识别系统以金钱、权力占有为标志,在当代城市空间中建立了一个不可僭越的等级秩序,用一个"非体面者不得入内"的形式让富贵上流阶层享尽世间繁华,让穷困底层者历尽世间万般艰难,在城市空间中最终沦为"缺场的在场者"。在文学作品中作家会运用一些典型的文学意象来隐喻底层的生存境遇,比如"墙"的空间意象,在小说《厚墙》(于晓威)中,作者多次运用"墙"作为象征载体来隐喻同一个城市中两种截然不同的空间生存境遇,不同空间的生存者之间无论在物质上还是精神上都隔着厚厚的"墙",即心灵的严重对峙与精神的深层隔膜。

---

① 潘泽泉.社会空间的极化与隔离——一项有关城市空间消费的社会学分析[J].社会科学,2005(1).

新世纪文学中的底层小说在叙事空间选择上，最注重的是描绘空间分离状态下底层群体落寞与晦暗的生存空间，这个底层群体生存空间最典型、联系最为紧密的就是所谓"家宅"。底层小说中的"家宅"意象作为现实中底层群体日常住宿地点，比如低矮棚屋、潮湿的桥洞、肮脏的垃圾场……这些空间对于城市来说是一个异质空间，虽然是底层叙事者在作品经常呈现的重点意象，它的作用也非常大，承载故事情节发展、作为底层"生存"状态表征等等，但这个异质空间始终是被排斥与隔离，城市通过一些特殊的手段将这个空间进行区隔，而"底层"人的生命悲剧也就在这个孤绝的区隔空间中悄然不断地重复上演。城市中的"底层"群体处于稀少资源的生存空间让"底层"有了某种自觉，城市游民所拥有的不是自由而是对自由的渴望，他们所具有的资源权力越少，对自由的渴望就越强烈。身处城市的异质空间中，"底层"在观察自己的周围世界时，城市耸立的高楼与琳琅满目的商场让"底层"看到了异质空间中的自己与城市空间的格格不入，对舒适幸福、衣食无忧的理想生活的向往也让"底层"明白自己在城市空间中的位置，验证了他们作为处于"底层"的现实被残酷验证后，迫使"底层"不断地发现、改变、思考、抗争的自觉性逐渐加强。底层文学的作者，包括打工诗人、底层作者、非底层的知识分子等等，无论是这些人还是文学作品都可以看作是在镜像中发现自己的一种反应，是一种真实的城市"异托邦"的开始。

在底层小说文本中所虚构起来的底层世界，它会刺激人们不断地探索底层的内涵以及底层空间的异质性。在城市"异托邦"中穿梭的底层是底层小说在建构空间图景时经常使用的一种空间范型。在城市大厦和工棚间穿梭的建筑工人（于泽俊《工人》），在商场、数码城等空间游走的非法职业人员；"中关村"附近的天桥、小区间游走的卖盗版碟小贩（徐则臣《跑步穿过中关村》），在民工子弟校和民工聚居租房地间行走的农民工子女（伍美珍《蓝天下的花朵》）……他们的生存空间是城市灰色的底层空间、边缘空间。和城市高楼大厦的金碧辉煌比起来，肮脏腐臭的垃圾场(赵本夫的《洛女》)、喧嚣脏乱的建筑工地(余一鸣的《我不吃活物的脸》、李洁冰的《青花灿烂》、范小青的《不二》)、地下室、洗头房(余一鸣的《淹没》)、嘈杂的歌舞厅(范小青的《城市之光》、赵本夫的《寻找月亮》)、民工子弟校、暧昧的酒店(陈武的《换一个地方》)、小诊所等这些场所在城市人心目中是非常"肮脏"的处所,城市中的异质空间,这些差异空间在城市中都充当着危机异托邦或偏离异托邦相类似的角色,都属于安全系数低、生存状况差的底层空间,"底层"的现实生存状态是穿梭往来于这类城市"异托邦"和城市正常空间之间。

"底层"异托邦是现实生活的真实场所,当"底层"处在属于本身阶层的"异托邦"时,他们不具备选择的权力,经济压力、制度隔阂、法律规定都是逼迫"底层"进入并非他们想象中的城市,"异托邦"是被排斥,无法融入。"文学是文化的缩影,城乡游走之间的'城—乡'作为结构性的时空在场,文脉上体现的是乡土文化与都市工商业文化的潜在冲突。"[1]"异托邦"系统有开合的功能,"底层"可以进入城市空间,商场、高档小区以及电影院等等这些城市正常空间的进入是以服务工作资格进入,进入后必须遵守既成的规矩,身份的不确定以及精神的不自由让底层在城市空间产生认同焦虑,真正进入城市空间的感觉也只是幻觉。城市"异托邦"中占据主流位置的空间文化是以消费为特征的城市文化,乡村的传统文化处于相对较弱的地位。改革开放、经济全球化、现代化进程的加快,新世纪从农村到城市已经很普通的事。农民工来到城市,在情感上有着强烈的对城市融入的渴望,他们企图"用自己的弱势文化进行抵抗,却发现遭遇了与城市文化的各种冲突。"[2]底层文学通过二元对立的空间叙事策略,突出城市空间急剧扩张,城市残酷地将底层群体排斥在外,城市生活繁华背后底层苦难境遇的另一种景观。唐镇的小说《坐一回出租车》讲述的是下岗工人家庭的窘迫生活。主人公全家生活在一间狭窄并且十分

---

[1] 许心宏.城乡之间:贾平凹小说的动物与鬼之意象解读[J].重庆师范大学学报,2012(3).
[2] 张小飞,郑小梅.城市化进程中城乡文化的冲突与融合[J].人民论坛,2012(9).

矮小的房屋中，所居住的空间已经不由得自己选择，他们也没有选择的权力，城市边缘的生存空间决定着主人公人生理想的卑微性。恰逢下雪大年夜，本去公婆家过完年准备回家的"她"为了要省点生活费，坚持不坐出租车，女儿也因此丧命。出租车属于城市空间，"坐一回出租车"表达了底层的生存理想，但生存理想也必然会在底层空间的区隔中遭遇痛苦与挫折。

贾平凹的《高兴》中刘高兴坐上了出租车，他赚了钱就想像城里人一样坐出租车沿着城市游逛一番。新世纪的今天刘高兴们可以进入城市"正常的"异托邦，但真正的融入是不可能的，所谓融入也是表象、虚幻的。在作品中的体现就是底层进入城市空间骤升的"幸福感"，比如刘高兴坐在出租车里感受到的是朝霞满天、绿树成荫，绮丽壮观的景象，这些让他觉得自己在城市空间中生存是幸福的，这是底层的幻觉，美好的想象永远与现实城市的残酷、冷漠不相符，这种情感被作家诗意地叙述恰好与底层现实空间形成强烈的反差。空间区隔导致理想破灭的不可避免，这种空间体验上的残酷比照使底层群体内心的挣扎与冲突得到更加强烈的突显，这也是构成底层悲剧命运结局的最根本的缘由。

第二节　农民工小说中的"异托邦"生存空间

人类历史上的居住形式极为丰富，人们对这些居住形式倾注了强烈的情感，并将这种情感概念化。"对于乡村，人们形成了这样的观念，认为那是一种自然的生活方式：宁静、纯洁、纯真的美德。对于城市，人们认为那是代表成就的中心：智力、交流、知识。强烈的负面联想也产生：说起城市，则认为那是吵闹、俗气而又充满野心家的地方；说起乡村，就认为那是落后、愚昧且处处受到限制的地方"[1]。将乡村和城市作为两种基本的生活方式，并加以对立起来的观念是古代传统文化中对城市空间与乡村空间进行分级所形成的概念。新世纪初的底层叙事中，表现关注"农民工"群体生存状态成为文学创作的一个很重要的主题。随着改革的深入，城市化进程的加快，农民工带着"农民"身份离开乡村进入城市，城市空间在地理空间维度是不断扩张，这种地理空间改变也是其身份和权利的改变，城市空间扩张的必然结果是农村空间的萎缩，传统"城—乡"二元结构开始发生转变，农民工群体在城市空间中的规模与作用越来越大，并且农民工也会因为频繁的城乡流动而改变生存空间，从而产生漂泊感与焦虑感。与中国现实社会发展相适应，彰显文学"对人生对社会尽忠尽智的内心渴望"[2]，无论是身处底层的作家还是非底层作家都纷纷开始以"农民工"为题材进行文学创作，到了新世纪沿着新文学现实主义品格已然形成了一股很强势的创作潮流。

　　城市化进程不但使乡村空间格局发生改变，生活方式也在发生着改变。改变生活方式是一个漫长而艰难的过程，因为它是历史变迁的产物。农村的生活方式和城市相比，城市生活方式是快节奏、开放性、多元化的，而农村则是慢节奏、封闭性、单一化的，农民工想要融入城市，其实就是背离自己的生活方式，在城市建构新的生活方式。第一代农民工的生活方式如果用"高积累，低消费"来概括，那么新生代农民工和城市人表面上已经没有差别，他们懂得消费，热衷网络等等，但经济收入的明显差距导致消费能力低下，在城市高成本的消费空间，"月光族"是其普遍生存状态。

　　将对于农民工居住环境，学者王春光概括为"居住边缘化"[3]。租

---

[1] （英）雷蒙·威廉斯.乡村与城市[M].韩子满，刘戈，徐珊珊.译，北京：商务印书馆，2013：1.
[2] 陈思和.中国新文学整体观[M].上海：上海文艺出版社，1987：265.
[3] 王春光.当代中国社会阶层研究报告[M].北京：社会科学文献出版社，2001.

房、集体宿舍和工地是现阶段农民工最主要的生存空间。租房由于租金便宜，所以一般地理位置都远离市中心，位于城乡接合部，以"城中村"的存在形态被城市主流文化排斥在外；集体宿舍一般是一个非常狭小的空间，费用少或由单位免费提供，拥挤是其最主要的空间特征；建筑工地是建筑工人临时住所，随便搭一个棚就成为一个"家"，建筑工地是最差的生存空间，生活在其中的农民工无论消费方式还是居住条件都无法和城市居民相比，所以根本无法融入城市空间。

新世纪农民工小说中的城市和乡村是其叙事不可避免的两极空间，其中人们的生存状态总是游走于城乡之间，这也就使得农民工小说中的城市空间和乡村空间不断地频繁转换。城乡空间的不断转换有着复杂的意识形态含义，等级制度、不公平的政治文化、精神上的歧视等等，这些都给农民工群体造成无法估量的伤害。由于占有社会资源的极度匮乏，农民工小说中的主人公大部分都穿梭于城市的底层空间。建筑工地、垃圾场所、洗浴城、发廊等底层空间成为主人公们出现的主要场所，这个群体是依靠"身体"这一人类最原始的资本挣扎在城市空间，成为城市空间中在而不属于的弱势与被排斥的一群人。

一、建筑工地

在农民工小说中，"建筑工地"是经常出现在作品中的空间图景，对于城市来说，是一个城市"异托邦"空间，而对于作为"底层人"的农民工来说是真实的生存空间。中国传统精英阶层对底层人的生存空间的认识是双重性的：所谓"耕读传家"和"劳心者治人，劳力者治于人"。在乡村空间，"劳动"是美德，劳动自身也蕴含着"德性"政治含义，亦是"乌托邦"化的民间政治伦理叙事。在马克思主义社会学说视阈下，"'劳动'或者'劳动中心主义'，在中国革命的历史语境中，承担着一个极其重要的叙事功能，即不仅在制度上，也在思想或意识形态上，真正颠覆传统的贵贱等级秩序，并进而为一个真正平等的社会提供一个合法性的观念支持。"[1]20世纪90年代以来，现代化、市场化、商业化成为意识形态新语境，革命话语渐隐的时候，"劳动者"变成"劳动力"，其生存空间随着市场或资本的转移成为暂时的移动空间。"建筑工地"既是农民工劳动空间也是居住空间，新世纪农民工小说中很多故事的发生地都在建筑工地，建筑工地为主要叙事场景的小说，比如《不许抢劫》（许春樵）、《蚂蚁上树》（马秋芬）、《工地上的俩女人》（张学东）等，"建筑工地"成为"底层"生存状态的表征，在这个空间中生存的人们是一些体力劳动者，主人公出卖苦力，经济收入和生活条件都极其恶劣，没有人格尊严，生命安全得不到保障，情感与性需求得不到满足，生命安全没有保障。

贾平凹的小说《高兴》中的刘高兴、五福、黄八等人，他们在城里的"寓所"是城市空间规划之外的"剩楼"和"废弃楼"；《烂尾楼》（王十月）中"我"和民工群体生活在一个烂尾楼里，但我们依然感到很满足，因为毕竟暂时还可以有居住的地方；《北方船》（马秋芬）中，城市下岗女工和农民工也都生活在建筑工地上；《民工》（孙惠芬）中的民工们所谓的"家"是建筑区内的早已经被废弃无人问津的几辆废旧客车……"建筑工地"是农民工命运的象征，而且整个农民工群体与建筑工地之间也建立起一种稳定的符号化象征关系，作为农民工城市生存的异质空间，它是困境、孤绝、侮辱、晦暗的生存空间的象征。

可以说，在相关题材书写中，正是由于农民工为城市建造无数高楼大厦，但这些高楼却不属于他们，为城市贡献着青春却永远不能融于城市，只能在貌似城市之中，然而又在城市之外的城市"异托邦"空间中暂时安身。建筑工程未竣工之前，"建筑工地"成为他们理想中的城市生存空间，一切生活琐事均可在这一空间进行。"建筑工地"这一空间的作用

---

[1] 蔡翔.革命/叙述：中国社会主义文学——文化想象（1949—1966）[M].北京：北京大学出版社，2010.

其实是暂时抹平了表面的"城乡差别",每个人在这个空间中都可能具有平等的身份,但这个空间在城市生存空间中是不存在的,随着工程的竣工"建筑工地"也就消失了,作为城市空间的盲肠被割掉。对农民工而言,建筑工地不是农民工的永久居住空间,是一种不得已的邂逅却也是期待能延续得长久一点的聚合。

二、火车站

在当下的现实生活中,每逢春节临近对于农民工来说,火车站成为聚集区域。"火车"是农民工由乡入城抑或由城入乡的基本交通工具,"火车站"作为区隔空间是城乡的边界,它是现代城市社会中人口流动数量和规模较大的出入口,是城市乡村接纳与抛弃的一种隐喻,具有的意识形态性也是很强的。"空间的分割与人的分裂形成对照,生存空间的定位和区隔把空间变成一种符号化的社会关系,空间与权力标识了一定的社会关系"[①]。在中国文学发展历程中,"'铁路火车'作为一种文学意象"可以说相对于以"千年"为计算单位的中华文明来说,它只是一个新兴意象,但尽管只有百年历史,"而这一百年恰是西方文明与中国本土文明冲击最为剧烈的时期,它被命名为'中国历史的现代化进程'。"[②]现代文明原本是一个抽象的概念,在文学中的表现必然要落实到一些具体的且典型的代表性事物上,"火车"作为新兴事物,具有典型的现代文明象征,承载现代文明的文化内涵再适合不过,所以,文学电影艺术中"火车"是现代文明的象征。而且对于中国来说,"火车"不但寄寓着中国人集体的富强梦想,而且它也是中国人集体屈辱烙印的铭刻者。所以,"当中国的文人和文学家们在文学中转绘这种现代化的憧憬与忧虑时,'火车铁路'便成为

---

① 焦雨虹.消费文化与都市表达——当代都市小说研究[M].上海:学林出版社,2010:61.
② 王桂妹.中国文学中的"铁路火车"意象与现代性想象[J].学术交流,2008(11):213-216.

一个带有启蒙色彩的意象"①。火车的轰鸣、震荡作为一种象征符号，主要表达的是一种"象外之意"，而且在功能方面，一方面不仅承担着叙事的功能，另一方面更有丰富的表意和象征功能，作为"象"（具体形象）和"意"（抽象情感）完美结合体构成故事空间，成为作家情感表达的重要载体。

对于一个从农村想象城市，想要进入城市的群体来说，"铁路意味着远方、未来和希望"②。20世纪90年代，北京、上海、深圳等大都市成为农村进入城市的群体的理想的外面世界，在一些小城镇发生过进城的民工潮。这股热潮在贾樟柯的电影中得到很充分的呈现。《站台》中不断出现被追逐的"火车"以及影片中一直未出现的"站台"意象，"火车""站台"等意象在电影中都具有深刻的象征意义，"站台"是匆忙、暂时的休息地，而终点却不知通往哪里，"火车"则成为个体理想追求的象征。影片中当《站台》的歌声响起，远方驶来的"火车"对于崔明亮和尹瑞娟们是极具诱惑力的，他们奔向"火车"驶来的方向，尽管他们从不知道"火车"从哪里来又要到哪里去，他们只知道要追求梦想，要追求现代文明的新生活一定要跟随着"火车"，在他们心目中火车的身份是一位"引导者"，发挥着"启蒙"的作用。除了《站台》，"火车"意象在李玉的《红颜》中同样也扮演了一个"引导者"，影片的结尾，小云乘坐"火车"离开带给她伤心的小城镇，"火车"成为小云得到情感慰藉的处所，也是她走向新生、追求理想的引路者。"火车"行进在乡村与城市、过去与当下、传统与现代之间，它满足了人们对现代性的一种想象。现代文明是一把双刃剑，具有积极和消极二元对立的双重性，机器化、进步和财富是现代文明积极的影响，但同时也会给人们带来意想不到的毁灭性打击，

---

① 王桂妹. 中国文学中的"铁路火车"意象与现代性想象［J］. 学术交流，2008（11）：213-216.

② 贾樟柯. 没有终点的站台［A］//贾樟柯三部曲·站台［M］. 济南：山东画报出版社，2010：290.

文明的异化，人被物质文明所挤压，被机器物化。所以，"火车"在给城镇中的人们带来希望和救赎同时也同样带来了沉闷和压抑。作为舶来品的，散发着生冷、坚硬的钢铁光泽的"'铁路火车'意象，震耳欲聋的轰隆声隐喻着对中国人千年迷梦的惊醒，也惊扰了东方文明安宁的精魂。"①

车站承载着人们一次次离开与回归，送别与迎接的情感聚集，农民工站在城市的入口，那种不知所措的情绪是对城市空间也是对自己未来的焦灼与期待。而城市"作为某种不可接近的庞大事物对人的驱逐和嘲弄，主体对此产生最明确的体验感悟是距离感。"②王安忆的小说《遍地枭雄》，火车站在文本中是重要的空间，来自四面八方的不同人群都汇聚在这里，然后从这里开始演绎自己各自的人生。韩东的小说《火车站》《父亲的奖章》中的火车站都是城市的象征。进城的主人公们感到的是城市对人的压抑，城与人不是融合而是对峙，农民工对于繁华与喧嚣的城市永远都是疏离，这里的城市形象是不自觉、复杂且混沌的。朱文颖的《到上海去》，小说中苏州女子每个月都会去上海的淮海路接受城市的"洗礼"，她沉醉于繁忙喧闹的火车站，这里火车站去往上海的通道是城市的隐喻象征，但是虽然现实社会的有形火车站可以越过，而城市空间无形边界区隔对农民工在心理、文化、经济等方面所形成的隔阂与偏见比有形的边界更加让农民工难以逾越，这些才是农民工群体难以言说的现实存在。

三、垃圾场及其他

"拾荒者"是进城农民工所从事的主要职业之一，捡垃圾在城市空间中是很失体面的事情，即使最底层的市民也不愿意或不屑于去捡垃圾，好像捡垃圾倒成了农民工的专利。"垃圾场"处于城市的边缘，肮脏不堪，是城市的"异托邦"空间。《高兴》（贾平凹）、《北京的金山上》（张

---

① 王桂妹.中国文学中的"铁路火车"意象与现代性想象［J］.学术交流，2008（11）：213-216.
② 焦雨虹.消费文化与都市表达——当代都市小说研究［M］.上海：学林出版社，2010：49.

抗抗)、《瓦城上空的麦田》(鬼子)等农民工题材的小说中，"垃圾场"成为农民工生存的主要场所，它成为农民工困厄、卑贱人生的空间呈现，农民工边缘处境得到展现，"垃圾场"也折射出城市空间与乡村空间尖锐对立的矛盾。

发廊和洗浴城是新世纪农民工小说中出现频率很高的一个生存空间，很多农民工小说的故事发生地都是发廊，并且发廊在小说叙事中作为农民工生存空间的表征呈现，隐喻着农民工群体在城市生存的艰难以及城市生活腐败堕落的批判，比如《发廊》(吴玄)、《放下武器》(许春樵)、《明惠的圣诞》(邵丽)、《桑那》(邓刚)、《风雅颂》(阎连科)、《发廊情话》(王安忆)、《高兴》(贾平凹)、《吉宽的马车》(孙惠芬)等。发廊的位置"通常开在城市的边缘或者车站附近。"①或者"开在临时搭建的披厦里，借人家的外墙，占了拐角的人行道，再过去就是一条嘈杂小街的路口。"②发廊的基本功能是理发、美发，但是90年代以后它却变成了身份含混、复杂的缝隙空间。在农民工小说叙事中，在洗浴城或发廊中活动的最多的是乡村青年女性，她们用自己的外貌、青春和身体与这个空间做着交易，这其中有被逼迫者，但更多是对城市、金钱的欲望所致，这是农民工小说中经常被浓墨重彩地描述，这个灰色空间昭示了女性农民工境遇的困厄与命运的悲惨，也是现代社会人性的荒诞与无奈的表征。王安忆的《发廊情话》获得第三届鲁迅文学奖，由评委联名增补，评委的评语也体现了这个短篇小说之所以令人赞赏的原因，"作品对底层人群生存现状的深切关注，体现了作者一贯的人文关怀精神。"③

新世纪以互联网为平台的电商迅速崛起，"快递员"成为市场经济中一个很抢手的职业，在城市中往来穿梭成为一道独特的景观。电影《十七

---

① 吴玄. 发廊 [J]. 花城，2002 (5).
② 王安忆. 发廊情话 [A]. 第三届鲁迅文学奖获奖作品丛书·短篇小说 [M]. 北京：华文出版社，2005：55.
③ 王安忆. 发廊情话 [A]. 第三届鲁迅文学奖获奖作品丛书·短篇小说 [M]. 北京：华文出版社，2005：54.

岁的单车》中,承载打工青年快递员小贵的城市梦的是一辆山地自行车,作为快递员的小贵不只把山地自行车当成是工作所需,而是看作他融入城市生活的通道,是一种资本和权力,城市"上层"的象征,"山地自行车"为打工者们创造了一个幻象空间,承载着打工者的理想与欲望。类似的还有电影《苏州河》,生存在苏州河沿岸底层空间的马达同样是快递员,他有一辆摩托车,他依赖这辆很时尚的摩托车进入上海的城市空间,"摩托车"不仅是马达城市梦的表征,"摩托车"也成为对爱情寻寻觅觅的马达的一个空间标识,更是马达生命终点的象征。其实无论是"山地自行车"还是"摩托车"都是底层为自己创造的一个幻象空间,没有一个明确的地域空间标识,小贵和马达表面上是山地自行车和摩托车的拥有者,但实际上这是一种幻觉,他们被自身所处的阶层排斥,并且也被其生存方式排斥。

女性农民工在城市家庭中的出场频率较高,以保姆的身份暂时可以在城市家庭中生存,例如在《合欢》(柯云路)、《米粒儿的城市》(阿宁)、《二的》(项小米)等小说中表现的是农民工中保姆职业的女性生存状态。家宅是人类的一个私密空间,是把"人的思想、回忆和梦融合在一起的"[①]地方,但对于"城市家庭",保姆是一个闯入者,对于农民工来说,"城市家庭"是暂居地,委屈与迁就是日常的生存常态,而且"城市家庭"对于女性农民工来说也是一个异质空间,而且这个空间本身的私密性和梦想性也会给予生存其中的人以精神伤害,无论是身体、情感还是精神人格都会产生很大的刺激。

"工厂"也是农民工进城之后的一个选择。新世纪农民工小说以"工厂"为生存处所来展开对农民工生存经验的书写,比如《被雨淋湿的河》(鬼子)、《国家订单》(王十月)、《太平狗》(陈应松)等小说。通常认为工厂是资本原始积累的工具,社会道德缺乏、法规松散的约束,冷

[①] (法)加斯东·巴什拉.空间的诗学[M].张逸婧,译.上海:上海译文出版社,2013:5.

漠、残酷是其主要空间特征，但新世纪农民工小说中的工厂虽然也是造成农民工悲剧命运的罪魁祸首，但工厂主不再是十恶不赦，而是在城市商业法则面前被逼迫，令人同情与怜悯的形象。

新世纪农民工小说中的城市"异托邦"空间是农民工在城市处境和命运的表征，建筑工地、垃圾场、洗浴城、发廊、自行车与摩托车、城市家庭与工厂等等这些空间场所不但是城市空间中农民工无根漂泊的象征，而且城市空间也根本无法给予农民工以安全感，农民工在城市空间只能做短暂的停留，不能够当作可以依托和得到庇护的场所。反而城市异质文化对农民工们掌控的后果是伤害、摧残，同时也表现了身处异质空间中人性的欲望、腐化与堕落。

街道成为映射生活的舞台，使人们的日常生活更具空间性与立体性。文学作品中城市的建筑布局一方面是城市市民生活常态的再现，另一方面它也与作品中人的精神状态照应，"现代大都市居民在很大程度上仍然隶属于某一特殊的亚空间或亚场域，它赋予了个体一种文化、性格与身份"，精神情感状态也会通过空间感受的影响而产生某种暗示。所以，迟子建所选定的城市空间是市井细民聚集的场所，泥泞的老街、小酒馆、米黄色的小楼等老建筑，没有都市的奢侈与琳琅满目，有的只是普通人的烟火与柴米油盐，所展现的也是普通人的日常生活与精神状态，即所谓的"藏污纳垢"的民间，这是现实的生活也是生存的真相。

"城市不但是一个拥有街道、建筑等物理意义的空间和社会性呈现，也是一种文学或文化的结构体。它存在于文本本身的创作、阅读过程与解析之中"[①]，街道景观凸显的城市文化只有在读者阅读的体验中才能鲜活起来。迟子建笔下洋溢着生活气息的哈尔滨故事因为繁复细致的街道景观描写让人印象深刻，一方面源于作者在结构每一部作品前都要实地认真的勘察；另一个更重要方面是源于作者创作时的构思过程。巴赫金说，

---

① 张鸿声.文学中的城市与城市想象研究［J］.文学评论，2007（1）.

"大多数情况下，创作想象的一个基本出发点便是确定一个完全具体的地方。……这是人类历史的一隅，是浓缩在空间中的历史时间"[1]。城市是历史时间与空间的结合体，一座城市的文化记忆要超越现实时间的限制，迟子建运用"空间中的时间记忆"处理方式，具体空间确定，情节与人物可以在具体空间内自由切换，这样空间中插入不同时段的历史记忆，由此更能透视一个城市的历史整体性空间。迟子建在谈到自己的创作经验时也曾说自己在写小说时最先构思的不是故事情节，而是城市建筑空间布局，比如在创作《白雪乌鸦》时，她最先把20世纪初的哈尔滨分成三个区域：埠头区、新城区和傅家甸，然后再把小说中涉及的重要场所逐一绘制在图上，最后再标注上相应的街道名称，"地图上有了房屋和街巷，如同一个人有了器官、骨骼和经络，生命最重要的构成已经有了。"[2]

第三节 城市异乡人的认同焦虑

一、城市异乡人

农民工是中国从传统农业社会向现代工业社会转型时期的特殊产物，与工业化、城市化相伴随的是大量的农村人进入城市。新世纪农民工具有双重身份——工人和农民，并且在从农村到城市的迁移过程中，因为制度、知识等的限制被边缘化。如果说老一代农民工是被迫迁移，那么新生代农民工则是主动融入，老一代农民工的生存状态是"候鸟"生活，而新生代农民工不愿意回农村，但完全融入城市又绝无可能，所以，在城市与农村之间游离成了新生代农民工的生存常态。对于农民工来说，城市是诱

---

[1] 巴赫金.巴赫金全集·第三卷[M].钱中文，译.石家庄：河北教育出版社，2009：250.
[2] 珍珠（后记）.白雪乌鸦[M].北京：人民文学出版社，2010：260.

第五章 实体空间与"异托邦"叙事

感,他们和城市人共居,但难以和城市人建立社交网络,城市现实生活的残酷性也是来自城市人歧视与排斥,让他们对城市空间的认同焦虑日益严重。所以,在农民工小说中乡村空间的精神家园寄托,精神疗伤的作用已经不再,现代经济社会的城市空间让不占有或占有较少社会资源的农民工难以融入,返乡他们已经无法适应农村的生活,在城他们也无法有尊严地生存,农民工无论在物质上还是精神上都已经成了灵魂无处安放的漂泊异乡人。

从空间视阈分析农民工小说,对生存空间的关注是其重点之一,更为重要的还是对作为"底层"的农民工这一阶层的"人"的关注。对于"身体""空间""自由"的探讨,可以借鉴鲍曼的观光者与流浪者理论,对于流浪者的不自由问题,鲍曼认为流浪者是被迫的,他们并不想移动,很愿意固定下来,对于漫游生活他们想要拒绝,但是没有人会去听取他们的想法,被迫移动的背后是一股神秘而强大的力量所驱使,他们无法也根本不能拒绝,"对他们而言,自由意味着不必在外面流浪,意味着拥有一个家,并待在里面。"[1]与观光者的自由"旅行"相比,流浪者的身体移动是被某种神秘力量所推动,但观光者和流浪者有一个共同点,就是对自由、温暖的"家"的寻求。"观光者"和"流浪者"实质是鲍曼对当下社会人群体生活状态的一个象征隐喻,无论是自愿还是被迫,思想还是身体,都不能永远停留。在中国当下社会,选择的自由度和人所属的阶层有很大关系,相对来说,底层相当于中国的"流浪者",所能享受的自由度是最低的。美国社会学教授戴维·波普诺把少数群体融入主流群体的社会适应和心理反应总结了五种类型:被动接受型,个人攻击行为与暴力型,集体抗议型,自我隔离型和自愿同化型。[2]对于进城逐梦的农民工来说,自身所处异托邦空间具有区隔、错位、流动、异化[3]的特征,而新生代农民工在融入

---

[1] 鲍曼.后现代性及其缺憾[M].郇建立等,译.上海:学林出版社,2002:108.
[2] 戴维·波普诺.社会学[M].李强,译.北京:中国人民大学出版社,1999.
[3] 李立.多维空间叙事结构下的苦难呈示与正义诉求——当代底层文学农民工书写的空间叙事分析[J].文艺理论与批评,2012(5):129-133.

城市过程中所表现出来的心理反应是主动同化，这是导致其认同焦虑的最主要的原因。

如果将城市和农村相比较，社会形态中处于支配地位且更为发达的是城市空间，农村空间更倾向于熟人社会，生活节奏缓慢，也更加具有亲情、温情，这也是空间中人与人关系的直接表现；城市空间则是快节奏的流动型的陌生人世界，人与人之间的直接关系是金钱和职业。这是导致形成乡村和城市生活中的人性格截然不同的根本原因。通常状况下，因为乡村空间多是封闭的，形成的人格大都较为厚道、任劳任怨，缺陷是自我主体意识的欠缺；相反城市空间是相对较为开放，形成的人格大都较为精明、享乐，缺陷是自私自利、冷漠孤独。显然城乡所处文化空间是不同的，这种二元对立性也就会导致由乡入城后的冲突矛盾不可避免，而且产生的各种不适应和矛盾冲突也导致对其生存的空间没有认同感，空间认同焦虑会始终萦绕在他们身上。在乡土空间他们有自己的身份，但现代欲望无从满足；城市空间有着物质财富的诱惑，但应有的身份认同无法给予。这个鱼和熊掌不可得兼的矛盾致使农民工群体对于城市空间和乡村空间都保持着一种含混关系，从空间上将他们的身体和精神置于错位的空间，困苦挣扎艰难求生。农民工小说中二元空间对立的文化冲突成为主要的表达方式，叙述空间错位下农民工表现出的彷徨失落与苦痛，农民工经受着城市文化的精于算计与冷酷残忍，在地域、文化迥异的空间中寻找心理补偿……这些都成为农民工小说叙事的主题。

米克·巴尔认为小说中的空间是根据故事人物感知而着眼的那些地点[1]，如果按照故事主人公的感觉来确定农民工小说中的生存空间，从被叙述者的心理体验方面来说，那就是异乡时空体。根在乡土的农民工来到城市后遭遇城市残酷的排斥和打击，对置身于其中的人来说，在情感体验上

---

[1] （荷）米克·巴尔.叙述学——叙事理论导论[M].谭君强译，北京：中国社会科学出版社，2003：157.

最强烈的感受就是"异乡"之感,他们是"城市异乡者"[①]。农民工小说中的主人公作为城市"异乡人",居所不断变动的漂泊命运在所难免,在跌宕起伏的情感转换中体验被时代疏离、放逐和人性的残忍,新世纪农民工小说把这个独特群体的生存状态淋漓尽致地演绎出来。

贾平凹的小说《高兴》中的主人公刘高兴是一心想要融入城市,他无论是行为方式还是言谈举止都尽量去效仿城里人,他觉得自己和同是农民工的五富已经不同,仿佛已经融入了城市,但他也时时困惑,"我已经认作自己是城里人了,但我的梦里,梦着的我为什么还依然走在清风镇的田埂上?"[②]还有一些农民工小说悲剧意味更加浓厚,在作品中,进城的农民工因为遭遇种种失败不得不放弃城市,本来对乡村满怀希望,但是因为有着空间错位境遇的经历,使得他们与乡土空间的血脉联系永远丢失。比如吴玄在小说《发廊》中塑造的发廊女方圆。"发廊"在城市空间"并不是一种合法存在,它是城市最暧昧的部分,处于社会底部",方圆在城市依靠发廊生活,可是尽管在这样一个等而下之的空间最后还是被挤压出局,回到农村,但城市的败落并不能在乡村获得半点安慰,她发现自己回到乡村已经不适应乡村的生活,正如她自己所说,故乡不但不能给予她安慰,反而让她感到陌生,回到故乡的生活还是依照着在城里生活的样子,"白天睡觉,夜里劳作,可是在西地,夜里根本就没事可做"。[③] "空间对于定义'其他'群体起着关键性作用",[④]这是英国文化地理学家迈克·克朗在《文化地理学》一书中提出的观点,对于方圆而言,她是将自己安置在了一个错位的空间中,每个群体都有自己本属的生命空间,像方圆一样的农民工群体在含混的社会空间关系中生存,精神与身体双重的失衡必定会造成生命的匮乏与精神的迷失。所以,新世纪农民工小说从本质上来讲,作

[①] 丁帆. "城市异乡者"的梦想与现实[J]. 文学评论, 2005(4).

[②] 贾平凹. 高兴[M]. 北京: 作家出版社, 2007: 127.

[③] 吴玄. 发廊[M]. 花城, 2002(5).

[④] (英)迈克·克朗. 文化地理学[M]. 杨淑华等, 译. 南京: 南京大学出版社 2003: 78.

家正是通过对农民工生存的失衡的空间境遇的呈现来突显进城或返乡农民工群体的悖反的生命世界和精神价值的迷失。

《明惠的圣诞》叙述了一个怀揣城市梦的女孩子肖明惠从乡村进入城市，再到城市梦破碎的人生故事。乡村的一切对于一心想要融入的城市的明惠来说她都要抹去，包括亲情。因为在她的心中，乡村空间充满着母亲的咒骂，乡邻的蔑视，"明惠觉得那些盯着她的眼睛没有一只是良善的，那眼睛统统流露着恶毒。"[①]在寄给母亲两次钱，和桃子告别后，明惠改名为圆圆后断绝了和乡村的一切联系。明惠对于她出生的乡村空间是毫不留恋地拒绝。进城的明惠在城里改名为圆圆，这是她想努力融入城市的第一步，第二步就是赚钱，她要赚钱在城市里给自己安一个家，就是买一所房子，想成为一个彻底的城里人。对于职业她也有自己的计划，她没有选择大多数农村女孩进城所从事的饭店或服装店服务员，她的目标定在了城市欲望的消费中心大宾馆和洗浴中心。

小说中明惠的任何行为都不是盲目的，而是有着谨慎的计划性，可以看到明惠为融入城市所做的艰辛努力。她很努力地学习按摩技术，讨好每一个客人，为了能够赚足够多的钱，她不放过任何一个工作的时刻，甚至在身体不允许的时候，她都咬紧牙关坚持着。在男人的选择上，老曹和李羊群都是她心仪的对象，最后她选择投入官场失败离了婚的副局长李羊群。李羊群的形象也许更符合古代妓女与失意才子的模式，也正是李羊群的一点温情，圆圆把他看成一点城市温柔。她住进李羊群的家，奢侈悠闲的生活让她以为自己已经属于城市。但就当她自己不再压抑自己，以为可以展现一下自己的"撒娇"的本性时，明惠的城市梦想也因这场撒娇而挣得的圣诞节聚会彻底打碎。

"圆圆"的外表光鲜无法掩饰"明惠"内心的孤独，在和城市群体一起狂欢的她倍感孤单，深刻体悟到其实自己物质上再如何装扮，城市对她

---

① 邵丽.明惠的圣诞[J].十月，2004（6）.

来说都是遥不可及，无论做何努力都没有办法真正赢得城市的接纳，城市空间没有为她设置任何位置，而是属于那些城市的女孩子，她们"优越、放肆而又尊贵。……无一例外地充满自信，而自信让她们漂亮和霸道。她们开心恣肆地说笑，她们是在自己的城市里啊！"圆圆与这些女孩子永远有着隔膜，也"永远都成不了她们中的任何一个！"[①]无论是身处乡村空间中的"明惠"还是后来身处城市空间中的"圆圆"，最终的渴望自始至终就是一个城里人的身份而已，但当她发现自己在精神上永远无法真正融入，城市对她这个外来者始终是拒绝的，自己的所有努力与付出换来的终究都是一场毫无意义的结局，死亡是其必然结局，自杀只能是她唯一的选择。明慧从乡村进入城市的历程代表了一个时代农民工群体内心的焦虑，尽管利用某种手段可以在城市获得物质上的满足，可是城市空间虚华的外表始终让农民工的内心孤独苦闷、彷徨无助。正如学者丁帆所说的，"导致明惠自杀的根本原因就是她的希望的破灭，这个破灭不是肉体的，而是属于精神的"，"我们在主人公走向死亡的最后时刻，看到的是肉体上已经成为城里人，而精神与灵魂还不能被城市文明所包容的悲剧下场！"[②]中国是一个偌大的乡土社会，城市化进程尚属发展期，城乡二元对立的矛盾冲突也是才刚刚萌芽，进城的农村人如果要被城市空间认同，精神上融入城市也还是一个漫长而艰难的过程，邵丽的《明惠的圣诞》对这一问题有着深刻的揭示。

打工作家王十月在小说《示众》中叙述了在城市搞了十几年建筑的建筑工人老冯，临老准备返回乡下，他对自己的劳动成果——城市里的楼房满怀感情。依云小区是老冯最喜欢的楼，每次从楼前经过，他心里都是暖暖的。在年老要返乡时，他想进自己建筑的小区去看看，可是却被拒绝。不得已翻墙却被保安抓住，老冯被罚站在小区门口给人示众，脖子上还挂

[①] 邵丽.明惠的圣诞［J］.十月，2004（6）.
[②] 丁帆."城市异乡者"的梦想与现实——关于文明冲突中乡土描写的转型［J］.文学评论，2005（4）.

着个"我叫冯文根，我是一个贼！"的牌子。老冯没有去自己修建的小区看看的权力，不仅如此还要遭受人格的羞辱，城市空间以它特有的权力拒绝着不属于这个空间的事物。在城市空间，农民工作为"底层"的身份等而下之，自然被城市所排斥，所以，有一点越矩的行为就会被扣上偷窃、不安分的帽子，这就是所谓的"污名化"。[①]"围墙"是隔开小区和老冯等农民工群体的一个界线，把农民工从城市空间位置上隔开，让农民工成为城市空间中的"他者"，在意识形态建构中，"他者"的形象是固定且刻板的，一个需要被改造或者抵抗的对象。老冯为城市奉献几十年，青春、生命的激情都在这个城市燃烧，农民工作为外来者，有强烈的欲望想要融入城市，可是城市是无情的，对他也是不接纳的，他期待得到城市的理解与尊重，但最终还是羞愤交加，返回乡土，对此老冯并无怨言。从老冯的心理反应上来看，也从另一个层面说明农民工对城市赋予他们的身份的认同，这种理所应当的底层形象已经成为农民工身份的一个标志，不但城市就是农村人自己也是如此认为，这也是农民工被城市排斥与歧视的原因之一。

荆永鸣在小说《大声呼吸》里塑造了一个不为城市接纳，在城市遭遇身份认同焦虑的农民工刘民（大概也有"流民"之意）的形象。刘民有着唱歌的天赋，经常到公园里唱歌，也赢得了城里人的好评，他觉得自己已经得到城市的认同，正得意时却遭到了老胡的质疑，只因当时老胡下了岗，心情郁闷。"其实这就是都市。都市比不了乡下。在这里人的所有行为几乎都被格式化了，你必须得按着一定的规则行事。"[②]当下城市生存有着一套等级森严的秩序，小说作者试图向我们表明：所谓人人都可进入城市，这仅仅是一个梦幻，农民工不是城市的被邀请者，只是这个繁华城市之外的看客和过客，所谓的被认同只是一个美妙的幻觉。

---

① 著名社会学家埃利亚斯在研究胡戈诺教徒的时候，发现了一个值得注意的现象，即"污名化"过程，即一个群体将人性的低劣强加在另一个人群之上并加以维持的过程。
② 荆永鸣.大声呼吸［M］.沈阳：春风文艺出版社，2012.

二、"漂泊":群体的生存困境

城市空间生存的农民工,"迁徙"是需要时刻处于准备之中,动荡不安是其在城市生存的常态。如果要用文学的一个母题来解释,"漂泊"的母题再恰当不过。在农民工小说中"漂泊"不再是偶然性的个体命运的呈现,它已经和一个群体的生存困境相关,这是农民工群体在城市空间生存的本质,以自我"漂泊"为线索叙述城市空间"农民工"群体的生存焦虑和生命的无可归依,这是农民工小说一个重要的空间表征。

进城农民工在城市中所处的空间位置,因其不断游走的特性,而置身于流动空间,最终变异为一处"反场所的场所","没有地点的地点",恰如荆永明的小说《北京候鸟》、范小青的小说《像鸟一样飞来飞去》中所叙述的,"候鸟"象征着农民工漂泊无定的生活,因为与城市的定居者不同,农民工难以融入城市空间,所以只能像"候鸟"一样暂居,在城市异托邦空间中游荡,对农民工来说,"在而不属于"的尴尬痛苦是他们对城市空间最深刻的情感体验。居无定所、无家可归、无处停歇、四海为家仿佛是一种宿运,无论做出何等努力都无法改变,"漂泊"是命定的生存状态。"漂泊"母题在新世纪农民工小说中有所发展,和以往的文学相比,新世纪农民工小说中"漂泊"的生存状态是主体的主动选择,而且对于"原乡"并不像以往文学作品中所表现出的那样不能舍弃与眷恋,因为这些城市"漂泊"者所面对的"原乡"已经不在,鲜活的乡村空间当下已经变成沉闷死气的"颓败空间",这是一种永恒苦难的悲剧。罗伟章在小说《我们的路》中有一段叙述郑大宝在新年时回到一别五年的乡村,在城市经历了各种磨难的郑大宝打算回到乡村,回到乡村他看到景象是,"村落的影子依稀可见,黑乎乎的瓦脊上,残存着正在消融的白雪。田野忧郁地静默着,因为缺人手,很多田地都抛荒了,田地里长着齐人高的茅草和干枯的野蒿;星星点点劳作的人们,无声无息地蹲在瘦瘠的土地上。他们都是老人，或者身心交瘁的妇女，也有十来岁的孩子。他们的动作都很迟缓，仿佛土地上活着的伤疤。这就是我的故乡。"①小说中的农村是破败的，正像作者发出的慨叹，"是老人孩子和妇女支撑着那一片地区的农业"②。农民工一旦踏上进城的漫漫征途，乡村空间会蜕变成为一具僵硬衰老的躯壳，农村空间一直以稳定的供给来滋养生命的安土重迁的空间象征也随之解体，城市空间的现代化强势进程将农民工置于被动生存的位置，让生命无所依傍，精神上也只能在城乡间空洞无望地徘徊与追寻。

  农村生存空间已经不堪重负，城市生存空间又是不堪之所，城乡文化冲突让进城的农民工极度自卑，也把他们置于极为凄惨难堪的两难生存境地。农民工小说中的主人公大多数都怀着逃离农村的理想来到城市，梦想过城里人的生活，所以尽管要经受各种城市阻断、恣意作践和劫掠，但还是你追我赶地向城市求生存，他们处于城乡文化体系中的边缘位置，城市空间与乡村空间的矛盾也必然会在其中生存的人的生命历程中体现。就像巴赫金在分析希腊小说中主人公遭遇所说，主人公们最终所有的行动其实都是"在空间中的被迫移动"③，这和农民工在城市与乡村空间的生存状态是一样的，是被迫移动于城乡空间。比如王华的小说《回家》，在城市空间与乡村空间迁移的农民工因为失去了土地而不能返乡，城镇化后来到城市，而城市金融危机最先遭殃就是农民工，最终丢了城里工作的主人公无法摆脱在城乡间徘徊的悲剧命运。

三、异化的空间

  城市空间和农村空间是两个被严格规定了边界的空间，其中所具有的纪律和权力空间也被明确划定。农民工由农村空间进入城市空间，也就意

---

① 罗伟章.我们的路[J].长城，2005（3）.
② 罗伟章.我们的路[J].长城，2005（3）.
③ 巴赫金.小说理论[M].白春仁、晓河，译.石家庄：河北教育出版社，1998：297.

味着是一种越界、犯纪和越权，在没有任何有效资源背景可做依靠的情况下，所遭受城市（人）的排斥、折磨与惩处会更加厉害，所以，在农民工小说中的主人公都被打上了城市逼仄、欺辱、损害的性格标签，比如乔叶《锈锄头》中的石二、李肇正《女佣》中的杜秀兰、邓一光《怀念一个没有去过的地方》中的远子等形象。因为对城市的渴望，心里存着对未来的期盼，所以在城市空间中生存，无论承受何种辛苦、打击、失败以及被城市无情的戏弄与欺骗，他们也要守在城市，在农民工心中，城市是刻骨铭心的爱恨交织，充满着残忍、磨人的现代情愫。而乡村又无法舍弃，尽管时刻想忘记，但对乡土精神之"根"的印迹却无法抹去，用哲学家牟宗三的话说，是"被彻底挂了空"[①]。

从表层看，当代都市空间与农民工的关系是微妙而复杂的，从表面看，农民工为生存进城，城市因需要应该接纳，事情本该如此，但城市空间对农民工群体的需要和接纳程度很有限，就是有限的接纳也是以"生产"和"效益"为前提。正如贾平凹在小说《高兴》中所呈现的，"哦，我们是为破烂而来的，没有破烂就没有我们。"[②]这是刘高兴为自己在城市空间中所做的阶层定位。"异托邦"是城市空间中的一个异质流动空间，在其中生存的人们来源和背景各不相同，因此也就没有由同一地域文化所形成的稳定情感。在"异托邦"空间，传统乡土社会的血缘、邻里等纽带关系已经变得很淡薄，"所依赖的民俗社会被竞争和正式的控制机制代替[③]。所以，"都市社会关系的特征是肤浅、淡薄和短暂"[④]。不只这样，城市空间中维系人与人之间关系的不是亲情、温情，而是由于分工、职业不同所形成的商品、金钱等要素，物质化、欲望化的城市社会关系使城市

[①] 牟宗三.生命的学问[M].桂林：广西师范大学出版社，2005：2.
[②] 贾平凹.高兴[M].北京：作家出版社，2007：152.
[③] 路易·沃斯.作为一种生活方式的都市主义[A].汪民安，陈永国，马海良.城市文化读本[M].北京：北京大学出版社，2005：147.
[④] 路易·沃斯.作为一种生活方式的都市主义[A].汪民安，陈永国，马海良.城市文化读本[M].北京：北京大学出版社，2005：148.

人之间的交往带有某种侵略性、掠夺性，自私自利、精于算计成为城市人的性格特征。农民工题材小说的主人公身处这样的城市空间，冲突就在所难免了。

城市空间具有开放与封闭双重特征，主要表现为对农民工经济层面的接纳与社会层面的排斥，城市空间开放与封闭的双重特征可以让农民工进城寻梦，让他们成为城市空间的生产者和维护者，用劳动与智慧建造都市空间的繁华与便利，并且给农民工融入和分享这一空间的希望，但也让农民工始终处于一种异化空间的体验中，在历经痛苦、冲撞与挣扎之后，才发现所谓梦想实现与极力维护的空间是永远无法获得融入的，他们生存的空间——城中村、棚户区、工地等等是城市所不能接纳的，随着城市空间的不断扩张，他们的生存空间不断萎缩，甚至消失，他们极力涌入的空间不但不能让他们获得幸福与精神的慰藉，反而将他们降格为饥寒的肉体和纯粹的体力劳动者。曹多勇《城里的好光景》中的"我"，作为进城的农民工最大的爱好是仰着脸数楼层，"数着数着心中能涌出一股自豪来，就像这座大楼是我以前参加建设的"[①]，但是"我"的平常的举动却因为有城里人怕"我"心存不良开始出面干预。对于农民工来说，虽然自己是城市的构建者，但城市空间依然是异己力量，并且击碎农民工们仅有的荣耀与自尊，从这里可以看出，农民工可以进入城市，成为维护城市的人，但成不了城市的主人，除了无穷无尽的付出，所有付出结束后就成为城市空间中的"多余人"，他们与他们所构建的城市空间毫无联系，在城市空间中永远躲不开怀疑和蔑视的目光。

农民工小说中所要表达的主题永远是农民工，自然乡土赋予农民的自然天性曾被作为劳动人民的美德被社会赞美，新世纪在城市化进程中，农民工恰恰因为自然乡土赋予的天性而饱尝了现实生活的辛酸和痛楚。城市文明对自然的排斥与消解的后果承受者永远是农民工。农民工谙熟和习惯

---

① 曹多勇.城里的好光景[J].都市小说，2006（1）.

的温情脉脉的熟人农村社会空间，也是农村空间赋予了他们淳朴厚道的人格和与大地、自然亲密相融的自然生命。进入城市空间的农民工因为空间的位移而遭遇异己文化，各种意想不到的困扰和痛楚随即降临，农民工小说中频繁出现的情境也正是在异质空间备受压抑与侵害。阿宁的《米粒儿的城市》①中的米粒儿是一个像"米粒儿"一样纯净、天真、朴素的农村女孩，来到城市无论在曹老师家做保姆还是在发廊做洗头妹都成为他人觊觎和消费的对象，当纯洁的自然生命遭遇充满欲望的城市空间，悲剧是其必然的命运结局。刘思华的小说《城里不长庄稼》②中，主人公秀子和三月进城后因为选择不同，命运遭遇也截然不同。秀子对老板提出的性交易选择了拒绝，虽然贞洁保住了，但也只能返回农村。三月为了能够留在城市，选择用身体来交换，（用身体换来了城市户口和工作），如愿以偿地成为城市市民。两个女孩都"活"了下来，虽然结局不同却有着相同的精神苦闷，秀子因为有着城市生活的经历，浓厚的城市情结和乡村的黯淡将她迅速催老，而"白嫩"的三月"身上似乎少了点什么，好像一朵含露的花，现在只剩了花，露珠已干涸"。秀子对城市的眷恋，城市对三月的磨损，让这两个女孩同时丢失了灵魂。

米粒儿、秀子、三月的共同之处在于她们是在城市空间中的女性农民工，而且都有着青春美貌作为资本，除了廉价的劳动力，她们还拥有着诱人的身体，她们最初带着农村姑娘的自然生命之美来到城市，在城市霸权面前，她们只能以自然生命之美的凋敝零落为代价"向城求生"③。"自我的丧失"，自我天然本性的剥离，是进城农民工的必然结局，尤其是女性农民工。农民工有了在城市生活的经历，她们就很难再回农村，即使身归农村，精神上也无法安心，而城市的异质生存空间是对自然生命的排斥与扫荡。如果要在城市空间继续生存，就不得不剥离自己的自然天性，用身

---

① 阿宁.米粒儿的城市[J].北京文学，2005（8）：14-48.

② 刘思华.城里不长庄稼[J].北京文学，1994（1）：51-57.

③ 轩红芹."向城求生"的现代化诉求[J].文学评论，2006（2）：160-167.

体作为城市商品交换的筹码,这张身体的入场券在用完之后,意味着生命中最可贵的东西也就丢失了,自我丧失,成为躯体的空壳。秀子、米粒儿的命运就是典型的进城的女性农民工的命运。最后,在城市的魅惑和拒斥面前,她们终究难以逃脱玉石俱焚的结局。"农民工"这一称谓本来就充满歧辱性[1],在身体不停地辗转迁徙中自然心性也被抽空,虚无感渐生,在农民工身上其实承载了一种令人唏嘘的人生存在形式。

---

[1] 熊光清.必须取消带有社会歧视含义的"农民工"称谓[J].探索与争鸣,2012:44-47.

结　语

　　以上通过对新世纪小说叙事空间的研究，可以看到人们对空间的认识会影响文学叙事的改变，而地理学的、哲学领域的空间研究并不能使文学文本有效地获得空间话语，所以笔者规避了地理学的、哲学领域的空间讨论，而是从最基本的物质载体开始认识空间，真正发现文学叙事空间转向的含义。通过对新世纪小说的媒介空间、隐喻性空间、虚幻空间、实体空间等几个方面阐释进行新世纪小说叙事空间的分析：媒介空间即小说呈现所借助的客观物理空间；隐喻性空间即从读者接受方面来讲是叙事被认知的虚构空间；虚幻空间即小说文本中所呈现的虚拟非现实存在但又与叙事主体密切相关；实体空间即小说文本中呈现的现实可感知的空间。

　　20世纪以来，人们对空间认识的改变，文学理论批评界对空间的认识也经历了从"空间形式"到文学作品中再现空间的研究，从关注媒介空间到凸显文本文化社会意义的历程，对文学空间的关注成为批评话语的主流。学界对叙事空间问题的关注源于1945年美国学者弗兰克提出小说"空间形式"的概念，20世纪末"空间形式"理论由学者秦林芳介绍到中国，此后在更新不断的理论热潮中一直持续不断。但是在文学批评中"空间形式""叙事空间"以及"空间叙事"等概念一直含糊不清，笔者在对概念进行区分的同时也对其在新世纪小说研究中的得失进分析。首先以文学研究中媒介意识的觉醒为研究的切入点，探讨在叙事中媒介空间变革带来的小说叙事的变革。以"辞典体"小说为例阐释纸质媒介突破线性时间叙事的常规，小说与实用文体互文呈现叙事空间；新世纪网络的普及，屏幕空间与超文本小说叙事——无论是网络纯文本型超文本小说还是多媒体超文本小说都似乎为文字叙事开辟了另类途径；其次分析新世纪小说叙事"隐喻性空间"呈现的方式，它是针对读者阅读接受的一种心里感知，情节结构上的一种"结构隐喻"；再次，探讨虚拟空间的"乌托邦"叙事，主要内容是知识分子乌托邦空间理想的实践与乡土乌托邦与反乌托邦的叙事；最后现实空间中的"异托邦"叙事，新世纪小说中的"异托邦"空间主要表现在底层叙事中，城市"底层"与"异托邦"紧密联系的空间典型的是矿区、建筑工地、垃圾堆等。

笔者对新世纪小说叙事空间的阐释，可以很清晰地看到新世纪以来文学空间的生产方式和其表征的审美空间形态所发生的一系列重要变化，本书对此类问题的发现与阐释只是做了一个初步的研究，还需要从更多的文学类型去研究分析。从对新世纪小说的叙事空间的分析，可以看到在意识形态笼罩下，文学生存所面临的种种被选择、被过滤以及被遮蔽，这些都足以说明在"空间"背后所潜隐的权力关系。在"制度—文化—文学"的复杂生态中，揭示中国文学和中国社会问题，发掘被遮蔽的声音，重现文学的多元景观……从这点来看，对新世纪小说的叙事空间研究会更加有利于人们寻找在历史和创新之间适合自己位置的落脚点。这既是新世纪文学批评的任务，也是作为新世纪文学批评者的责任。

文学空间理论话语和体系比较庞杂，文学空间问题的研究还应该有很多需要解决的问题，比如"文学空间"界定的层次、标准，对于文学空间理论的建构还有进一步思考的空间。空间叙事作为一种叙事模式，在以后的发展中笔者大胆做一下展望。空间叙事应该更加深入地探讨空间存在的意义和各类文学体裁的空间形式和作品文本的张力，空间维度探讨不同叙事元素之间各种可能的关系，同时应当对叙事空间话语过度内倾，在强调借鉴西方空间理论的同时，形成具有中国特色的空间叙事理论。在研究空间问题的时候,要遵循马克思主义的辩证法,同时也要顾及空间问题的研究,因为没有只有空间而没有时间的文学作品,完全排除时间因素而过度强调空间是不可取的,对空间不能过度阐释。还需要注意的是,将"空间叙事"看作一种叙事模式目的是对某些文学作品做共性的提炼,用"空间"这个概念只是为了描述和阐释新世纪以来小说叙事的"空间化"趋势。但所有的提炼与概括都不可能做到完美无瑕,毫无缺漏,更不是一劳永逸。其无法涵盖不同小说之间的差异,也无法考虑小说叙事的发展变化。因此,从空间视阈对新世纪小说进行研究,在考虑作品特色与丰富性的同时,还要考虑小说之间差异与整体的叙事发展变化。

最后,由于笔者的学术积累的深厚度不够,能力有限,在关于"空间"理论的阐释不够明晰,对中国新世纪文学作品的阅读量有限,在对中西空间理论观点论证、文学作品的解读和行文不够准确等多方面还有很多不足之处。比如,在对西方空间理论与新世纪小说的阐释与被阐释一直没有做到相互融合,始终没有摆脱理论与作品脱节的状态;在对文学作品进解读时因为阅读量有限也难免遗漏了很多典型的空间叙事作品;在参考资料的搜集与整理方面,由于搜寻途径和时间有限,也没有把空间叙事的资料都搜集全,只是对资料做了有选择阅读与整理归纳。笔者在以后的学术研究中将继续关注新世纪文学的空间叙事问题,对"空间形式"和"叙事空间"将做出进一步的深入研究,以及如何从中西方空间哲学的角度来考虑对文学文本中的空间问题做更深入的研究。

参考文献

一、专著部分

[1] 杨义.中国叙事学[M].北京：人民出版社，2009

[2]（德）德罗伊森.历史知识理论[M].北京：北京大学出版社，2006

[3]（英）卡尔·波普尔.历史主义贫困论[M].北京：中国社会科学出版社，1998

[4] 李欧梵.李欧梵论中国现代文学[M].上海：三联书店，2009

[5] 龚举善.文坛边上的搜索·序[M].北京：中国社会科学出版社，2003

[6]（美）约瑟夫·弗兰克.现代小说中的空间形式[M].秦林芳，译.北京：北京大学出版社，1991

[7]（德）海德格尔.存在与时间[M].陈嘉应，译.北京：读书·生活·新知三联书店，2006

[8]（法）加斯东·巴什拉.空间的诗学[M].上海：上海译文出版社，2013

[9] 刘怀玉.现代性的平庸与神奇：列斐伏尔日常生活批判哲学的文本学解读[M].北京：中央编译出版社，2006

[10] 吴冶平.空间理论与文学的再现[M].兰州：甘肃人民出版社，2008

[11] 谢纳.空间生产与文化表征[M].北京：中国人民大学出版社，2010

[12] 雷达.新世纪小说概观·导言[M].太原：北岳文艺出版社，2014

[13] 韦勒克，沃伦.文学原理[M].南京：江苏教育出版社，2006

[14]（英）彼得·奥斯本.时间的政治——现代性与先锋[M].王志宏,译.北京：商务印书馆,2004

[15]张清华.中国当代文学中的历史叙事[M].北京：北京大学出版社,2012

[16]（德）海德格尔.海德格尔选集[M].王文融,译.上海：上海三联书店,1996

[17]吴冶平.空间理论与文学的再现[M].兰州：甘肃人民出版社,2008

[18]（挪威）诺伯格·舒尔兹.存在·空间·建筑[M].尹培桐,译.北京：中国建筑工业出版社,1990

[19]孙胜杰.20世纪中国小说中的"河流"原型研究[M].哈尔滨：黑龙江人民出版社,2016

[20]徐岱.小说叙事学[M].北京：商务印书馆,2010

[21]（俄）巴赫金.巴赫金文集（第3卷）[M].石家庄：河北教育出版社,1998

[22]陈定家.比特之境：网络时代的文学生产研究[M].北京：中国社会科学出版社,2011

[23]（美）马克·波斯特.信息方式[M].范静哗,译.北京：商务印书馆,2000

[24]张英.网上寻欢（A卷）[M].长春：时代文艺出版社,2002

[25]欧阳友权.网络文学论纲[M].北京：人民文学出版社,2003

[26]于洋,汤爱丽,李俊.网络文学的自由境界[M].北京：中央编译出版社,2004

[27]李莊善,李晓东.中国空间[M].北京：中国建筑工业出版社,2007

[28]柏定国.网络传播与文学[M].北京：中国文史出版社,2007

[29]尼古拉斯·米尔佐夫.视觉文化导论[M].倪伟,译.南京：凤凰出版集团,2006

[30]谢纳.空间生产与文化表征——空间转向视阈中的文学研究[M].北京：中国人民大学出版社,2010

[31]邵燕君.网络文学经典解读[M].北京：北京大学出版社,2016

[32] 张一兵主编.社会批判理论纪事[M].北京：中央编译出版社，2006

[33] 解志熙.生的执着：存在主义与中国现代文学[M].北京：人民文学出版社，1999

[34] （德）卡尔·曼海姆.意识形态与乌托邦[M].黎鸣，李书崇，译.上海：上海三联书店，2011

[35] 耿传明.来自"别一世界"的启示——现代中国文学中的乌托邦与乌托邦心[M].天津：南开大学出版社，2014

[36] 爱德华·W.萨义德.知识分子论[M].单德兴，译.北京：生活·读书·新知三联书店.2013

[37] （俄）别尔嘉耶夫.精神与实在[M].北京：中国城市出版社，2002

[38] （美）蒂利希.蒂利希选集[M]上海：上海三联书店，1999

[39] （俄）别尔嘉耶夫.精神王国与凯撒王国[M].杭州：浙江人民出版社，2000

[40] 钱中文.巴赫金全集[M].石家庄：河北教育出版社，1998

[41] 孔范今，施战军.张炜研究资料[C].济南：山东文艺出版社，2006

[42] （美）詹姆斯·费伦.当代叙事理论指南[M].申丹，等译.北京：北京大学出版社，2007

[43] （美）爱德华·W.苏贾.后现代地理学[M].王文斌，译.北京：商务印书馆，2004

[44] 曹文轩.小说门[M].北京：作家出版社，2002

[45] （英）雷蒙·威廉斯.乡村与城市[M].韩子满，刘戈，徐珊珊.译,北京：商务印书馆，2013

[46] 陈思和.中国新文学整体观[M].上海：上海文艺出版社，1987

[47] 王春光.当代中国社会阶层研究报告[M].北京：社会科学文献出版社，2001

[48] 蔡翔.革命/叙述：中国社会主义文学——文化想象（1949-1966）[M].北京：北京大学出版社，2010

[49] （荷）米克·巴尔.叙述学——叙事理论导论[M].谭君强译,北京：中会科学出版社，2003

[50] 焦雨虹. 消费文化与都市表达——当代都市小说研究 [M]. 上海：学林出版社，2010

[51] 贾樟柯三部曲·站台 [M]. 济南：山东画报出版社，2010

[52] 鲍曼. 后现代性及其缺憾 [M]. 郇建立等，译. 上海：学林出版社，2002

[53] 戴维·波普诺. 社会学 [M]. 李强，译. 中国人民大学出版社，1999

[54]（英）迈克·克朗. 文化地理学 [M]. 杨淑华等，译. 南京：南京大学出版社，2003

[55] 巴赫金. 小说理论 [M]. 白春仁、晓河，译. 石家庄：河北教育出版社，1998

[56] 牟宗三. 生命的学问 [M]. 桂林：广西师范大学出版社，2005

[57] 汪民安，陈永国，马海良. 城市文化读本 [M]. 北京：北京大学出版社，2005

[58] 晏杰雄. 新世纪长篇小说文体研究 [M]. 北京：作家出版社，2013

[59] 林骧华. 西方文学批评术语辞典 [M]. 上海：上海社会科学院出版社，1989

[60] 凌逾. 跨媒介叙事—论西西小说新生态 [M]. 北京：人民出版社，2009

[61] 王洪岳. 现代主义小说学 [M]. 南昌：百花洲文艺出版社，2004

[62] 曹文轩. 小说门 [M]. 北京：作家出版社，2003

[63] 陈思和. 中国当代文学史教程 [M]. 上海：复旦大学出版社，2014

[64] 蒋祖怡. 小说纂要 [M]. 上海：正中书局，1948

[65] 南帆. 文学的维度 [M]. 北京：中国人民大学出版社，2009

[66] 伊万·布莱迪. 人类学诗学 [M]. 徐鲁亚，等译，北京：中国人民大学出版社，2010

[67] 吴晓. 意象符号与情感空间——诗学新解 [M]. 北京：中国社会科学出版社，1990

[68]（美）J. 希利斯·米勒. 小说与重复 [M]. 天津：天津人民出版社，2008

[69] 瓦尔特·本雅明. 发达资本主义时代的抒情诗人 [M]. 王才勇译，南京：江苏人民出版社，2005

[70] 夏铸九.空间的文化形式与社会理论读本[M].台北：明文书局，1988

[71] 杨伯淑.全球化[M].北京：人民出版社，2002

[72] 佛斯特.小说面面观[M].广州：花城出版社，1981

[73] （美）爱德华·索亚.后现代地理学——重申批判社会理论中的空间[M].周宪许钧主编.北京：商务印书馆，2007

[74] 包亚明.现代性与空间的生产[M].上海：上海教育出版社，2003

[75] 包亚明.后现代性与地理学的政治[M].上海：上海教育出版社，2003

[76] 包亚明.后大都市与文化研究[M].上海：上海教育出版社，2005

[77] （美）海登·怀特.元史学：19世纪欧洲的历史想象[M].陈新译，上海：译林出版社，2004

[78] 刘小枫：沉重的肉身——现代性的叙事诡语[M].北京：华夏出版社，2007

[79] （英）齐格蒙特·鲍曼著.全球化——人类的后果[M].郭国良、徐建华译，北京：商务印书馆，2001

[80] 朱崇科.身体意识形态[M].广州：中山大学出版社，2009

[81] 邹广胜.中西文论对话：理论与研究[M].北京：商务印书馆，2011

[82] （美）希利斯·米勒.小说与重复——七部英国小说[M].天津：天津人民出版社，2008

[83] 格非.小说叙事研究[M].北京：清华大学出版社，2002

[84] 夏凡.乌托邦困境中的希望[M].北京：中央编译出版社，2008

[85] 周维东.民国文学：文学史的"空间"转向[M].济南：山东文艺出版社，2015

[86] 徐巍.视觉时代的小说空间[M].上海：学林出版社，2008

[87] 罗岗.想象城市的方式[M].南京：江苏人民出版社，2006

[88] 孙志文.现代人的焦虑和希望[M].北京：生活·读书·新知三联书店，1994

[89] （法）莫里斯·布朗肖.文学空间[M].北京：商务印书馆，2005

[90] 张锦.福柯的"异托邦"思想研究[M].北京：北京大学出版社，2016

[91] 吴宁.日常生活批判——列斐伏尔哲学思想研究[M].北京：人民出版

社，2007

[92] 周晓琳. 空间与审美 [M]. 北京：人民出版社，2009

[93] 路璐. 去蔽与显现：中国新生代导演的底层空间建构 [M]. 北京：中国电影出版社，2010

[94] 包亚明、王宏图、朱生坚. 上海酒吧——空间、消费与想象 [M]. 南京：江苏人民出版社，2001

[95] 陈丽. 空间 [M]. 北京：外语教学与研究出版社，2020

[96] 姚国宏. 话语、权力与实践：后现代视野中的底层思想研究 [M]. 上海：上海三联书店，2014

[97] Park Pobert. On Social Control and Collective Behavior [M]. Chigago: The Free Press, 1967

[98] Novels, maps, modernity: the spatial imagination, 1850–2000, Eric Bulson, p3, p7. New York: Routledge, c2007.

[99] Michael, Dear, 2000, p. 4.

[100] James Boyd White, Justice as Translation: An Essay m Cultural and Legal Criticism, University of Chicago Press, 1990.

[101] John Hartley, Uses of Television, London: Routledge, 1999.

[102] Sassen Saskia, The Global City: New York, London, Tokyo, Princeton University Press, 2001.

二、论文部分

期刊论文

[1] 张光芒. 论中国当代文学的"第三次转型" [J]. 当代作家评论，2004（5）

[2] 劳承万. 康德美学与诗性智慧——从"真"到"善"：中西两种慧识的比较与考察 [J]. 上海师范大学学报，2007（4）

[3] 雷达. 论"新世纪文学"——我为什么主张"新世纪文学"的提法 [J]. 文艺争鸣，2007（2）

[4]程锡麟.叙事理论的空间转向——叙事空间理论概述[J].江西社会科学,2007(11)

[5](以色列)佐侬.朝向空间的叙事理论[J].李森,译.江西社会科学,2009(5)

[6]刘进.20世纪中后期以来的西方空间理论与文学观念[J].文学理论研究,2006(7)

[7]张宝明.现代性空间的生成[J]河南师范大学学报,2006(2)

[8]陆扬.空间理论和文学空间[J].外国文学研究,2004(4)

[9]江正云.论文学空间及其消费形态[J].文学评论,2007(4)

[10]郭辉.文学空间论域下的文学理论之生成[J].学术论坛,2012(7)

[11]徐小霞.动态叠合的"文学空间"[J].西南大学学报,2012(5)

[12]潘泽泉.空间化:一种新的叙事和理论转向[J].国外社会科学,2007(4)

[13]赵坤.城市文学中的景观意象和空间构形[J].江汉论坛,2014(11)

[14]禹建湘.空间转向:建构网络文学批评新范式[J].探索与争鸣,2010(11)

[15]李长中.空间转向与文学研究范式转型[J].北方论丛,2012(6)

[16]马春花.房间、酒吧与街道——由空间符码看90年代末期以来女性文学的变化[J].山东师范大学学报,2006(2)

[17]叶立新.卑微的幻想,放纵的欲望——试析当下都市文学中的酒吧意象群[J].当代文坛,2003(5)

[18]敬文东.从铁屋子到天安门——关于20世纪前半叶中国文学"空间主题"的札记[J].上海文学,2004(8)

[19]陈惠芬.空间、性别与认同——女性写作的"地理学"转向[J].社会科学,2007(10)

[20]罗岗.再生与毁灭之地——上海的殖民经验与空间生产[J].杭州师范学院学报,2006(6)

[21]路程.列斐伏尔空间生产理论中的身体问题[J].江西社会科学,2015(4)

[22] 刘彦顺. 论"生态美学"的"身体"、"空间感"与"时间性"[J] 河南师范大学学报, 2011（3）

[23] 吴果中. 民国〈良友〉画报封面与女性身体空间的现代性建构[J]. 湖南师范大学社会科学学报, 2009（5）

[24] 张进. "高密东北乡"的创世纪：莫言小说中的第三空间、物质性与怪诞身体[J]. 兰州大学学报, 2013（7）

[25] 周佳. 革命感知与创伤书写——丁玲左翼短篇小说里的身体和空间[J]. 现代中文学刊, 2013（4）

[26] 冯爱琳. 规训与反叛：空间建构中的女性身体[J]. 国外社会科学, 2007（4）

[27] 雷达. 论"新世纪文学"——我为什么主张"新世纪文学"的提法[J]. 文艺争鸣, 2007（2）

[28] 张未民. 开展"新世纪文学"研究[J]. 文艺争鸣, 2006（1）

[29] 惠雁冰. 强悍的宿命与无力的反抗——对"新世纪文学"命名的反思[J]. 文学评论, 2006（5）

[30] 张未民. 中国文学的"时间"——关于"新世纪文学"论述的一个逻辑起点[J]. 南方文坛, 2006（5）

[31] 罗义华. "新世纪文学"：历史节点、异质特征及其他[J]. 当代文坛, 2007（5）

[32] 陈雪, 刘泰然. "新世纪文学"：文学图景的空间转向与文学命名的时间焦虑[J]. 商丘师范学院学报, 2013（2）

[33] 程良梅. 从线性叙事向空间叙事的转向——德语现代主义小说叙事结构初探[J]. 当代外国文学, 2008（2）

[34] 孙胜杰. 中国文学中河流原型意象的"阻隔"母题[J]. 学术交流, 2016（5）

[35] 董希文. 文学文本研究三题[J]. 名作欣赏, 2007（2）

[36] 余新明. 小说叙事研究的新视野——空间叙事[J]. 沈阳大学学报, 2008（4）

[37] 欧阳友权. 网络媒介与新世纪文学转型[J]. 文艺争鸣, 2006（4）

［38］陶东风.中国文学已经进入装神弄鬼的时代？——由"玄幻小说"引发的联想［J］.当代文坛，2006

［39］娄和军.《大国崛起》何以崛起？［J］.视听界，2007（1）

［40］韩伟.从差异空间到权力空间：新型网络文学的实质及变革［J］.甘肃社会科学，2014（2）

［41］杜丽娟.网络小说的空间性［J］.齐齐哈尔大学学报，2006（1）

［42］李春敏.乌托邦与"希望的空间"［J］.教学与研究，2014（1）

［43］孟繁华.面对百年中国的精神难题——评格非的长篇三部曲［J］.南方文坛，2012（2）

［44］翟业军.家园消失在家园的消失中——论格非"江南三部曲"［J］.当代文坛，2013（4）

［45］阎连科.长篇小说创作的几种尴尬［J］.当代作家评论，2006（1）

［46］黄忠顺.历史神话化叙事的时间构成——《九月寓言》个案观察［J］.海南师范学院学报，2004（4）

［47］刘欣.空间视阈下的当代都市扩张与底层文学书写［J］.小说评论，2012（6）

［48］孙立平.资源重新积聚背景下的底层社会形成［J］.战略与管理，2002（1）

［49］潘泽泉.社会空间的极化与隔离——一项有关城市空间消费的社会学分析［J］.社会科学，2005（1）

［50］许心宏.城乡之间：贾平凹小说的动物与鬼之意象解读［J］.重庆师范大学学报，2012（3）

［51］张小飞，郑小梅.城市化进程中城乡文化的冲突与融合［J］.人民论坛，2012（9）

［52］李立.多维空间叙事结构下的苦难呈示与正义诉求——当代底层文学农民工书写的空间叙事分析［J］.文艺理论与批评，2012（5）

［53］王桂妹.中国文学中的"铁路火车"意象与现代性想象［J］.学术交流，2008（11）

［54］丁帆."城市异乡者"的梦想与现实［J］.文学评论，2005（4）

［55］陈德志. 隐喻与悖论：空间、空间形式与空间叙事学［J］. 江西社会科学，2009（9）

［56］吴晓东. 现代小说的空间形式［J］. 天涯2002（5）

［57］轩红芹. "向城求生"的现代化诉求［J］. 文学评论，2006（2）

［58］熊光清. 必须取消带有社会歧视含义的"农民工"称谓［J］. 探索与争鸣，2012

［59］张诚若. 语词的篝火——贾勤《现代派文学辞典》［J］. 上海文化，2011（3）

［60］丁帆. "城市异乡者"的梦想与现实［J］. 文学评论，2005（4）

［61］江腊生. 当代打工文学的叙事模式探讨［J］. 中国文学研究，2008（4）

［62］马万利、梅雪芹. 有价值的乌托邦——对霍华德田园城市理论的一种认识［J］. 史学月刊，2003（5）

［63］柳冬妩. 在城市里跳跃［J］. 读书，2004，（11）.

［64］柳冬妩. 城中村：拼命抱住最后一些土［J］. 读书，2005（2）

［65］刘旭. 底层能否摆脱被表述的命运［J］. 天涯，2004（2）

［66］蔡翔，刘旭. 底层问题和知识分子的使命［J］. 天涯，2004（3）

［67］孟繁华. 中国的"文学第三世界"［J］. 文艺争鸣，2005（3）

［68］张未民. 关于"在生存中写作"［J］. 文艺争鸣，2005（3）

［69］刘珩. 民族志·小说·社会诗学［J］. 文艺研究，2008（2）

［70］车玉玲. 对空间生产的抵抗［J］. 学习与探索，2010（1）

［71］程箐、黄敏. 空间——考察20世纪90年代中国小说的一个视角［J］. 当代文坛，2003（6）

［72］季进. 地景与想象——沧浪亭的空间诗学［J］. 文艺争鸣，2009（7）

［73］李云雷. 曹征路访谈：关于《那儿》［J］. 文艺理论与批评，2005（2）

［74］张德明. 空间叙事、现代性主体与帝国政治——重读《鲁滨孙漂流记》［J］. 外国文学，2007（3）

［75］吴庆军. 当代空间批评评析［J］. 世界文学评论，2007（2）

［76］南帆等. 底层经验的文学表述如何可能？［J］. 上海文学，2005，（11）.

［77］贺绍俊. 底层写作中的"新国民性"——以刘继明创作转向为例［J］.

183

文学论，2007（6）

［78］白浩.新世纪底层文学的书写与讨论［J］.文艺理论与批评，2008（6）

［79］左芬.试论底层文学新的审美原则［J］.北方文学，2010（8）

［80］程波，廖慧."底层叙事"的意识形态与审美［J］.文艺理论与批评，2008

［81］王鸿生，王安忆，莫言等：小说与当代生活［J］.当代作家评论，2006（6）

［82］孙小宁.贾平凹：讲边缘人的生命悲歌［N］.北京晚报，2007-11-20

［83］吴玉杰.新世纪中短篇小说的叙事伦理［N］.光明日报，2008-2-28

［84］杨剑龙.大众文化与文学的世俗化［N］.文艺报，1999-11-2

学位论文

［85］侯斌英.空间问题与文化批评［D］.四川大学博士论文

［86］黄继刚.爱德华·索亚的空间文化理论研究［D］.山东大学博士论文

［87］李静."空间转向"中的当代中国小说研究［D］.苏州大学博士论文

［88］穆旭光.空间视角下的文学审美［D］.西北师范大学硕士论文

［89］罗峰.身体、空间与关系：大都市底层群体日常生活政治研究——以上海为例［D］.华东师范大学博士论文

［90］黄继刚.爱德华·索亚的空间文化理论研究［D］.山东大学博士论文

［91］侯斌英.空间问题与文化批评［D］.四川大学博士论文

［92］朱玲.大众文化背景下的文学空间嬗变［D］.河北大学硕士论文

三、作品部分

［1］贾平凹.秦腔［M］.北京：作家出版社，2005

［2］今何在.悟空传（完美纪念版）［M］.长沙：湖南文艺出版社，2011

［3］今何在.一万年太久［M］.南京：江苏文艺出版社，2013

［4］格非.人面桃花［M］.上海：上海文艺出版社，2012

［5］格非.山河入梦［M］.南京：译林出版社，2012

［6］格非.春尽江南［M］.上海：上海文艺出版社，2012

［7］鲁迅.鲁迅全集（第3卷）［M］.北京：人民文学出版社，1956

［8］张炜.远河远山［M］.长春：时代文艺出版社，2005

［9］北村.玛卓的爱情［M］.北京：长江文艺出版社，2001

［10］张炜.九月寓言［M］.上海：上海文艺出版社，1993

［11］阎连科.受活［M］.沈阳：春风文艺出版社，2004

［12］阎连科.丁庄梦［M］.上海：上海文艺出版社，2006

［13］吴玄.发廊［J］.花城，2002（5）

［14］第三届鲁迅文学奖获奖作品丛书·短篇小说［M］.北京：华文出版社，2005

［15］贾平凹.高兴［M］.北京：作家出版社，2007

［16］邵丽.明惠的圣诞［J］.十月，2004（6）

［17］荆永鸣.大声呼吸［M］.沈阳：春风文艺出版社，2012

［18］罗伟章.我们的路［J］.长城，2005（3）

［19］曹多勇.城里的好光景［J］.都市小说，2006（1）

［20］阿宁.米粒儿的城市［J］.北京文学，2005（8）

［21］刘思华.城里不长庄稼［J］.北京文学，1994（1）

［22］王十月.出租屋里的磨刀声［J］.青年文学，2014（3）

［23］方格子.上海一夜［J］.西湖.2005（4）

［24］毕飞宇.玉米［M］.南京：江苏文艺出版社，2003

［25］蔡翔.底层［J］.天涯，2004（2）

［26］孙惠芬.民工［M］.北京：作家出版社，2005

［27］孙惠芬.狗皮袖筒［J］.名作欣赏，2005（5）

［28］安妮宝贝.八月未央［M］.北京：作家出版社，2005

［29］王安忆.富萍［M］.上海：上海文艺出版社，2005

［30］王安忆.遍地枭雄［M］.上海：上海文汇出版社，2005

［31］王安忆.上种红莲下种藕［M］.上海：文汇出版社2006

［32］王安忆.空间在时间里流淌［M］.北京：北京新星出版社，2012

［33］王安忆.男人和女人，女人和城市［M］.北京：北京新星出版社，2012

［34］陈应松.陈应松小说［M］.北京：中国社会出版社，2006

［35］刘庆邦.刘庆邦小说［M］.北京：中国社会出版社，2006

［36］刘庆邦.红煤［M］.北京：北京十月文艺出版社，2010

［37］刘庆邦.神木［M］.北京：电子工业出版社，2006

［38］刘庆邦.刘庆邦小说·鲁迅文学奖获奖作家丛书［M］.北京：中国社会出版社，2006

［39］刘庆邦.到城里去［M］.北京：中国广播电视出版社，2005

［40］刘庆邦.刘庆邦作品系列·家园何处［M］.上海：上海文艺出版社，2003

［41］方方.涂自强的个人悲伤［M］.北京：北京十月文艺出版社，2013

［42］魏伟我是一只小小鸟——一个打工仔的公益事业梦［M］.郑州：河南文艺出版社，2005

［43］叶南客.边际人——大过渡时代的转型人格［M］.上海：上海人民出版社，1996

［44］尤凤伟.泥鳅［M］.沈阳：春风文艺出版社，2002

［45］孙惠芬.歇马山庄的两个女人［J］.小说月报，2006（1）

［46］孙惠芬：吉宽的马车［M］.北京：作家出版社，2007

［47］范稳.水乳大地［M］.北京：人民文学出版社，2013

［48］陈思和.世纪中国文学大系2002年中篇小说［M］.沈阳：春风文艺出版社，2003

［49］韩忠良.世纪中国文学大系2004年短篇小说［M］.沈阳：春风文艺出版社，2005

［50］韩忠良.世纪中国文学大系2005年短篇小说［M］.沈阳：春风文艺出版社，2006

［51］韩忠良.世纪中国文学大系2006年短篇小说［M］.沈阳：春风文艺出版社，2007

［52］韩忠良.世纪中国文学大系2007年短篇小说［M］.沈阳：春风文艺出版社，2008

致　谢

　　这本书是我在博士学位论文基础上修改完成的，也是由我承担的江苏省教育科学"十四五"规划重点项目"数字人文视域下英美文学智慧课程建设理论与实践研究"的成果之一，是我倾注了心血的一本独立专著。本书的写作过程见证了我的学术探索和成长过程。她的完成和出版也可谓我的学术生涯中的一个标志性事件。其间既经历了获得博士学位、发表重要学术论文和课题立项的兴奋和喜悦，也经历了许多学术和生活中的挫折、忐忑和蜕变。

　　我在兰州大学攻读文学博士五年。五年时间，不得不说历书海中沉浮、学海中挣扎，体验了写论文过程中的食不知味，睡不能寐！回首走过的岁月，我收获了知识、成长和最难忘的人生体验。我在此书稿写作中曾得到过众多师友的支持与帮助。拙著得以出版，感谢诸多良师益友的深切鼓励关怀，使我得以不断获得进步。

　　感谢我的导师兰州大学袁洪庚教授在书稿选题、理论和文字方面的启人心智的点拨。感谢兰州大学程金城教授、古世仓教授、彭岚嘉教授、张进教授、张民华教授、李利芳教授，承蒙几位师长对书稿提出中肯的意见，修正我的思路和方向，使书稿进一步完善。

　　感谢我年迈的父母以及丈夫等家人的无私关爱和全力支持，使我从繁重的家务中解脱出来，能心无旁骛地投入到写作中。感谢女儿的懂事，感谢丈夫在我多次狂躁发火时的默默忍受与支持。

感谢我的朋友们帮助我收集资料、整理校对书稿。

感谢吉林大学出版社王巍老师，责任编辑宋睿文老师玉成拙著。

在拙著即将付梓之际，我衷心感谢我提到或未提到的每一个人，感谢各位的指导、点拨、支持、鼓励和付出。

陆 欣

2022年2月 江苏镇江